# 火喰鳥を、喰う

原浩

角川ホラー文庫
23433

# 目次

お前の死は私の生

まただ。またいつもの夢。

私は自分の身体が夢境の泥沼にあるのを認識している。夢から覚醒《かくせい》しようともがくが、下肢は粘液に囚《とら》われて思うようにならない。叫ぼうにも縫い付けられた唇は開かない。海底を這《は》うようにもどかしく歩を進める。

逃れなくてはならない。

お前の死は私の生

再び、冷淡な声が告げる。

誰が何故そんなことを言うのだろうか？

私は自らを取り巻く暗黒に目を凝らす。声の主の姿はどこにも見えない。しかし私は確信していた。そいつは、とても近くにいる。そして同時に遠いのだ。

夢魔だ。

重なり合っていても、現実に邂逅《かいこう》することは無い。そいつは混濁し、たゆたう意識の内にのみ現れ、私の命を脅かそうとしている。

あなたは誰？

私は問いかける。が、やはり答えは無い。

取り巻く海底の漆黒はいよいよ圧力を増し、私の身体から蝶《ちょう》つがいが外れるような断裂音が響く。海面に這い上がろうにも、恐ろしい水圧が脳天から私を押さえつける。やがて二次元に投影された影のように、私の五体は海溝の底に潰《つぶ》され、張りつけになるのだろうか。

こうなれば、あと数秒で目が覚める。それは経験で知っていた。そして覚醒後、間もなく夢の内容は忘れてしまう。いつものように。

理不尽に自分の命を摘み取られるわけにはいかない。生きる為に戦わなければならないのだ。

覚醒前の一瞬、私は決意を新たにした。

# 始まる日

この信州《しんしゅう》中南部独自の民家形式は本棟造《ほんむねづく》りという。開いた本を伏せたような緩やかな勾配《こうばい》の板葺《いたぶ》き屋根が特徴で、建物の幅も広く堂々とした威風を帯びている。屋根の頂点には羽を広げた鳥のような棟飾りが据え付けられており、その形から「雀踊り」とも呼ばれる。昔からこの辺りの大きな農家や庄屋の家屋はこの形式で、戦前まで遡《さかのぼ》れば数多くあったらしい。しかし現在では希少になり、たまに物好きな見物人が写真撮影を請うこともあった。

南に向いた玄関口には夏日の陽光が照りつけ、木戸の曲がりくねった木目を輝かせている。常と変わらぬ久喜《くき》家の姿だ。私は生まれ育った我が家を仰ぎ見た。二週間離れていただけだが、この家に戻れば、やはりほっとする。

戦前に建てられたこの古民家の装いが、子供の頃は全く好きではなかった。しかし今や信州全域でも希少な歴史がここに在ると思えば、少しばかり誇らしくも感じるものだ。

玄関脇の古びた表札には「久喜保《たもつ》」と、祖父の姓名のみが掲げられている。私は埃《ほこり》のかぶった文字面を指で拭《ぬぐ》った。

盆を過ぎてもなお八月の日差しは厳しい。どうせ鍵《かぎ》などかかってはいないだろう。田舎では防犯意識も薄く、施錠などいい加減なものだ。しかし、玄関の木戸に手を伸ばして、私は固まった。

(嘘だろ)

かぶと虫の雄が木戸の持ち手にとまっている。

私は幼少期から虫が苦手だ。その性分は三十路《みそじ》を前にした今でも変わらない。中でもかぶと虫に類する甲虫は特に気味が悪い。小学生の時分は友人たちの多くがかぶと虫を飼っていたが、とても気が知れなかった。艶々《つやつや》とした背が粘液を塗《まぶ》したみたいで触る気になれないし、ツノの形もどこか猥雑《わいざつ》で不気味だ。バナナが腐ったみたいな臭いも気に入らない。友達は臭いなど何も気にならないと言っていたが、私にとっては全くもって信じ難いことだった。

こいつに触れずに戸を開けられるだろうか。戸板は古いだけに建てつけも悪く、無理矢理に引くとごろごろと地面を擦《こす》り、やたらに重いことを知っている。

「……どれだけ田舎だよ。くそ」汗を拭って独り言《ご》ちていると、不意に声をかけられた。

「雄司《ゆうじ》さん、おかえりなさい」

躑躅《つつじ》の植え込みから歩み出てきたのは、妻の夕里子《ゆりこ》だった。裏の畑にでも行っていたのだろう。胡瓜《きゅうり》を山と盛った銀色のボウルを抱えている。

「こりゃまた、胡瓜がよくお似合いですね、夕里子さん」

私がからかうと夕里子は片眉《まゆ》をぴくりと上げた。

「なあに？　田舎者臭いって言いたいの？」

「いやそんな。夏野菜が似合うなんて、褒め言葉だと受け取ってもらえないのかな」

私のおどけた笑顔に夕里子は無表情で返した。

「妻を揶揄《やゆ》しないでください。うちの旦那《だんな》さまはさぞや都会人におなりでしょうね」

「一度出張に行ったくらいで洗練されないよ。新婚なんだから大都会への出張は当分勘弁して欲しいなあ」

「仕事ですよ。それに入籍から一年も経って新婚なんて言えるのかしら」

夕里子は口をへの字に曲げたままだが、機嫌が悪くないことはわかる。

「……で、その胡瓜、精霊馬にするの？」

夕里子はきょとんとした顔で「ショーリョーマ？」とおうむ返しした。

「ほら、野菜で作った馬とか牛を飾るじゃないか。お盆は」

夕里子は呆《あき》れ顔で、

「今頃何言っているの。お盆は終わってます。それにこんなに沢山。これは浅漬け」

と答えた。

「そか。いや、でも漬物にしても多くない？」

「あなた好きでしょ？」

「何が？」

「胡瓜の浅漬け」

「好き」

「じゃ、良かったですね。お腹いっぱい食べてください。駅からはタクシーで？」

「そう」

「電話してくれたら迎えに行ったのに」

かける言葉とは裏腹に淡々とした無表情は変わらない。夕里子は色白と切れ長の目つきが相まって普段から能面みたいに冷たい容貌《ようぼう》だが、私にとっては昔から、それこそ妻となるずっと前から心の許せる女性だった。二週間ぶりに対面した夕里子はちょっとだけ肥えたようにも見えるが、彼女の纏《まと》う凛《りん》とした空気はいつもと同じだ。

夕里子に初めて出会ったのは高校の頃だった。

入学してすぐ、気まぐれに入部した天文気象部に夕里子は一学年上の先輩部員として在籍していた。当初は彼女の愛想の無い瓜実顔《うりざね》に、どうにも好感が持てなかった。気難しくて付き合いづらいタイプに思えたからだ。

初めて言葉を交わしたのは、たちの悪い先輩に百葉箱の壊れたよろい戸の修理を命じられた時だ。不注意でよろい戸を壊したのは、当の先輩だったが、顧問の教師に気づかれる前に修理するようにと隠蔽工作を私に命じたのだ。

人の好い私は誰にも相談できずに途方に暮れていたが、それまで全く話したことのなかった夕里子が突然近づいてきて、無表情な顔で私に告げた。

「工具は用務員さんに借りられます。白ペンキは美術部の部室に置いてあるものを勝手に使えばいい。バレません」

「百葉箱のこと、知っているんですか？」

私が驚いて訊《き》くと、夕里子は頷《うなず》いた。

「今夜の天体観測の前に作業を済ませましょう」

夕里子は私が何に困っているのか、何故だか正確に把握していた。私の様子から察してくれたらしい。実際に修理をした際も、夕里子は当然のことのように手を貸してくれた。そのお陰で、私は誰にも気づかれることなく隠蔽工作を終えられた。

後日、修理を命じた先輩は、理不尽な要請を神妙な面持ちで私に詫《わ》びた。それも、夕里子がそれとなく上級生に訴えてくれたらしい。

それから、私は自然と夕里子が気になるようになった。彼女は口数も少なく、一見何を考えているのかわからなかったが、誰に対しても細やかな気配りがあった。表情が薄く、ろくに笑顔も見せない癖にお笑い番組を録画して繰り返し見ているという意外性も、どこか可愛らしく思えた。

私は意を決して彼女に好意を伝え、交際を始めた。高校生らしくそれなりに青春した付き合いを続けたが、彼女が先に卒業し、遠くの大学に通うようになると徐々に疎遠になり、一度別れてしまった。よくあるパターンだ。その後、決して追いかけたわけではないが、一年後に私も彼女の近くの大学に通うようになると再会し、紆余《うよ》曲折の末によりをもどした。長い付き合いを経て、昨年ようやく結婚して今に至る。

夕里子は童顔に加え背丈も小柄なせいか、実年齢より若く見え、高校生と言っても通じてしまいかねない。それでいて老成した落ち着きもあり年齢不詳な雰囲気があった。一つ歳上に過ぎないが、高校生からの上下関係の延長で、いまだに下級生みたいな扱いをされるのだった。

「暑いから入ってください」夕里子は抱えたボウルで両手がふさがっている。

「ああ、そうだね……」私は戸を見る。

(まだ、かぶとがいる……)

逡巡《しゅんじゅん》していると、夕里子が私の視線を追った。私の顔とかぶと虫を見比べてため息をつくと、抱えたボウルをこちらに押し付けてきた。

「これが怖いんですか?」

夕里子は左手でひょいとかぶと虫の背をつまむと、それをかざして見せた。

「あ、いや……」言葉に詰まり、汗が出る。かぶと虫のぬらりと蠢《うごめ》く黒、夕里子の白い指、それを飾る結婚指輪のルビーの赤。全てのコントラストが何とも気味が悪い。

夕里子はかぶと虫を砂利の上に置いた。そいつはのろのろと羽を広げ、ぶんと音を立てて重そうな体軀《たいく》をふらふら揺らして飛び去った。

「田舎者なのに、相変わらず昆虫が怖いのですね」無表情に言われると、余計に気恥ずかしい。

夕里子は他人の持ち物とか公共施設のものには、あまり触りたがらない。昔から潔癖症の傾向があるのに、虫だろうが蛙だろうが蛇だろうが、生き物には全然抵抗が無いらしい。長い付き合いの夫としても、理解しがたい彼女の一面だ。

「いや怖いわけじゃなくて……」

「あなたの髪の毛、汗だく。のびてきたし、そろそろ切ったら？」

夕里子は私を冷たく一瞥《いちべつ》し、土間への木戸をからからと開くと、さっさと中に入っていった。

まだ日も高いのに気の早いヒグラシの声が喧《やかま》しい。家の裏手北側には竹藪《やぶ》があり、その向こうには頂上に小さな社を祀《まつ》った雑木林の丘陵がある。それは裏山と呼ばれている。自宅との位置関係を考えれば、裏山と呼称できるのは久喜家だけだが、周辺の家々でも何故か皆そう呼ぶ。

土間に入るとさすがに蟬の声は遠くなる。三和土《たたき》の土間は、ひんやりと暗い。広い空間だが、隅には古い農作業用具だの竹箒《ぼうき》だのが雑然と積まれていて、面積の割には窮屈に感じる。

「あのね、怖くはないけど触った感触が気持ち悪いんだよ」

「そう」夕里子は取り繕う私に目もくれずに答えた。

「あ、そうだそうだ。母さんに聞いたよ。墓のこと」

冷ややかな態度をかわすべく目先を変えた話題に、夕里子は振り返った。

「……はい。どう思いますか？」

「悪質だね。人の家の墓にいたずらをするなんて、罰当たりな奴がいるもんだ」

「いたずら、ですか」

言いながら夕里子の視線がくるりと天井を巡った。長年の付き合いで、これは夕里子の否定的な反応だと知っている。

「いたずらじゃないの？」

夕里子は小首を傾げ「……だといいんだけど」と、答えた。

妙な返しだ。

「ところで、さっき……」夕里子は向き直ると真っ直ぐに私を見る。「こいつ太ったなって思ったでしょ？」

黒目に吸い込まれそうで怖い。私は慌てて否定した。我が妻は勘が鋭いのだ。お盆に食べ過ぎたのだと弁解の言を呟《つぶや》きながら、夕里子は台所に引っ込んだ。


黒光りする板敷の廊下を通って奥座敷にある仏間に行くと、祖父、久喜保が座卓に背を向けて座っていた。私に気がつくと祖父は振り返って「おう、孫か。帰ったな」と言って再び背中を向けた。脳天はすっかり禿《は》げ上がっているが、側頭部には侘《わび》しい白髪をふわふわとまとっている。どうやら足の爪を切っていたところらしい。

「仕事はどうだった？」広げた新聞紙に爪を飛ばしながら保が言った。

「ん。まあまあかな。帰省シーズンだし、どこもかしこも人がいなくてがらがら。ただ、こっちに比べると蒸し暑くてかなわなかったよ。この時期、暑いところは嫌だわ」

「ほうか。災難だったな」

祖父の保は八十三歳という老齢の割には、腰もさほど曲がらずに肌も艶やかで振舞いも矍鑠《かくしゃく》としている。連れ合いが亡くなり、続いて十七年前に一子の雅史《まさし》──私の父──までも若くして亡くした折には、気落ちゆえか一時期健忘症の気を発し、家族を心配させた。しかし次第に元気を取り戻し、庭いじりや畑仕事などを再開するに至ると意識も明瞭《めいりょう》になった。それどころか今では、同年代の平均的な高齢者よりずっと健康で頭の回転もスムーズだ。

父の遺影に手を合わせていると、母の仲子《のぶこ》が、おかえりと顔を出した。玄関先で夕里子に会ったことを伝えると、仲子は相変わらずの早口でまくしたてた。

「夕里子さんはできたお嫁さんよ、本当。つくづくそう思うもの。庭の植木、綺麗《きれい》に剪定《せんてい》されていたでしょう？　お盆なのでそろそろ手入れをしましょうって、夕里子さんが植木屋さんを全部手配してくれたんだから。あんたはそういうところ全然気が付かないじゃない？　無頓着《むとんちゃく》というか鈍感というか。本当、男ってそういうものなのかねえ」

仲子は夕里子をいたく気に入っていて、何かにつけて褒めそやす。おしゃべりな姑《しゅうとめ》と寡黙な嫁、気性の真逆な二人はかえって相性が良いのだろう。なんにせよ嫁姑問題が無いのは良いことだ。母の話が、ご近所の嫁姑間の諍《いさか》い話に及びつつあったので私は無理に話をそらした。

「で、墓は今どうなってんの？」

仲子は「ああお墓ね」と、眉をひそめる。

「そのままよ」声を落として言った。

「まだ直してないの？」

「直すって、あんた、あんなの簡単に修理できないわよ。お金もかかるんだから。大体どうやって修理するのかねえ」

　誰の仕業か心当たりが無いのかを問うと、仲子はかぶりを振った。

「犯人は見当つかないよ。気持ちが悪い。警察に届けようって夕里子さんとも話してたところ。うちが他人様に恨まれるような覚えもないけどね、本当。ね？　おじいちゃん？」

　聞こえなかったのか、保は背を丸めたまま答えない。足の爪をヤスリで削っている。

「壊されたのは大伯父《おじ》の部分だけなの？」訊くと仲子は首肯した。

「そうよ。日記が今日届くことを考えると、妙な偶然よね」

「え？　今日なの？」

「そうよ、言わなかった？　タイムスの記者さん、写真撮るみたい。いやだ、お化粧しなきゃ」

　母がばたばたと引っ込むと、入れ替わりに珍しい顔がのそりと仏間に入ってきた。夕里子の弟、瀧田亮《たきたりよう》だ。亮は義兄《にい》さんお久しぶりです、と頭を下げた。

「来ていたんだ？　夕里子さん、何も言ってなかったから」

「一昨日《おととい》からサークルの合宿で白樺《しらかば》湖の民宿に遊びに来てたんです。大学、夏休みですから」

「学生生活をエンジョイしてるね。羨《うらや》ましい」

彼は夕里子の歳の離れた弟で、去年、東京の大学に進学した。昔から知ってはいるが、普段は顔を合わせることもない。会うのは我々の結婚式以来だ。ちょっと見ない間にいつの間にやら髪色も明るく垢抜《あかぬ》けて、いかにも当代の大学生になったものだ。

「合宿は今朝までだったんだけど、俺だけ東京に戻らずに寄っちゃいました。姉さんに『日記』の話を聞いて面白そうだったので」

「そりゃまた、お若いのにモノ好きな」

「姉さんに小遣いせびりに来たわけじゃないですよ」亮は笑って頭を掻《か》いた。

「ああ、小遣い目当て？」

「あ、嘘嘘。本気にしないで下さい。いやでも、半分本当かな？　今月ピンチなんで、こちらで一晩ご厄介になればその分食費も浮くかな、なんて」

「相変わらずだね」

厚かましい軽口もどこか憎めない。義理の弟とはいえ、交流が深いわけではないのに十年の知己のように感じさせるのは彼のキャラクターだろう。そもそも、姉の嫁ぎ先に気軽に立ち寄ろうと思えるところが凄《すご》い。自分には一生辿《たど》り着けない境地だ。感心する他ない。

「でも日記に興味があるのも本当ですよ」と亮は続けた。「面白そうじゃないですか。死者の書いた日記なんて」

死者の日記。興味をひかれるのもわかるが、どうも不謹慎だ。

「期待に応《こた》えるものじゃないかもしれないよ。何しろ古い日記だし、ろくに判読できないかもしれない」

「まあ、それならそれで仕方ないですけどね」と亮は首を竦《すく》めた。「……ところで、ここって禁煙ですか？」

「亮くんタバコ吸うの？　うちは喫煙者いないから灰皿も無いよ」

「嘘だあ」と、亮は簞笥《たんす》の上を指差した。「あれ、灰皿ですよね？　あのでかい奴」

よく目が利くものだ。確かに簞笥の上にガラス製の灰皿が埃をかぶっている。二時間サスペンスドラマならば、犯人が衝動的に被害者を撲殺する際の凶器に使えそうな重厚な代物だ。

思い出した。死んだ父が使っていた灰皿だ。遺品として大切にとっておいたのではなく、単に捨てるタイミングが無かったものだ。

「吸うなら使っていいよ」

「へいへい、ちょっくら拝借して、庭で吸ってきます」

「若いうちに悪癖は治すべきだぞ」

「自分でも禁煙したいと思ってるんですけどねえ」と、亮は眉を寄せて見せると、潰《つぶ》れたマールボロのケースと灰皿を手に座敷を出て行った。

禁煙も何も、よく考えたら彼はまだ二十歳になったばかりの筈《はず》だ。思わず苦笑した。

「……じいちゃんは親父が亡くなるまで吸ってたよね？　よくその歳から禁煙できたよね」

昔の記憶では保はかなりのヘビースモーカーだった。しかし、息子の死をきっかけに悪癖から抜け出したのだ。保は爪切りを桐材の物入れに仕舞い込むと、背を向けたまま答えた。

「タバコも連れがいないと、美味《うま》くねえんだ」

「そのおかげで長生きできてるじゃん」

保は鼻先でふんと笑った。

「おれが入る前に墓が壊されなきゃあいいけえどな」

「出張中に話は聞いたよ。けど、どういう嫌がらせなんだろう。わけがわからないな」

墓石の損壊。何の意図があるにせよ、不愉快なことには違いない。

保は不快そうに薄い唇を曲げる。

「新聞社が来るまで、まだ時間があるら。夕里子さんと墓を見て来いやれ」

私の仕事は毎年この時期はどういうわけか多忙を極め、ここ数年は夏季休暇もままならない。今年もお盆時期に長期出張が重なり家をあけたが、その出張中に二つの出来事が起こった。

一つは、久喜貞市《さだいち》という人物の古い日記の発見。もう一つは久喜家代々の墓になされた奇妙な破壊行為だ。

久喜家の墓は家から徒歩で十分とかからない小さな墓地にある。植え込みと枯れかけた松の木に囲まれたその墓地は、遠くからは田園の海に浮かぶ離れ小島のように見えた。夜になると、すぐそばの農道に一本だけ立っている街灯の灯《あか》りが、イカ釣り漁船さながらに、この墓場を煌々《こうこう》と照らす。

「そっちじゃありませんよ」

後ろを歩く夕里子に叱られて、左に進みかけた歩みを慌てて反対に向けた。

「ご自分の家のお墓を忘れたのですか？」夕里子が呆れたように目を細めた。どうもいまだに部の先輩にたしなめられているような気分になってしまう。

盆の入りに墓参し、先祖の霊を迎える為に線香を手向け、家に戻って迎え火を焚《た》く。仕事のせいでこの行事にしばらく参加していない。その為、この狭い墓地で自分の家の墓石の場所すらあやふやで満足に覚えていなかった。言い訳をするならばこの墓所にある墓は、ほとんどが久喜家と縁戚《えんせき》関係にある家のものだ。なにしろ、「久喜家」と刻まれた墓石だけで三基ある。既に関係の薄い分家などもあるが、多くの家と何らかの親族付き合いはあった。

「これか。これだった」

目の前に先祖代々の墓が現れた。棹石《さおいし》には久喜家という文字が刻まれ、花立には我が家の家紋である木瓜《もっこう》が彫り込まれている。一見したところは何の変哲も無いように思える。

「ここを」

夕里子が指差した棹石の側面を見ると、異常は明らかだった。

棹石には埋葬者の没年月日、戒名と共に俗名が刻まれている。

最も左には今から十七年前、四十四歳の若さで亡くなった私の父、雅史の名前がある。平成十四年十月二十日没。死因は自動車事故だった。渋滞中の高速道路で居眠り運転のトレーラーに追突されたのだ。玉突き事故だったが、死んだのは父だけだった。

その時、助手席には祖父の保が、後部座席にはまだ中学生だった私も同乗していたが、幸いに二人とも軽い打撲で済んだ。事故の記憶は曖昧《あいまい》だが、車内から運び出される父のだらんと垂れた両腕だけが鮮明に記憶に残っている。

父の名前の右には祖父の亡き妻であり、私にとっての祖母の名前。

問題はその隣の行だ。その一行のみが荒々しく削り取られている。欠落した行の先には更に昔に亡くなった曾《そう》祖父、曾祖母の名が続いているが、それらの名前に欠損はない。

「なんだ、こりゃ……」

欠損部分には何か工具のようなもので砕かれた跡が見える。自然に朽ちたようには到底思えない。明らかにその箇所を狙って削り取っている。墓石の破片は周囲には落ちていないので、持ち去られたのかもしれない。

「これに気がついたのは四日前の朝です。私が掃除に来て、それで。迎え盆の時には異常は無かったので、いたずらをされたのはこの二週間の間です」

私は思わず欠損部分に手を伸ばす。石面はかなり深く削られていた。もともと彫り込まれた文字を完全に消すために余程深く削り取ったのだろう。やはり人為的なもののように思えた。

「お盆時期に、こんな悪さをしていたら誰かの目に留まりそうなものだけどね」

「まあ……、深夜ならば目立ちにくいとは思いますが」

確かに夜更けに人通りは無いだろうが、ここまで深く削るにはそれなりに準備が要りそうだ。子供のいたずらにしては、手間がかかり過ぎている。

「ここに記されていたのが、大伯父の名前ってこと？」

私の疑問に夕里子は頷いた。

「久喜貞市。昭和二十年六月九日。享年二十二歳。と、彫られていたそうです」

貞市は太平洋《たいへいよう》戦争で亡くなった、保の兄だ。

それにしても、誰が何のためにこんな悪さをしたんだろうか。うちの家に嫌がらせをするなら、正面側の久喜家の墓碑銘に傷をつければいい筈だ。

夕里子がひかえめに口を開いた。

「……雄司さんは、ただのいたずらだと思いますか？」

「いたずらにしては手がこんでいる気がするな。不可解だね」

「不可解なのです」

夕里子が続きをうながすように私をじっと見つめた。

「こういう時、ミステリー小説だと、犯人の動機から推理するね。墓石を傷つけて誰が得をするのか、とか」

「誰かの得になりますか？」

「そうだな……。例えばこれは何かの目くらましになっているというのはどうかな。目に留めて欲しくない真実から気をそらせようとしている、とか」

「ミステリー小説なんて全然読まないでしょ？」

「読まないね」

「…………」

夕里子は表情を変えない。決して大きな目ではないのに、彼女がじっと見つめるだけで無言の圧力がある。八月末の昼下がり。気温はそう高くはないが、風もなく、やけに蒸し暑い。私は苦し紛れに笑顔を浮かべた。

「ま、誰かの得にもなりそうにないし、どんな真実を隠そうとするのか、全く解らないけど」

夕里子は御影石《みかげいし》の表面に手のひらを押しつけると、そっと滑らせた。

「ミステリーではないのかも」

「は？」

「サスペンスとか……。いえ、ホラー映画だとしたらどうでしょうか？」

「……怖いことを言わないでよ。大伯父のお化けがやったとでも？」

確かに名前を消された張本人の「日記」が同時期に戻ってくるというのは、奇妙な符合である。怪談話の種にはなりそうだ。私は茶化すように言ったが、夕里子は笑わなかった。

「いえ、ごめんなさい。そういうつもりではないのですが。最近、夢見が悪いせいかしら……」夕里子は目を伏せて、取り繕うように言った。「何かが、おかしい気がして」

「へえ？」

「上手《うま》く言えませんが」

「夢見が悪いって、どんな夢？　暑いし、疲れているんじゃない？」

「起きると忘れちゃうんだけど、どこか奈落に引きずり込まれるみたいな……」そこで言葉を切り、「あ、お義母《かあ》さん」と、夕里子は手にした携帯電話を耳に押しつけた。

何かがおかしい……？

夕里子がこういう類《たぐい》の物言いをすることが、これまで全くなかったわけではない。私には理解しがたい妻の一面がたまにこうして顔を覗《のぞ》かせることがある。その度に、私にはごろごろと口内に残る異物のように感じられるのだった。

電話の様子からすると記者がうちに来たらしい。私は何も考えないようにして墓場に背を向けた。

帰宅すると、奥座敷には二人の記者が待ち構えていた。

ぽってりとした厚い唇がやけに目立つ、黒縁眼鏡の女性は与沢一香《よざわいちか》。顎鬚《あごひげ》をたくわえ、ニューヨーク・ヤンキースのキャップを被《かぶ》った男性は玄田誠《げんだまこと》と名乗った。玄田は新聞記者というよりも山男といった風貌だ。与沢の方が明らかに若く、二十代後半といったところだが、どちらかと言えば彼女が取材の責任者であるらしい。玄田記者はカメラを肩に下げていることから撮影係なのだろう、説明や我々とのやりとりはもっぱら与沢記者に任せていた。

座敷では記者たちの他に、祖父の保と母の伸子、義弟の亮もすでに座卓を囲んでおり、私と夕里子もそれにならう。

与沢記者は一同の許可を得て、録音状態のボイスレコーダーを卓上に置き、黒縁眼鏡をくいと押さえると、その厚い唇を開く。

「私共信州タイムスでは、先ごろの終戦記念日に合わせ、太平洋戦争の特集記事を掲載致しました。こちら様でもご購読頂いていると伺っておりますので、お読み頂けたかと思います。その特集の中で、ニューギニア戦線にスポットをあてた記事がありました。今夏、東部ニューギニアにて催された海外戦没者慰霊祭を、私と玄田が取材したものです」

与沢が差し出した記事には私も覚えがあった。

太平洋戦争初期、日本はトラック諸島における海軍基地防衛、及び米豪の連携遮断を企図し、ニューギニア島をはじめとする南方の島々に進出した。しかし、連合軍により空路海路が封鎖されて補給路が断絶すると、戦局は惨憺《さんたん》たる経過を辿る。南方戦線での敵は、連合軍ではなく飢餓と疾病に変わったのだ。敵地で孤立した兵士の死因は、銃火による戦死よりも、病死や餓死が大半を占める状況であったという。

記事によると、かの地に眠る幾多の日本人への鎮魂の祭儀が、先月、七月下旬に執り行われたらしい。現在のパプアニューギニアの諸所、ポートモレスビー、ウエワク、マダンといった兵士たちが落命した複数の戦地で巡拝がなされたという。日本から訪れた多くの遺族と同行した神主が椰子《やし》の木を背に祭壇を拝する、慰霊祭の写真も掲載されていた。

　こうした催しが今もなお続けられていることに、私は軽い驚きを覚えた。

「慰霊巡拝の最終日に訪れたのはアファという河畔の小さな村でした。トラブルも無く、慰霊も滞りなく済みましたが、最後になって現地のガイド役の運転手が、自宅に日本兵の手帳があるので遺族に返還してほしいと申し出てきたのです」

　与沢は眼鏡をくいと押さえて一呼吸おくと、話を先へ続けた。ゆっくりと言葉を継ぐのは、高齢の保への配慮かもしれない。

「ガイドの方のお名前は……、えと、何でしたっけ？　玄田さん」

「マイケル・ドゥサバ」尋ねられた玄田が答えた。

「そうそう、ガイドの名前はマイケルさんという男性で、玄田の紹介だったんです。……そのマイケルさんの祖父、ラプレ・ドゥサバ氏は一昨年亡くなり、既に故人です。今年、マイケルさんが祖父の遺品を整理していたところ、油紙に包まれた黒い手帳が見つかりました。マイケルさんは日本語を読めませんが、現地には日本の言葉をある程度は理解できるお年寄りが多くいらっしゃいます」

「日本軍占領の遺風ですね」亮が口を挟む。「日本軍を好意的に捉《とら》えている人達もいたと聞きますよ」

与沢は頷くと、話を先へ続けた。

「そこで、どうやらこれは日本兵の手帳であろうという結論になったそうなんです。処置を思案していたところ、折よく我々が現地を訪れた。まさにグッドタイミングだったんですね。廃棄される可能性もあったわけですから。日記自体はアイタペという街の、マイケルさんのご実家に置いてあるとのことでした。ただ日程の都合上、その時は伺うことができなかったので、帰国後に私共にメールで写真を送って頂きました。そして表紙手帳の表紙と中身を数枚です。内容はやはり旧日本軍の従軍日記でした。そして表紙裏の最初の頁に、持ち主と思《おぼ》しき久喜貞市という名前の記載がありました」

久喜貞市。墓石を思い出し、寒気がした。仏壇に位牌《いはい》もある筈だが、これまで気にかけたことも無い名前だ。それなのに今日に限っては何度もその名を耳にしている。

「送られてきた画像には所属部隊等の記載が見当たりませんでした。ただ慰霊祭の実行委員の中に弊社のOBがおりまして、昔、戦後復員の記事を執筆しました。南方で落命された久喜貞市さんのお名前がたまたまその者の記憶にあったのだそうです。ともあれ、我々は責任を持ってご遺族に返還する旨をお伝えして、ニューギニアより従軍日記を送って頂きました」

そう言うと、与沢は傍らの鞄《かばん》から大きな茶封筒を取り出した。中から慎重な手つきで白い紙に包まれた何かを引き出すと、恭しく卓上に置く。皆の視線が注がれる中、白紙の折り目が解かれて一冊の黒手帳が現れた。

「この手帳です」

手帳は小型で細長く、縦十五センチ、横七、八センチ程度のものだった。現代でいえば最もコンパクトな部類のビジネスダイアリーといったところだ。表紙は黒革で文字は無いが、ところどころに薄茶色の染みが落ちている。

「表紙を開くと、こちらにお名前があります」

与沢が表紙をめくると、確かに「久喜貞市」と達筆な四文字がある。罫線《けい》は横に引かれているが、手帳を横に寝かせて使っていたらしく、罫線に沿って縦書きで記されている。紙面は黄ばんでいて、虫が食ったのか所々小さな穴が開いていた。

与沢記者はさらに頁を繰った。

「先んじてお電話でお話しさせて頂きました通り、数頁めくると筆者の所属部隊の記載がありました。第二百九飛行場大隊……昭和十八年の日付です」

「じいちゃん、これ、大伯父の所属部隊で間違いないんだよね？」私が確認すると、保は神妙な面持ちで首肯した。

「ほうよ。開戦時は満州《まんしゅう》だに」

「じゃ、やっぱりうちの貞市さんのもので決まりね」伸子がうんうんと頷く。

「この日記を持っていたガイドのお祖父《じい》さん、ラプレさん？――は、これをどこで手に入れたのですかね？」と、私は与沢に尋ねた。

「当時を知るご親族のお話によりますと、戦時中ラプレさんはアイタペの山岳地帯で日本兵と遭遇したそうです。後にそこへ連合軍の部隊を案内したと。その際、一名の日本兵を発見し射殺したそうです。終戦まであとわずかという時期です」

「それが手帳の持ち主ってことですか」

「おそらく。七十年前なので詳しい経緯はわかりませんが、ラプレ氏はその時に日記を入手したのでしょう。当時の米軍は日本兵の従軍日記を情報源として全て回収し、分析活用していたそうです。しかし、ラプレ氏に同行していたのはアメリカではなく、オーストラリア軍です。彼らはその点を徹底していなかったのかもしれませんね」

「その時射殺された兵隊が大伯父だとすれば、戦死の状況は、藤村《ふじむら》さんから聞いていた話と合致するんだよね？」

私の質問に保はわずかに目を伏せることで同意した。

久喜貞市は所属部隊の離散後、多くの兵士と共に密林に逃亡潜伏したらしい。そこで行動を共にした二人の部下は終戦後に現地で捕虜となったが、その後無事に復員した。大伯父の部隊で生き残りはその二名のみであったという。久喜家に伝えられた大伯父の死の状況は、帰還した彼等の証言からわかったことだ。そのうちの一人、藤村栄《さかえ》は、今もなお存命と聞いている。

「貞市さんの日記は昭和十八年の一月から記されています」

与沢が卓上中央に日記を寄せ、囲む一同で覗き込む。黒インクの文字は雨水を吸ったのか所々滲《にじ》んでいたが、十分に判読できる。とはいえ所々片仮名交じりの達筆は、読みやすいとは言えない。

昭和十八年一月六日
内地より釜山《ふざん》に戻りて早々、我ら二百九飛行場大隊に夏衣の支度せよと伝達有り
やはり、いずれか南海の戦線に移送される様子
皆、意気軒昂《けんこう》　勇躍ス

一月七日
終日器材等積込作業　そのまま船上の人とナル
生命を託す輸送船の名は愛國丸《あいこくまる》
威容はすこぶる頼もしく不安も無い
乗員は全員が海軍軍人　輸送船とはいえ巡洋艦の兵装、魚雷発射管の備えアリ

一月八日

未明、艦は埠頭《ふとう》より離岸　いざ南海航路
我が故郷よサヨウナラ　父よ母よ　サヨウナラ

一月十二日
終日波浪穏やかなるも日増しに暑さは厳しくなる
満州の極寒とはカワルモノダナア

一月十四日
赤道も越え日没後は灯火管制
海面油を引くが如く　波間に夜光虫がきらめき、夜空には南十字星が高く輝く
血戦の海近しといえども、船旅の如く全く平穏である

一月十五日
夕刻ニューブリテン島ラバウル入港　青々茂る椰子の木々と美しい海に心は逸《はや》る
明日の揚陸に向けて船内準備
晩に夜間空襲あり　港内の艦船より対空火器で応戦ス
戦線に来るを実感スル

久喜貞市の部隊は年明け早々より、南方戦線に派兵されたらしい。日記の文字を追う私たちに玄田がカメラを向けている。寡黙な仕事人は次々にシャッターを切った。

「この、ニューブリテンってどこですか？　フィリピン？」

亮の疑問に与沢が答えた。

「現在のパプアニューギニアです。地図上ではオーストラリアのすぐ北。この時は日本の占領下でした」

「へえ、随分遠くまで日本は進駐していたんですね」

「この頃の日本は拡張主義で、オーストラリアを窺《うかが》うところまで版図を拡大していたんです」

伸子がのんびりと口を挟む。

「でも、ここまでは呑気《のんき》な南洋への船旅みたいよね」

確かに今のところは血生臭い記述は無い。楽しげにさえ読める。大伯父もこの時点では、戦地への不安より、前途洋々たる高揚感が勝っていたのではなかろうか。

私は日記を前にして、赤の他人の独り言を盗み聞きするような、どこか気恥ずかしいよそよそしさを覚えていた。なにしろ、ここには保の他に久喜貞市に面識のある者はいない。保ですら、貞市の出征時はまだ七歳。十三もの年齢差があったため、実兄の記憶はわずかなものなのだ。肉親の遺品を見る寂寞《じゃくまく》とした親しみよりも、戦時の生々しい史料を垣間見《かいまみ》る物珍しさが勝っている。他人とは言わないまでも、どこか断絶した感があるのだ。

「正月の記憶はあるな。少しばかり」外した老眼鏡を袖《そで》で拭いながら、保が天井を仰ぐ。「前ん年の暮れには出征が決まってたもんで、正月を内地で過ごしたんだ。ほいで、おれを抱っこしてくれたわ。留守中、父と母を敬い言い付けをよく守るようにって。優しい兄貴だったような気がするな」

そう言うと、保は仏壇の引き出しの奥から一枚の写真を取り出して、卓上にぽいと置いた。

「こりゃ、元旦《がんたん》に撮ったもんだ。貞市兄貴の写真は唯一これだけ」

その黄色く退色した白黒写真には、口髭を生やした和装の男性と幼い子供を抱いた婦人、その二人に挟まれた中央に軍服の若者が写っていた。どうやら家の玄関口で撮影されたらしい。驚いたことに、瑣末《さまつ》な点を除いて戦中からこの家はあまり変わらないようだった。掲げられた日の丸を背景に四人が並んで立っている。

こんな写真が残っていたのかと伸子が感嘆の声を上げた。亮は何に感じ入ったのか、白黒ですねえとしきりに頷いている。

保が写真の人々を指差す。

「この、真ん中の軍服のが貞市兄貴。お袋に抱っこされとる子供が俺で、こっちのが親父」

「貞市さんは、少し雄司に似てるかね？」伸子がつるの緩んだ老眼鏡を押し上げながら言う。

写真に写る貞市の首はがっしりと太いが、顔はどちらかといえば細面だ。どこか柔和そうな印象は確かに自分に似ているかもしれない。とはいえ、古写真ゆえに粒子が粗く劣化も進んでいる。しかも帽子の影が落ちて目元が黒く潰れているので、貞市の顔つきはよくわからない。それでも頼もしげにきりりと結んだ唇からは意志の強さを感じさせた。

与沢記者が写真の貸し出しを保に求めてきた。信州タイムスでこの顚末《てんまつ》を全て記事にするらしい。七十数年の時を経て遺族のもとに辿り着いた日本兵の日記。読み物としては面白そうだ。

「稲刈りには帰れるら、って言ってたけど、それどこじゃねえ。結局、今生の別れになっちまったな」保はそう言いながら、与沢に写真を渡した。

続いて日記にはニューブリテン島への機材揚陸後、ココポという地に駐屯する旨が記載されていた。以降は連日続く飛行場補助施設建設の模様や島の情景等が簡潔に綴《つづ》られている。夜間空襲は度々受けたようだが、文面からはそこまで逼迫《ひっぱく》した状況は感じられなかった。むしろ現地民との果実の交易についても頁が割《さ》かれるなど、ややもすれば楽し気な南国の日常といった風にも感じられる。
しかし、六月に入ると様相は急変し、夜間空爆とそれによる被害状況についての記述の頻度が目に見えて増えた。

六月七日
夜間爆撃あり　敵は飛行場を目標に定めたる模様
掩体《えんたい》なく野外繋留《けいりゅう》の飛行機四機が大破炎上
死傷者若干名

六月十日
夜間爆撃あり　高射砲陣が反撃するも戦果ナシ
第一滑走路破損　使用不能
一昨日より行われた路面修理が水泡に帰す

六月十二日
夜間爆撃あり　敵爆撃機、数時間にわたり飛行場上空を旋回スル

## 地団駄、切歯扼腕《やくわん》も為《な》す術《すべ》ナシ戦死者若干名

「この頃から坂道を転がるように戦況は悪化の一途です」

与沢の解説を待たず、それは日記からも読み取れた。

貞市の部隊はココポ基地からパラオ群島へ移動。さらに十一月にはニューギニア島、ウエワク近郊のブーツ飛行場に前進とされている。保によると、これは貞市の所属部隊、二百九飛行場大隊の担当航空戦隊がブーツに異動になった為であるらしい。飛行場大隊とは日本陸軍の部隊編制の一つで、航空機の整備補給や飛行場の警備など航空部隊の後方支援を任務とした部隊であるという。つまり提携する飛行戦隊が移動すると大隊も随伴するのだ。

しかし日記には本来従事すべき航空機整備についての記載はほとんど無い。与沢記者によると、この頃には肝心の航空部隊が損耗激しく、その数を著しく減じていたためらしい。要するに本来の任務そのものが遂行不能だったのだ。

年も明け、昭和十九年になると連日の空襲で疲弊した部隊の状況についての記述も急増した。さらに三月を迎えると、前線から撤退する兵士の記載も見られるようになった。

三月十日
前線から転進部隊が続々到着　全員徒歩　疲労困憊《こんぱい》
マダン、ラエから正月より歩き詰めの者もあり
ホルランヂアまで退《さ》がるという
聞けば前線では弾薬、糧食尽き、友軍同士わずかな食を争うこともあったという
途中自力後退できぬ者はやむなく残置の他なく　マラリア罹患《りかん》による死者多数
皇軍に有るまじき惨の一語　増援はまだか

「ホルランヂアってどこでしょう？　グーグルマップには載ってないですよ」亮が訝《いぶか》しげに手元のタブレットをタップしている。彼は日記の内容を手元と見比べつつ、真面目に時系列と場所を追っていた。

「現代ではジャヤプラといいます」与沢記者が答える。「この時、日本軍はパプアニューギニアの北岸を占領していましたが、東のポートモレスビーから連合軍の反撃を受けています。ジャヤプラは大規模な飛行場と港湾施設を備えた後方基地でした」

「その基地まで逃げるってわけですね。……ジャヤプラ、ジャヤプラ……ああ出てきた。ここですか？」

亮は液晶画面に起動している地図アプリの検索結果を私たちに見せた。パプアニューギニア北岸の都市の上にアイコンが表示されている。

「そうです。久喜貞市さんがおられたのはブーツ飛行場ですから……丁度この辺りですね」

与沢はそう言ってジャヤプラを示すアイコンの数百キロ東、何の記載も無い海岸近くを指差した。「それから日記に出てきたマダンというのはここ。ラエはさらに東……ここですね」

与沢は画面に指を走らせて地図をスクロールさせると、それぞれの地名を示して見せた。

「げ。これって滅茶苦茶《めちゃくちゃ》遠いじゃん。これを歩いて移動したのか」亮が驚いた声をあげる。

与沢が最後に示した最も東のラエから、ブーツ飛行場までは、地図上の直線距離でも四、五百キロはありそうだ。ホルランヂア、現在で言うところのジャヤプラは、さらにそこから三百キロ以上は西に位置している。この距離を日本軍は徒歩で敗走していたのだ。

「ろくに整備された道路はありません。行軍は相当厳しいものであったようです。戦況は著しく悪化し、前線から逐次撤退を余儀なくされます」

取材を重ねただけあって、流石《さすが》に与沢記者は当時の戦況についてよく把握している。
さらに日記の頁を繰ると、ついに久喜貞市の部隊も撤退を始める旨が書かれていた。

四月七日
我が隊もホルランヂア本隊に合流の命令を受ける
一旦航空基地に拠《よ》り本国の増援を待って反攻する算段

四月十日
行軍開始　ブーツ基地を発し途上のアイタペを目指す
目的地のホルランヂアまで凡《およ》そ一ヶ月の行程

四月十九日
アイタペ着　落伍者ナシ

「中継基地のアイタペに着いたのがこの日。で、翌日すぐにアイタペ基地を出発しています。この二日後、日本軍にとって運命の日、昭和十九年四月二十二日が来ます」
与沢はさらに日記を先へ進めた。

四月二十二日
早朝後方より激しい銃砲声聞ゆ
間も無くアイタペ飛行場に敵機動部隊上陸の報あり
しかれども我が隊は命令通りホルランヂアへの行軍続行の旨伝達さる
もとより武器を携行する者は少なく是非もナシ
敵哨戒機《しょうかいき》を避け山中に迂回《うかい》する進路トル

「この日、米軍の二十四師団、四十一師団を主力とする連合軍がアイタペとホルランヂアへの同時上陸作戦を実施して、日本軍は両基地とも有効な防衛戦を果たせず即日陥落しています」

「すると、二日前に後にしたアイタペ基地だけじゃなく、撤退先の基地までもが敵の手に落ちているわけですね」与沢の説明を受けて、亮が手元のタブレットを見ながら言う。

「そうです。ニューギニアの日本軍はほぼ壊滅。この時、久喜貞市さんは知る由もありませんが、前後を挟まれ既に進退窮まっていたのです」

「厳しいですねえ。行くも帰るもできずかぁ」亮の呟きはちっとも厳しそうじゃない。

この日を境に日記には簡潔な記述が増えていった。詳細を書き込む余裕すら失われたのかもしれない。何よりも死の匂いがこれまでに増して濃くなる。

五月一日
クルクル河に到着　筏《いかだ》で渡河を決行
佐久間《さくま》軍曹、横田《よこた》上等兵、吉田《よしだ》上等兵の三名が行方不明
捜索するも見つからず　溺死《できし》したと思われる

五月六日
度々の豪雨　終日汚泥の中
マラリア　上野《うえの》一等兵、田所《たどころ》曹長、二名残置
後続の本隊に合流を期待

五月十二日
里中《さとなか》上等兵、脚気《かっけ》の為歩行できず
励まし肩を貸すも、やはり行軍不能、残置
マラリア　富山《とやま》一等兵、滝田《たきた》一等兵、林《はやし》上等兵、落伍

「これ、読むのが辛《つら》いわね」仲子が顔をしかめた。「死んでる人もいるし。残置って置いてけぼりってこと？　連れてけなくて？」

「動けなくなった者は置いていく他なかったんです。医薬品も食料も無く、残された兵士は死を待つ他はありませんでした」

与沢記者の沈痛な答えに、仲子は渋面を深くした。

「酷《ひど》いわねえ……」

六月六日

撤退中の兵站《へいたん》部隊に遭遇

彼らは情勢を把握

ホルランヂア陥落を聞く

「ここでとうとう身の置かれた状況を把握したわけですね。きっついなあ」

亮の言うように、日記は簡潔だがショックだったに違いない。長く過酷な行軍の果てに目的地であり、最後の頼みとする後方基地すら失われた絶望はいかばかりだったろうか。例によって与沢記者が補足した。

「残存部隊の多くは、大きく迂回してサルミという更に西方の基地を目指したようです。しかし、食料の補給は無く、しかも連合軍が退路を封鎖した為、ほとんどがサルミに辿り着けずに命を落としました。その中で他の選択肢をとったのが、貞市さんの部隊ですね」
与沢記者はさらに頁を進めた。開いたのは久喜貞市の部隊がジャングルへの籠城《ろうじょう》を決意した、その日だ。

六月十五日
ホルランヂア陥落及び敵による撤退路遮断の予測
長期行軍による食料の欠乏、疲労の蓄積
部隊多くがマラリアに罹《かか》り移動自体が困難
各連隊の解散、自由行動の通達
諸般の状況を勘案するに、一時密林に潜み
体力回復を図ることが最善の方策であると一同結論に達す
我々の戦力を鑑《かんが》みるに、敵陣への玉砕攻撃の挙に及ぶは愚の骨頂と言うべき他なく
友軍再挙まで待機し、戦力維持を図るべきである

明日より宿営適地の探索に努め自活体制を整えるものとする

総人員十二名
曹長　久喜貞市
軍曹　藤村栄　伊《い》藤《とう》勝義《かつよし》
一等兵　吉瀬《きちせ》武雄《たけお》
准尉　川島《かわしま》昇《のぼる》　大木《おおき》昌平《しょうへい》　山田《やまだ》計《けい》　吉田《よしだ》敏雄《としお》——

以下、密林潜伏を共にした面々の名が連ねて記載してあった。この日は、今までになく筆が尽くされており濃密だった。いつ終わるとも知れぬ、地獄の行軍の終焉《しゅうえん》の日でもある。腰を落ち着けることへの安堵《あんど》もあったのではないかと私は想像した。それに一時的とはいえ、軍隊行動を中断し退避することへの後ろめたさもあったのかもしれない。だからこそ状況を克明に記し、単純な逃避行動ではないと説明しているのではないか。ともかく、久喜貞市はこの日を境に長く辛い撤退行軍を中止し、密林での潜伏生活に移ったのだ。
また、この日以降は、鉛筆ではなく炭か泥で記されているせいか、なお一層読みにくくなった。おそらく筆記具が失われ、代替として小枝の先などに木の燃えかすや泥土を擦り付けて記したのだろう。極限状況にありながら日記の執筆を続けたことが、久喜貞市という人物像の一端を示している。おそらく、生真面目で頑固な人間だったのだろう。私なら、日記など最初に打ち捨てているに違いない。顔つきは自分とどこか似ていても、性質はずいぶんと違うものだ。

日記に目を戻すと、程なくして、貞市の部隊は腰を落ち着ける場所を見つけた。

七月一日
崖下《がけした》の窪地《くぼち》に適地を発見
小規模　洞穴　宿営地トス

この日を境に日記は行軍記録ではなく、生存闘争の記録へとその色を変える。一日の記述は一行か二行程度。これまで以上に簡潔になっていく。その内容のほとんどが仲間の死と食料確保についてのものになっていた。

七月十一日
川辺に同胞の白骨複数アリ
ジャングル草採取

七月十三日
コタバル集積庫に潜入
米、乾パン少量発見　塩、醬油《しょうゆ》ナシ
ナント煙草アリ　ヤッタ！

七月二十日
銃剣でサクサクをキル　ほじくり食すが
しかしその後全員下痢

私たちの疑問を感じとったのか与沢が乱れた単語を指差す。

「このコタバル集積庫というのは日本軍に遺棄された物資貯蔵施設ですね。しばらくは点在するこの倉庫が命綱だったみたいです」

「ジャングル草とか、ここのとこの、サクサクをキルって何のことでしょうか？」私がその隣の数行を指差して尋ねた。

「ジャングル草というのは自生している雑草の一種です。食用になるとかで、当時の日本兵たちの間では貴重な青物として、そう呼ばれていたそうです。こっちのサクサクというのはサゴ椰子の木です。現地には沢山ありますよ。幹の内部に澱粉質《でんぷん》が多く、漉《こ》して搗《つ》くとパンのようになります。当時は現地の人々によく食された食材です。ただ、生食は厳しいみたいですが」

「お腹壊したって書いてありますね」

「好きだったんですかね？　タバコ」今度は亮が「ヤッタ！」という文字列を指差すと、保が首肯する。

「母ちゃんによると兄貴もタバコ飲みだったらしいわ。当時の男はみんなそんなもんだ」

以下、延々と食料確保と自分や同胞の病状、死亡の記載が続く。年明けを待たずに四人が亡くなり、昭和二十年になると状況はさらに悪化していく。

一月七日
吉瀬一等兵　衰弱の為動ケズ
夕刻息ヒキトル

二月十九日
山田准尉、意識モドラズ

吉田准尉、食細く食エヌ

二月二十日
吉田准尉息ヒキトル

三月八日
徳島《とくしま》兵長死ヌ

三月十二日
アツイアツイ　クルシミヌイテ

「十二日の記述は本人の病状でしょうか」

私の疑問に与沢が首を傾げた。

「マラリアに罹患していたのかもしれませんね」

アツイアツイという片仮名の文字列は、他の日の記録と雰囲気が違って読める。文章も途中で切れていて、どこか不穏な空気があった。貞市自身が熱にうかされる中で書いたのだろうか。日記の文字を記すことが生きることへの執念の表れだったのかもしれない。

亮が指折り数える。

「ここで、かなり死んでますね。残りは何人になります？」

人物名を勘定すると潜伏開始当初は十二名。一年を待たずして死亡が九名だ。

「あとは藤村軍曹、伊藤軍曹、それから貞市大伯父、だけだね」

私の答えに亮が顔をしかめた。

「残り三人だけですか。あんなに大勢いたのに」

日記の日付が四月の半ばを過ぎると、この時期には珍しく長文の日があった。

四月十八日
巨大なトリヲミル
赤いアゴ　黒い巨軀　ダチョウの如く
話にキク　ヒクイドリ　トオモワレ
銃ナク　狩れず
シトメタイモノ

「ヒクイドリ……」何となくその名は聞いたことがあるが、すぐに姿が思いつかない。

それまで黙っていた夕里子が解説してくれた。

「熱帯雨林に生息するソーチョー類の一種です。絶滅危惧種《きぐ》」

「ソーチョー類？」字が想像できない。

「飛べない鳥。走る鳥と書いて走鳥類。喉《のど》から垂れた赤い肉が、火を食べているように見えることから、火喰鳥《ひくいどり》と呼ばれているそうです。気性が荒く、鉤爪《かぎ》による蹴《け》り足が殺人的な威力だとか」

「へえ。図鑑みたい。お笑い芸人だけじゃなく動物にも詳しかったのかい」

私がからかうと、夕里子はぎろりと目を剝《む》いた。

亮が楽しげに口を開く。

「ああ、この前テレビでやってた。どこかの動物園でお笑い芸人のテレキネスがさ、この鳥を挑発して蹴られるやつ。盾にしたベニヤ板ごとぶっ飛ばされてたよ。姉さんハマってるもんね、テレキネス」

「……テレキネスじゃなくてテレキネシス」

夕里子は無表情のまま、芸名を訂正した。

「その気性とキックの強さから、世界一危険な鳥とも呼ばれてます。いつだったか、玄田も動物園の取材で蹴られたことがあるんですよ。避《よ》けたのに、少し当たっただけでジーンズが破れて。血が凄くて、ざっくり」

与沢が玄田記者に笑顔を向けた。玄田は手元のカメラを弄《いじ》くりながら、うむ、と頷く。

「シトメタイモノ、って一文に思いがこもってますよねえ」

亮が言うように、世界一危険な鳥も、飢えに苦しむ貞市たちにとっては貴重なタンパク源なのだろう。

日記はこの後、日付の間隔がさらに開きがちになる。前後の記載から、貞市は度々マラリアを患っていた様子だった。

多くの日本兵の命を奪ったこの熱病は、蚊を媒介に感染する。与沢記者によると、ジャングルに逃散した日本兵の、おそらく全員が感染していた筈だという。治療が望めない環境下では、一度発症したら自力で回復するしかない。しかし食料物資が欠乏し、慢性的な栄養失調状態ではそれも難しく、体力の劣る年長の兵士から衰弱し命を落としたという。貞市を始めとする生き残りの三人は、まだ二十歳を超えたばかりの若年兵で回復力もあったのだろう。しかし、一度復調しても、体力の衰えとともにマラリアの症状が再発する。日記にも生き残りの三人が定期的にマラリアに臥《ふ》せる様子が記されていた。

しかし病のことよりも私が気にかかったのは鳥についてだった。日付の間隔が大きくなる中で、火喰鳥についての記載が明らかに増えていた。

四月二十四日
銃携行　トリの糞《ふん》　足跡を追う
日没まで捜索するも出会えず

五月二日
トリは接近を察すると逃げる為
待ち伏せを試みる
獣道に二箇所待機所を設置　藤村、伊藤と分担

五月六日
終日雨　最後の乾パンを食ス　カビダラケ
ヒクイドリはいかなるアジか
あの寸法　三人で充分なゴチソウダ

生をつなぐには食料確保が最優先になるのは理解できる。しかし、貞市の火喰鳥に対する執着は異様にも感じられた。

「……ここを見てください。先住民と会ったという記述があります。もしかしたらこ

れがラプレさんかもしれません」与沢が頁を繰る手を止めて示した。

五月十四日
遺棄農園よりパパイヤ採取　僅少《きんしよう》
先住民一名を見る
敵意が無いことを示すと去る

潜伏中に他の人間と接触した記述はこれが初めてだ。貞市たちの隠れ場所が知られるきっかけとなったのかもしれない。

五月十八日
待機所で日中過ごす
ネツサガラズ　ゲリ
トリはアラワレズ
五月二十日
発熱　終日ウゴケズ

もしトリをシトメタラバ
どう調理するかを三人で協議
タノシミ

六月三日
イヨイヨウゴケヌ
ネツサガラズ

六月五日
食欲ナシ　ウゴケズ
何も食いたくない
ニクデモ　クイタイ

日増しに貞市の火喰鳥に対する執念は強まるばかりだった。そもそも食欲無しと書きながら、肉が食いたいとは妙な話だ。

そして昭和二十年のこの日、ついに日記は唐突に終わる。

# 六月九日

という記載が最後だった。日付のみで本文が無い。後から本文を書こうと思ったのか、あるいは書きかけのまま中断を余儀なくされたのかはわからない。とにかく、これが最終頁だ。この頁の下半分は汚れていて、くすんで色褪《あ》せたえんじ色の染みが散っている。大小三つの染みは所々かすれていて、その形は角度によっては歪《ゆが》んだ人の顔にも見えた。泥水が飛んだのか、あるいは貞市自身の血かもしれない。

「この日、貞市兄貴は撃たれて死んだんだ」保が日記を手元に寄せ、日付を指でなぞる。

「昭和二十年六月九日。日付も聞いてた通り？」私が尋ねると、保は仏壇の奥から一つの位牌を持ち出して卓上に置いた。漆塗りに沈金が施されたその位牌は、それなりに古びていて、黒い塗りの光沢も鈍い。

「これが兄貴の位牌。藤村さんが復員されて、戦死を伝えてくれたもんで、没年も入れられたんだ」

位牌の裏側に「俗名　久喜貞市　行年　二十二歳」と記されている。それを表側に返すと、中央の戒名の横に「昭和二十年　六月九日」と死亡日がある。終戦の直前。たしかに、この日記の最後の日付と同じだ。覚えてはいないが削られた墓石にもこの

さめる。

日付が刻まれていた筈だ。

玄田記者が卓上に開かれた日記と、小さな位牌をでかいカメラのファインダーにおさめる。

保がしわがれた声を絞り出した。

「この日、兄貴は具合悪くして寝込んでいたらしいでな。藤村軍曹と伊藤軍曹が食料探索に出かけて留守の間に敵に襲われたらしい。探索に出てた二人も如何《いかん》とも し難かったろう」

私は久喜貞市の位牌を手にした。戒名をつるりと撫《な》でてみる。今まで気にかけたことは無かったが、日記を読んだためか、以前よりもこの位牌に身近なものを感じた。

日記に記された最期の日。貞市は何を思っただろうか。日本に帰ることができていたら、穏やかに暮らせたろうに。そればかりか、今もこの家にいたかもしれないのだ。

「火喰鳥を食べることができていたら、大伯父は死なたかったかもしれないな」

気づけば私はそう口に出していた。

夕里子がお茶を淹《い》れなおすと言って席を立とうとしたが、母がそれを制して出ていった。

保は手にした日記をくぼんだ目でじっと見つめている。

「いかがですか」与沢記者が口を開いた。記者としては保のコメントが欲しいのだろう。しかし日記の主の実弟は言葉少なだ。

「……うん」と言ったきり、黙り込んでしまう。

「感慨深いものがあるんだよね？」居心地の悪い沈黙に耐えかね、私は祖父の気持ちを代弁するが、保は答えない。涙でも堪《こら》えているのかと思った矢先、ようやく口を開いた。

「妙な日記だわな」

「妙……、ですか？」与沢が大きな目をぱちくりさせた。

「それは、どういったところがでしょうか？」そう問いかけたのは、終始寡黙だった夕里子だ。

その声にどこか違和感を覚えた。寡黙なのはいつものことだが、今の夕里子には思い詰めたような気配がある。私は妻の顔を見つめたものの、表情からは理由を読み取れなかった。

「どうというか……、妙な感じだわな」

与沢がメモ帳を開いてペンを握る。

「お兄様が亡くなられてから七十年以上は経ちます。今になってこうした生々しい記録が出てくるというのは、やはり不思議な感覚でしょうか？」

「いやあ、そういうことでなくて」

煮えきらない祖父の言葉に私も与沢も首を傾げた。

保は白い眉をひそめ、少し考えると、全く別のことを話し出した。

「兄貴は高等小学校卒業後、十四で陸軍に志願入隊したんだよ。兵隊さんに憧《あこが》れがあったらしいわ。長男だけど、当時うちは裕福な農家で人手も余裕あったしな。まあ精神修養の場にもなるし、時期が来たら除隊すりゃいいってことで、父も入隊を許可したんだ。ほいだけど、こういう大きな戦争になったもんで……」

保は老眼鏡を外すと、閉じた日記を座卓の端にぽんと置く。

「跡継ぎの責任もあるしさ。兄貴は何としても日本に帰りたかったと思うわ。異国の地で死ぬなんて考えもせなんだろう。この日記を読むとさ。帰らなきゃならん、生きなきゃならんという、何か匂いみたいなものがあるわな」

自分の言うことがしっくりこないのか、保は言い終えても首をひねっている。

匂い。

それが「妙な感じ」の答えなのだろうか？　祖父にしてはやや詩的な表現だ。質問への答えにはなっていない気がする。与沢記者も戸惑った面持ちで祖父を見つめる。

「そうですね。文脈から貞市さんの必死な思いみたいなものは感じられるかもしれません……。そういえば、玄田もこの日記を初めて目にした時は感じ入ってましたね？」

与沢の問いかけに玄田は手帳を見据えたまま答えなかった。しかし、一瞬だけ視線をゆるがしたあとに、思わぬことを言った。

「久喜貞市は生きている」

玄田の言葉にその場の空気がしんと凍りつく。

低い声色は奥座敷にじわりと染みついた。

「生きている」

玄田はもう一度、単語を擦り込むようにゆっくりと言った。

一瞬、稲光に照らされるように、久喜家の墓石が私の脳裏に浮かび、消えた。

誰かに削られた墓石。生への執着が滲む日記。

日記の帰還と共に貞市が蘇《よみがえ》り戻ってきた。

そんな幻想が駆け抜けた。気圧が変化したような奇妙な感覚に襲われる。

「ちょっと、玄田さん。一体何を……」

与沢が戸惑った様子で咎《とが》めると、玄田は頭を下げた。

「申し訳ない……。雄司さんの言うとおり、彼が、生き延びていればと」

私は夕里子と顔を見合わせた。彼女の表情は、心なしかいつもより強張《こわば》っているように感じられる。保も困惑しているようだった。

エレベーターが急降下するような気持ちの悪さが続いていて、尻《しり》の下で座布団がぞわりと逆立った気がした。不穏な気配を感じたのは私だけではないのか、その場の全員が口を閉ざしたまま何の言葉も発さない。

一方で当人の玄田は何事も無かったかのように、むっつりした無表情に戻って手元のカメラを弄《もてあそ》んでいる。なんだこいつは、と少し腹が立った。

私はふと奥座敷の暗がりに視線を走らせた。

何かがぱちりと目を覚まし、私たちを見つめているような錯覚に囚《とら》われたからだ。

勿論《もちろん》そこには何もいやしない。

その時、

「亮？」

夕里子が小さく呼びかけた。夕里子の視線の先には、いつの間にか皆に背を向けて、縮こまって座りこむ亮の姿があった。

一目見て、ぎくりとした。

亮の頭部が消えているように見えたからだ。しかし、すぐに首が落とされたわけではなく、座したまま首が折れるほど俯《うつむ》いているのだと気がついた。しかし認識が追いついても、やはりそれは異様な姿だと思えた。

「亮、どうしたの？」

夕里子が再び呼びかけるが、反応は無い。

「亮！」

いつにない夕里子の大声に、その場の者は皆、夕里子を見、次に亮を見た。

亮はゆっくりと垂れた頭を持ち上げると、機械仕掛けの人形さながらに、じりじりと顔だけこちらに向けて皆を見た。ビー玉みたいな真っ黒い目玉には感情が浮かんでいない。

夕里子が重ねて問いかけた。

「何をしているの？」

亮の手にはいつのまにか貞市の日記があった。左手におさまっている日記は、頁が開かれている。右手には鉛筆を握っていた。亮は自らの手元に目を落とすと、夢から覚めたかのようにしげしげと貞市の日記を眺めている。

「もしかして、それに、何か書いたの？」

夕里子が当惑の声を上げた。

「え？　ああ……」

亮は呆《ほう》けたように手の中の日記を見つめたままだ。自分自身の行動に戸惑っているようにも見えた。

「書いた？」

私が亮の手の中を覗き込むと、そこにたった今書き込んだのであろう記述が読めた。

開かれているのは貞市が最後に記した、日付だけ残された日記の最終頁。その六月九日という記載の隣に片仮名の一文が追記されている。

ヒクイドリヲ　クウ　ビミ　ナリ

私はその文字列を口にした。

「火喰鳥を、喰う……、美味、なり……？」

声にした途端、じわりと背中に嫌な汗が滲むのを感じた。

亮はどうしてこんなことを書いたんだ？

亮の顔を見る。一瞬前まで黒く塗りつぶされていた瞳《ひとみ》には光が戻ってきたように思えたが、日記を持つ彼の手は震えていた。

夕里子がひったくるように日記を取り上げた。

「どうして？」

姉のもっともな問いに、弟は狼狽《ろうばい》したように首を振る。

「いや」

「どうして、いたずら書きなんて」

亮は口元を歪めた。

「自分でも……、よくわからない」

「わからないって……」

夕里子はまじまじと弟の顔を見つめた。どう考えても様子がおかしいが、亮が嘘をついているようには思えない。

亮は膝《ひざ》の上で拳《こぶし》を握り締めている。まだわずかに震えているようだ。

「腹が減ったら……、死ぬから、だから……」人ごとのように呟き、慌てて私に詫びた。「すみません。貴重な日記に……。ぼうっとしていて、気づいたら書いちゃって」

私は返答につまった。与沢がとりなすように言葉を足した。

「壮絶な内容ですから。毒気のようなものに当てられてしまったのかもしれません。若い方には刺激が強いといいますか、きつい内容ですし。ね？　玄田さん」

振られた玄田記者は、髭を撫でると、同意したつもりか、む、と一言返した。

そんなことがあるものなのか。亮は軽口を叩き、場の空気を読めない傾向の青年だが、決して非常識ではない。彼の様子は自分の意思というよりも、何かに憑《つ》かれているように見えた。

久喜貞市は生きている。

玄田の一言から訪れた、空気が色を濁らせたような異様な気配が抜けない。

私はまた座敷の闇だまりに視線を走らせた。

奥座敷は風通しもよく陽当たりも良い。それでも和室の最奥には常に濃い暗がりがある。その一角だけが子供の頃から怖かった。よくわからない何かが、暗がりからニタリニタリとこちらを見つめている。そんな空想に囚われていたからだ。

今、その感覚が蘇っていた。背筋を冷えた汗が垂れていくのを感じる。

保は夕里子の手にある日記を黙然と見つめていたが、やがてのそりと腰を上げた。

私は声をかけようとして言葉を呑み込んだ。保の顔色は白く乾き、極度の疲労に困憊して見えたからだ。黙ったまま座敷を出ていくその背中に、誰も声をかけられなかった。

夕里子は道具箱から消しゴムを取り出すと、亮が書き込んだ部分を擦り始めた。

「いいよ、そのままで。破れちゃうよ、古い紙だから」

私は制止するが、夕里子は無視して紙面を擦り続ける。まるで何かに焦っているようだ。夕里子の様子は先程からやはりどこかおかしい。彼女の示す感情の起伏がいつもより激しいのだ。

やがて、少しばかり筆圧による跡が残ったものの、「ヒクイドリヲ　クウ」の一文は綺麗に消えた。

# 一日目

翌日。藤村栄の自宅を訪ねたのは雲翳《うんえい》で陰る午後のことだった。

まだ陽は高い時間の筈《はず》なのに重い雲が陽光を遮っている為、まるで宵の口の暗さだ。真っ黒な曇天から、飽和した雨粒がいつ漏れ出してもおかしくはない。

「ひと雨来そうですね」信州タイムスの社用車の助手席で、シートベルトを解いた与沢記者が空を仰ぐ。私はスマートフォンで天気予報を確認する。

「雷雨の予報ですよ。最近の日本は赤道下の熱帯みたいな気候ですよね。またバケツひっくり返したみたいに降るんじゃないですか」

玄田記者は運転席から降りると、カメラの入ったショルダーバッグを肩に引っ掛けて、黒雲に視線を走らせていた。

私は目の前の藤村家を見上げた。この家もまた、久喜家と同じく年季の入った古民家だ。

久喜貞市と共に密林生活を送り、辛くも日本への帰還が叶《かな》った二人の日本兵。そのうち伊藤勝義軍曹は復員後間もなく病死し、遺族も遠方へ引っ越した為に久喜家との交流は既に絶えていた。しかし、もう一方の藤村栄軍曹は今もなお存命で、互いの家で年賀状を送る程度には交流が続いている。その為、伸子が久喜貞市の日記発見の報を藤村家にも伝えたのだった。

藤村栄は齢《よわい》九十を超え既に寝たきりであるとのことだが、この報に接して非常に懐かしがり喜んだという。折角なので日記を見せてもらえないかと、藤村の娘に招かれた。そこで取材の為に同行を願い出た信州タイムスの社用車に同乗させてもらったのだった。

玄関先で我々を出迎えてくれたのは、藤村栄の娘、藤村ゆきだ。白髪をアップに結った品の良さそうな婦人である。藤村家は父と娘の二人暮らしだという。栄は既に歩行もままならないというから、この女性が世話をしているのだろう。

「父に話しましたら大変驚いておりましたのよ。体は自由になりませんが、頭の方は割合にしゃっきりしておりますのでね」

ゆきは、上品に笑うと、私たちを邸内に招き入れてくれた。

「ついに久喜曹長がお帰りになられたかと、涙をはらはらと零《こぼ》しまして……。戦地では辛《つら》い目にあったようですから、何十年経っても思うところは様々あるのでしょうね」

古色蒼然《そうぜん》とした屋敷の外観と異なり、藤村家の内装はすっかり近代的にリフォームされていた。壁面に手すりのついた真新しいフローリングの廊下を通り、リビングに案内される。

　窓際のテレビの向かいに大きな介護ベッドが置かれ、その立ち上げた背もたれに、深々と体を預けている老人がいた。藤村栄だ。

　藤村は痩《や》せ細った首をこちらに向けると、口元に皺《しわ》を集めて何か言った。

「そうよ、久喜さんがいらっしゃったのよ。久喜曹長の弟さんのお孫さんたちよ」

　ゆきが声をかけると、藤村は再びもごもごと口を動かした。うわずったかすれ声が漏れる。

「いらっしゃい、ですって」ゆきは皆に椅子を勧めながら、「頭はしゃっきりしているんですが、言葉と目玉の方が少し不自由ですの。こんな具合なのでベッドで失礼致しますね」

　藤村の濁った瞳《ひとみ》はおそらく白内障だろう。視力に難がありそうだ。歯が無い為なのか、その発音はろくに言葉として聞き取れない。ただ、実の娘には理解できているらしい。

　ベッド横のダイニングテーブルを囲んで座ると、ゆきが茶を淹《い》れてくれた。私は世間話もそこそこに、今回の経緯を説明して日記を取り出すと、藤村に手渡した。

「お父ちゃん、眼鏡」

娘に手渡された老眼鏡をかけると、彼はわずかに身を起こし、枯れ木のような指先で手帳をつまんだ。不自由な目玉でも文字は読めている様子だ。覚束《おぼつか》ない手つきで日記をめくっている。

「まあ綺麗《きれい》に残っていたものねえ」傍らから日記を覗《のぞ》くゆきが、感嘆の声を上げた。

藤村は日記の前半よりも後半、密林潜伏中の記述に目を落としているらしい。固く口を結び、時折言葉にならぬ呻《うめ》きを漏らしながら、静かに読み進める。たまに文面を指差しては何事か娘と言葉を交わした。やがて最後の日付まで達したのだろうか、藤村は唇を震わせると目頭から滲《にじ》む涙を細い指先で何度も拭《ぬぐ》っている。娘がガーゼを差し出し、労《いた》わるように背を撫《な》でる。その様子に玄田がシャッターを切っていた。

「お辛い経験を思い出させてしまいましたか」私が尋ねると、藤村は日記を閉じてしわがれた声を発した。ゆきが神妙な面持ちで通訳する。

「地獄だったって」言葉を続ける藤村に、ゆきがなおも耳を傾ける。「道なき道を助けも無く、とにかく歩く。ただ歩く。歩けなくなった者は見捨てるしかない。それが辛かった」

確かに日記にもそんな記述があった。自分などは体力もないから、出征していたら完全に見捨てられる側だ。風邪も引きやすいから、マラリアなんて耐えられるわけがない。ましてや大荷物を担いでジャングルを歩くなんて。生まれたのが戦後で幸いだった。

「貞市とは日本からずっと一緒なんですよね？　どんな人でしたか？」

私が訊《き》くと、藤村は言葉にならない声で応じた。ゆきが同時通訳する。

「久喜曹長とは配属時から一緒。非常に生真面目な方で、仲間思い。撤退中も皆を必死に励まして、周りからも頼りにされていたそうですわ」

「確かに真面目そうだと思いましたよ。筆まめですしね」私が笑うと、藤村がもごもごと口を動かし、娘のゆきが耳を傾ける。

「日々の記録は軍隊で義務付けられてたんですって。ただ、散り散りに逃げてからも、久喜曹長だけは手帳を大事にされていたそうですよ」

与沢が感じ入ったように頷《うなず》く。

「責任感の強い人間だったのですね。食料の確保だって大変だったのでしょうに」

日記にも食を得る困難が綴《つづ》られているが、藤村は久喜貞市戦死後、約一年余りを密林で生き延びたのだ。ゆきが父の答えを言葉にする。

「最初は集積庫にわずかに残る乾パンや醬油《しょうゆ》で食いつないだ……あとは……サクサク？　なあにそれ？」

「現地に自生するサゴ椰子《やし》だそうです」私が藤村に代わって答えた。

「まあまあ、ヤシの木まで食べたの？」藤村は口の端を少し歪《ゆが》めると、しゃがれ声で言葉を続ける。娘は父の手を握り、同時通訳を続けてくれた。

「昆虫も食べたし、茸《きのこ》や野草も試した……。中毒にもなったんですって。それでも足りない」

虫を食うと聞くだけで怖気《おぞけ》立《だ》つ。

信州のこの辺りでは、イナゴや蜂の子が珍重され、佃煮《つくだに》として土産ものにまでなっているが、私には恐怖の対象でしかない。極限状態ならいざ知らず、日常に食うものは色々あるのに、なぜあんなものを食とするのか。食卓にそれが並んだ時の衝撃は忘れられない。このトラウマと自身の虫が苦手な性分と、全く無関係ではあるまい。我が故郷の野趣を腹立たしくも感じる。

「あとは……え？　何？……トリ？　鳥？」ゆきは何度も聞き返している。耳慣れない単語の為か。

「火喰鳥《ひくいどり》ですか。日記にも書いてありました」

私の言葉に藤村は満足そうに首肯した。

「ああ、あの駝鳥《だちょう》みたいな、あれね。テレビで見たわ。あれは美味《うま》かった、ですって」娘が父の言葉を伝える。「狩りを段取りしたのは久喜さんだったそうですわ……。なかなか上手《うま》くいかず、火喰鳥を仕留める前に亡くなられた。せめて食肉を確保するまで命があれば、共に日本に帰れたろうに……」

「貞市は狩りの成功を見ることなく、死んでしまったようですね」

久喜貞市の日記には、火喰鳥を狩ることへの執着が読み取れたが、残念ながら本人はそれを成せなかった。藤村は濁った目で私を見つめると、再びこくりと頷いた。

「とにかくジャングルでの生活は久喜曹長が主導されたもの、だそうですわ。お父ちゃんは久喜曹長には足を向けて眠れないわね」

藤村は瞑目《めいもく》し、そっと両手を合わせた。

久喜貞市は終戦まであとわずかというところで命を落とした。マラリアに罹患《りかん》せず、襲撃の際にその場を離れる体力さえあれば、藤村軍曹のように食を繋《つな》いで生還が叶ったかもしれない。あるいは部下が一緒であれば、早期に敵軍接近を察知し、共に襲撃を逃れ得たかもしれない。

一方で残された藤村軍曹ら二名は、その後も密林で生き延びた。食料の確保には苦労が続いたが、少人数で口数《くちかず》少ないことが功を奏した面もある。運よく重篤な病気にかからず、彼ら自身が若くて回復力もあったのも良かったのだろう。

生死を分かつのはきっと、兵卒としての能力の多寡ではない。死の奔流の前には、個々の力は津波に逆らうに等しいのだ。藤村のように、生還したわずかな将兵は、運命の綾《あや》をたまたま逃れ得たに過ぎないのかもしれない。平時では想像を超える極限状態だ。

もしその地にいたとして、私は正気を保てただろうか。

「降ってきた」玄田がぼそりと呟《つぶや》いた。

その途端、ざあーっという激しい雨音が室内を満たす。外は真っ黒な雨がしたたかに地面を打っている。こころなしか部屋に影が落ちた気がした。空隙《くうげき》が生まれ、皆揃って口をつぐむと、篠《しの》突く雨を静かに見つめる。

雨音に耳を傾けながら藤村を見た。老人はニューギニアのスコールを思い起こしているのだろうか。雨粒のすだれのさらに遠くを眺めるように白濁した目を細めていた。遠い過酷な日々の記憶は、藤村の心にどういう有り様で留《とど》まっているのだろう。老人の横顔はただ空虚だった。

ふと気がついた。藤村の唇が動いている。繰り返し何かを話しているように見えた。耳をそばだてると、雨音を縫って藤村の声が届いた気がした。この雨音では聞こえる筈のない声だ。私は彼の唇の動きを注視する。お経でも唱えているのかと思ったが、違うようだ。

突然、室内がモノクロに裏返った。

窓の外で稲妻が走ったのだ。

「うぁぁらぁ！」

雷鳴の代わりに絶叫が木霊した。一同がぎょっとして見ると、藤村が天井に向けて大口を開けている。遅れて雷鳴がごろごろと轟《とどろ》く。
「ど、どうしたの？」戸惑いを隠せないゆきが尋ねると、藤村は、
「うあぁらぁ、うあぁらぁ」と熱っぽく同じ単語を繰り返す。先刻とは人が変わって
しまったかのようだ。彼の顔には喜色が浮いている。
「え、美味《おい》しかったって……、お父ちゃん？」
次の藤村の叫びは、その場にいた全ての者に明瞭《めいりよう》に届いた。

ひくいどり！

ヒクイドリ。火喰鳥。
ふっと冷気が覆った。室内に怪鳥の影が落ちた気がした。
「どうしたのよ？　落ち着いて……」ゆきが父の背をさするが、藤村はしきりと早口
に何事かまくしたてている。
「何よ……、え、どういうこと？」
娘は目を白黒させながら懸命に父の言葉を聞く。しかし聞き取れないのか、話の辻《つじ》
褄《つま》が合わないのか、ゆきは幾度も聞き返していた。藤村は興奮に頰を紅潮させて、ま
るで熱にうかされたように見える。

「何を仰《おつしや》っているのでしょう？」困惑する与沢の問いに、ゆきは訝《いぶか》しげに首を傾げた。

「食べた食べたって」

「食べた？」

「ええ、久喜曹長が食べたって。火喰鳥が美味かったって。鳥を捕らえて久喜さんが食べたって言うんですよ。なぜ急に……」

「鳥を狩る以前に久喜貞市さんは戦死されたのでは？」

「そう、さっきそう言ってましたよね？　だから久喜さんではなくて伊藤さんでしょ？　って聞いたのだけど……」

「違うと？」

「ええ。火喰鳥を食べたって。美味かったって、そればかり」

与沢も言葉が見つからないらしい。不安げな眼差《まなざ》しを私に向けている。

藤村の混乱ぶりは普通とは思えない。そしてふいに昨日の亮を思い出す。日記に書き込みをした彼の様子は明らかにおかしかった。何か悪いものに憑《つ》かれたみたいだと思ったが、藤村の姿もまた同じだ。

藤村はなおも熱っぽく何ごとか繰り返し喚《わめ》いている。その姿は狂乱しているといっても過言ではない。異様だった。

老人の顔には上気した笑みが張り付いている。狂気を感じさせる表情だった。父の言葉を聞くゆきの表情は、心配というよりも、もはや恐怖に近い。

「……美味なり、か」と、玄田が低く漏らした。

私の眼前に「ヒクイドリヲ　クウ」という文字が閃《ひら》めく。はっとして玄田を見た。そうだ。亮が書き込んだ状況通りのことを藤村は話しているわけだ。

これはただの偶然なのだろうか。

不安にかられた私は玄田に声をかけようとしたが、彼は蚊でもとまったのか、自らの太い腕をぴしゃりと叩《たた》いた。皮膚に潰《つぶ》れた血糊《ちのり》がどろりと広がる。やけに赤い。

荒れ狂う風雨はなおも強く、南国のスコールのように窓ガラスを打っていた。

◉

夜、私は目を覚ました。座敷の寝床だ。

この辺りでは、八月のこの時期でもエアコンは必須ではない。夜間は網戸にしておけば十分に涼がとれる。薄眼を開けると、障子の隙間に覗く網戸の向こうに、月明かりに照らされた奥庭が見えた。わずかに漂い漏れる夜気が、涼しいというよりもうすら寒い。

ガラス戸を閉じるべきか、うっすらと霞《かすみ》がかかった頭で思案していると庭先で音がした。濡《ぬ》れた雑巾《ぞうきん》を地面に落としたような水気を含む音だ。さては雨でも降り出したかと瞼《まぶた》を引き剝《は》がして障子の隙間に目を凝らすが、その様子はない。雨音も聞こえない。再びまどろみ始めると、同じ物音に意識を引きずり戻された。

ぐじゃ　ぐじゃ　ぐじゃ

音に目を向けると、障子にすっと大きな影がよぎったように思えた。

私は寝床から立ち上がり、庭に面した障子を開いた。砂利を敷いた地面の奥には綺麗に剪定《せんてい》された松が並んでいる。

特段何の不審もない――いや、よく見ると白い砂利の上に大小の黒い染みが点々と続いている。その染みを辿《たど》るように等間隔に連なる窪《くぼ》みもあった。

足跡だろうか。

私は網戸を開くと、突っかけを履いて庭に降りた。落ちた黒い染みを仔細《しさい》に見ると、これらはどうやら液体のようだ。まだ濡れている。砂利に点々と残された窪みはそれぞれ一方が三つ叉《また》に分かれており、獣の足跡のようにも思えた。

近所の畜舎から牛が脱走したのだろうか。私はすぐにその考えを否定した。たしかに私が子供の頃、この近所に数箇所の牛舎があった。しかし、近隣の酪農農家は十年以上も前に全て廃業している筈だ。この辺りで家畜が闊歩《かっぽ》するとも思えない。私は物音を立てないように砂利を踏み、足跡を辿る。辺りは不自然に寂として、常ならば夜通し響く虫の声すらしない。

月が叢雲《むらくも》に隠れたのか、急に庭が陰る。同時に、松葉の奥で何かが動いた気がした。曲がりうねる樹枝の合間から植栽の暗がりを覗くと、澱《よど》んだ暗闇に何かが見える。こんもりと丸く剪定された隣の躑躅《つつじ》よりも、更に巨大な黒塊が闇溜《だ》まりに留《とど》まっている。

あれは、何？

不意に黒塊から一本の触手が真上に伸びた。突き出したその先端に、赤い輝点がゆらりと二つ並ぶ。それが触手ではなく獣の眼光だと気がついた時には、憑かれたように下肢が硬直し、身じろぎも叶わなくなっていた。

ぐじゃ　ぐじゃ　ぐじゃ

雲間から月明かりがさした。そこに浮かび上がったのは、見上げる程の巨大な怪鳥であった。黒髪を敷き詰めたような羽毛が丸い胴体をびっしりと覆い、それは出目《で》目《たらめ》に大きな人間の頭部を思わせた。そこから伸びた瑠璃《るり》色の首は青白く燐光《りんこう》を放ち、鶏冠を怒らせた頭部には獰猛《どうもう》な敵意を宿した眼球がぎらぎらと光る。月光が縁取る輪郭は駝鳥に似ているが、明らかにそれとは違う。

体高三メートルはあろうかという巨軀《きょく》。その獣は汚穢《おわい》を帯びた瘴気《しょうき》を放ち、眼光は私を見据えて、ゆらゆらと揺れている。

強烈な嫌悪感と恐怖に皮膚が粟立《あわだ》つ。目をそらそうにも、己の眼球は凍りついたように獣に向けられたまま動かすことができない。腐敗臭が鼻腔《びこう》を突き刺し、嘔吐《おうと》感を誘う。

火喰鳥——?

信じ難いが確かにそれだった。喉《のど》に下がる赤い肉垂は、文字通り火を喰らうが如く、紅に燃えていた。

火喰鳥はしきりに咀嚼《そしゃく》している。

嘴《くちばし》からぶらりと垂れている赤黒いそれは怪鳥の肉垂ではない。血の滴る引きちぎられた生肉の断片であった。嘴にぼたぼたと黒血を溢《あふ》れさせ、火喰鳥は残る肉片を器用に手繰ると一口に飲み込む。喉に臼歯《きゅうし》でも生えているのか、瑞々《みずみず》しい生肉を嚙《か》み締める、ぐじゃ、ぐじゃという不快音が三度耳に届いた。

私は火喰鳥の邪悪な視線に魅入られ、小指一つ動かせなかった。

怪鳥は地面に嘴を打ち下ろした。泥土に楔《くさび》を打ち込むような鈍い音。いや、地面ではない。火喰鳥の鋭い鉤爪《かぎ》に押さえつけられているのは全裸の人間だ。刃物のような嘴が突き刺しているのは、人の身体であった。既に腹部は喰い荒らされて内臓が露出している。その血みどろの腹に、火喰鳥は嘴ばかりか顔面までも潜り込ませ、柔らかな臓腑《ぞうふ》を貪《むさぼ》っている。やがて燐光を纏《まと》う青い首をもたげる。鶏冠まで鮮血を被《かぶ》った頭部には血のもたらす興奮と食の悦《よろこ》びに歪んだ眼球が怪しく光っていた。嘴からは、引きずり出された小腸が死骸《しがい》まで長々と垂れている。それは手品師が口から万国旗を次々と吐き出す姿に滑稽《こっけい》なほど似ていた。

魅力的な臓器でも見つけたのか、火喰鳥は再び死体の胴体に顔を突っ込むと、血を滴らせながら起き上がり、咥《くわ》えた肉の塊をごろりと嘴の奥に転がした。私の脳天に戦《せん》慄《りつ》が走る。

火喰鳥はニタリと厭《いや》らしく嗤《わら》うと、強靭《きょうじん》な鉤爪でその死体を蹴《け》り飛ばした。無残な死骸は腹わたを撒《ま》き散らして転がり、顔面がごろりと向けられた。

月に白く照らし出されたその顔は、私自身だった。

「荒っぽい仕業だね」

松尾《まつお》と名乗った小太りの巡査は、久喜貞市の享年が刻まれていた筈《はず》の、墓石の欠損部分を指でなぞりながら言った。

「手作業でやったんだと思うよ。こんなところに石材加工の機械なんて持ち込めないもんね」

「わかるんですか」

「この跡をご覧なさいよ」松尾巡査はのんびりとした物言いで、砕かれた石面を指差した。「こうして筋になっているでしょ。これコヤスケっていう先端に硬い金属がついた石ノミの跡なんだよ。それをあててセットウっていうハンマーで殴るとこんな具合に削れるんだよね」

「随分とお詳しいんですね」

「テレビで見たんだ。アイドルがいろんなものに挑戦する番組でやってたよ。意外と器用だよね芸能人って……。ほんで、いつからこうなってんだっけ？」

「さっきも言いましたけど、気がついたのは六日前。彫られたのも、その辺りかと」

私は少し苛々《いらいら》していた。松尾巡査のマイペースな語り口はどうも肌に合わない。それに暑さのせいもある。まだ日は高くない午前の墓場。風が無いせいか、やたらに蒸し暑い。林立する御影石に照り返す輻射熱《ふくしゃ》もその原因だろう。

「ああそうだ、さっきも聞いたっけ。じゃあ先週とかですかねえ犯行は。すみませんね、こういうの、メモっておかないと私すぐ忘れちゃう。……何か書くものお持ちです？」

「ありませんよ」

「あら残念」松尾巡査はそう言って自分の体をまさぐると、「ああ、あったわ」と言いながら制服の胸ポケットからボールペンを取り出した。そのくせ手帳は取り出すこともなく、再び墓石の表面に目を凝らす。

「酷《ひど》いことをする輩《やから》もいるもんだ。人の家のお墓を傷つけるだなんてねえ……」

「あの、他にこういう被害届って出てないですか？」

松尾巡査は片手をひらひら振った。

「無い無い。無いよ、こんなのはさ、いたずらの域を超えてる」

確かにあらかじめ石工道具を準備しなければならないし、人力でやったのなら結構な力仕事の筈だ。作業に時間がかかるうえに、人目を避けねばならない。誰が犯人にせよ計画的な仕業だろう。けれど、意図がわからない。久喜貞市の名前を削ることにどんな意味があるのか。

と、目の端で何かが動いた。

そちらへ向き直ると、墓場の奥の松の木の陰から、おさげ髪の女の子がひょこりと顔を覗《のぞ》かせていた。

五、六歳くらいだろうか。その娘は視線が合うと、にっこりと笑顔を見せた。ピンクのTシャツに黒いハーフパンツ。よく陽に焼けた顔に快活そうな白い歯が覗く。少女は「内緒だよ」とでもいうように、立てた人差し指を唇に押し当てた。墓場の周囲は田んぼだ。若い稲がざわざわと揺れている。近所の子供たちが隠れんぼでもしているのだろう。

「で、被害届出します？」

松尾巡査が振り返る。

「え？……ええ、勿論《もちろん》」

「だよねえ。じゃあ駐在所まで一緒に来てもらえますかね？」

松尾巡査は私の返事を待たずに背中を向けてすたすたと歩き出した。

わかりましたと返事をして、松の木に目を戻すが、すでに少女の姿はない。一瞬ぎくりとしたが、すぐに苦笑混じりに思い直した。燦々《さんさん》と日光が降り注ぐ中で、幽霊など出る筈もない。田んぼのあぜにでも屈《かが》んでいるのだろう。私も子供の頃、この辺りを遊び場にしていた。周辺に危険な場所もないし、墓石によじ登ったりしなければ心配はないだろう。

歩き出そうと前を向いて私は驚いた。

いつのまにか目の前に少女が立っていたからだ。

少女はいたずらっぽく微笑んだ。頰に可愛らしいえくぼが浮かぶ。墓場をぐるりと回り込んだらしい。すばしこい子供だ。

「おじさん、お化け？」少女は無邪気に尋ねた。

「お化け？」墓場だからか。私は両手をだらりと垂らして見せた。「おにいさん、恨めしそうに見えたかな？」

少女は、ううんと首を振った。

「おじさん、私の名前わかる？」

初対面のおにいさんへ、そのクイズは厳しいんじゃないか。

「おにいさん、クイズ苦手なんだよな」

「ヒント欲しい？」

「うん欲しい」

「あたしの歌があるんだよ」

「歌？」

「テーマソングだよ」自慢げだ。「歌って欲しい？」

「うん欲しい」

じゃあいくよ、と少女は姿勢を正した。

「海岸でえ、わーかい二人が、恋をするものがたぁりい」

これは……少し音程を外していたが、サザンオールスターズ？　それならもしかして名前は、

「チャコ？」

「すごーい！　おじさん、よくわかったねえ」

その少女——チャコ？　は、あどけなく驚いてみせた。件《くだん》のヒット曲のタイトルは女性のニックネームだと思っていたが、それが実名の子供が存在するのか。

「随分と古い歌知ってるんだね。おにいさん、びっくりだな」

「うん、歌のカセット持ってるんだ」

カセットテープのことだとしたら、随分物持ちの良い親御さんだ。そんなもの今時見ない。彼女のテーマソングは今や懐メロの域だが、親の懐古趣味がこうじて名付けたのかもしれない。

「チャコちゃん、一人で遊んでるの？」

「うん。今はね」

「後からお友達が来るの？」

「おじいちゃんとね、一緒に遊ぶの！」

そう言って踵《きびす》を返すと、お下げ髪を振り回して走り出した。

「お墓で遊ぶと危ないよ」と、背中に声をかけると、少女はわかってる、と叫んで、田んぼのあぜ道を走り去っていった。


駐在所から戻った私を認めると、血相を変えた伸子がテレビを指差した。

「雄司ちょっと大変！　藤村さんのお宅が火事になったって！」

「えっ？」

リビングの時計は午前十一時を少し過ぎたところだ。夕里子と保が報道番組を見ていた。映っているチャンネルは、市が運営するローカルなケーブルテレビ放送だ。男性アナウンサーの声が火事のニュースを告げている。

『……火は約四時間後には消し止められましたが、木造二階建ての住宅が全焼。住人とみられる男性一名、女性一名が病院に運ばれました。このうち九十代とみられる男性が意識不明の重体です』

私は絶句した。テレビに映し出されたのは、紛《まご》うことなく昨日訪れた藤村邸だ。炭化した柱を数本残して完全に焼け落ちている。ぬけるような平和な青空の下の黒々とした残骸《ざんがい》。まるで冗談みたいに美しいコントラストだ。

その瞬間、脳裏に昨晩見た悪夢が蘇《よみがえ》る。こめかみに鈍痛が走った。脳味噌《のうみそ》に冷たい嘴《くちばし》がえぐるように突き立った気がした。

「通報があったのは昨夜七時過ぎだそうです。雄司さんたちが帰ってから二、三時間くらい後でしょうか」夕里子はいつものように淡々とした佇《たたず》まいでテレビ画面を見つめている。

「ゆきさんは大丈夫かな？」

「ニュースを見る限りでは無事だと思いますが……。第一報ですから」

昨日、私たちが帰宅した後、伸子が藤村家に電話したが繋《つな》がらなかった。呼び出し音も鳴らないというので変に思っていたが、おそらく、その時間には火災が起きていたのだろう。出火の原因が何にせよ、あの時の藤村の取り乱した姿を思い返すと、我々の訪問が無関係とは言えない気がする。

「日記はどうしました？」

声を落として夕里子が言う。

「どうしたって？」

「日記。藤村さんの所に置いてきたんですか？」夕里子は何かを憚《はばか》るように小声で話している。

「いや、勿論持ち帰ってるけど」

私が仏壇の下の開きを指差すと、夕里子は何も言わず、ふいと背を向けた。

保は特に感想を漏らすこともなく、黙って自分の部屋に引っ込んだ。そもそも口数の多くはない祖父だが、いつもより表情が硬い。その様子は父が亡くなった時の気落ちした祖父の様子を思い出させ、私を不安にさせた。


昼過ぎ、信州タイムスの与沢記者から連絡があった。藤村家の火災の詳報をわざわざ知らせてくれたのだ。

彼女によると、娘の藤村ゆきはひどい火傷《やけど》を負ってはいるが命に別状は無く、市内の病院に入院しているそうだ。火災通報は午後七時十七分。最初に火災に気づいた近隣の家からだったらしい。私たちが藤村家から引き上げる際には、激しい夕立だったが、その時間になると雨はすっかり上がっていた筈だ。

「通報から間もなく、地元の消防団が消火に駆けつけたそうですが、すでに手の施しようもないほど火勢が強かったそうです。大雨の後で空気は湿っていたと思いますが、古い木造建築だったからでしょうか」

「それでは、藤村さんは……」

「全身が重度の火傷で意識不明だそうです」

「失火の原因はわかってるんですか？」

「今、警察と消防が調べてます。火災直後のゆきさんの証言では、夕食後洗い物をして居間に戻ると火の海だったとしか、まだ」

「居間って、藤村さんとお会いした部屋ですよね」

あの部屋に燃えそうなものがあっただろうか？

「その部屋です。藤村さんはベッドに寝ておられたそうですが、ゆきさんは近づくこともできなかったそうです。急速に燃え広がったのでしょう。とにかく、まだゆきさんとお話しできる状況ではないので何ともわかりません」

老朽化した家電製品やコンセント周辺のホコリから出火する場合もあると聞くが、そもそもあの部屋には物自体が少なかった。足の悪い父の為、娘によって整頓《せいとん》されていたのだろう。そう簡単に部屋全体に燃え広がるものだろうか。それに藤村は日記を目にしてから、だいぶ気が動転していた。まさかとは思うが、自ら火を放ったのではないか。

根拠のない想像に過ぎない。しかし日記を見せたことが精神の微妙な均衡を崩したのだとすれば、先方が望んだこととはいえ、やはり我々にも責任はある——気がするのだ。

「それでですね……」電話口で与沢が何か言い淀《よど》んでいる。伝えるべきか迷っている様子だ。

「なんですか？」

「少し凄惨《せいさん》なお話なのですが……」と、前置きして与沢は話を続ける。「消火活動中、炎の中からずっと藤村さんの悲鳴が聞こえていたというんです。とても救助に入れるような火の勢いではなかったようなのですが……」

「どういうことです？　藤村さんは助け出されたんでしょう？」

「屋敷全体に火が回って、屋根が崩落する寸前に、炎の中から藤村さんご自身で這《は》いずって逃げてこられたそうです。全身に火傷を負った状態で。叫びながら」

生きながらに炎に包まれ、地獄の亡者さながら苦しみもがく藤村の姿がありありと浮かんだ。猛火に包まれた屋敷から、焼けただれた皮膚をずるりと引きずり匍匐《ほふく》前進のように逃れる老人の姿だ。地獄の責め苦のような映像が浮かび、私は首を振って妄想を追い出した。

「自力で脱出したんですか……」

あの人は足腰もろくに立たなかった筈だ。そんな人間が火事の中から独力で逃げることなどできるのか？　消防隊が救助に入れないほどの火の中で、ましてや這って逃げるなんて。

「信じ難いですが、そのようです……。それから、藤村さんはずっと叫ばれていたそうです」

「叫ぶ?」

「熱い熱いと。屋敷が燃えている時から病院に運び込まれるまで、繰り返し、ずっとです。ちょっと普通ではなかったと、消防団の方も真っ青になっておられました」

想像してぞっとした。聞き取るのが困難な藤村老人の発音。苦痛に叫ぶその声は火災現場にどう響いていたのか。

ゆきは話せる状態ではないとのことだが、それは火傷の具合によるものと思っていた。実際は心因的なショックによるものなのかもしれない。生きながら焼かれる父親の悲鳴を聞かされれば誰だっておかしくなるだろう。あの年齢で重体というからには決して安心などできないが、よく命が残っていたものだ。ある意味奇跡には違いない。

しかし一方で、それほどの火災に遭って意識を失わなかったのも不自然に思えた。意識がありながら焼かれるくらいなら、死んだ方がましだったのではないかとすら思えてしまう。

貞市の日記。その一文がふと頭に浮かんだ。

アツイアツイ　クルシミヌイテ

死ねなかった。だからこそ貞市は苦しんだのではないか——。そして藤村も。

私が黙りこむ。電話口の与沢も黙している。彼女も同じことを考えているのかもしれない。

「……ところで体調はお変わりないですか？」沈黙を打ち消すように与沢が別のことを言った。

「え？　ええ、変わりないですけど。どうしてです？」

「実は玄田が体調を崩しておりまして、本日お休みなんです。昨日、帰りの運転中にも熱っぽいと言っていましたが」

「風邪ですか？」

藤村家からの去り際、少し雨を浴びたせいだろうか。山男みたいな風貌《ふうぼう》だが、意外とデリケートなのかもしれない。

「そうですね。高熱みたいで、今頃病院じゃないかしら。久喜さんにも移していなければ良いと思いまして……」

「私は大丈夫です。玄田さんに、お大事にとお伝えください」

「ありがとうございます。普段は頑丈な人なんですよ。生まれも育ちも信州なので、趣味の登山では一シーズンに何度も冬山に登ったり。病気にならないのが自慢みたいな人なんですが」

夕食後、風呂《ふろ》から上がって台所で水をがぶ飲みしていると、保がひょっこりと顔を出した。

「おい、ちょっとやらんか」

「え？」

見ると居間の座卓の上に将棋盤が置いてある。

「将棋？」

「そうだに」

子供の頃は保とよく将棋を指した。私に将棋のルールを教えてくれたのも祖父だった。しかし、最後に対戦したのは中学生の頃だ。久しく将棋盤などしまったままだったのに、どこから引っ張り出してきたのか。

「まあいいけど、長いことやってないよ」

「そりゃ、おらほも同じよ」

言いながら保は駒をぱちりぱちりと並べ出した。やむなく向かいに座り、駒を並べる。

「雄司、飛車落ちでもいいぞ」

「何言ってんのじいちゃん。ハンデなんか要らないよ。そもそも俺の方が強かっただろ」

「ほうか？」

「そうだよ。扇風機つける？」

「うん」

事実、中学生くらいになると、私の腕前は将棋の師匠である祖父を超えていた。当時はまだ若く、発想も柔軟で成長も早かったのだろう。

「けど、なんで急に？」

「別に理由はねぇけぇどな……。ほら、雄司が先手でいいぞ」

私と保は共通の話題も乏しく、普段ろくに話すことも無い。勿論仲が悪いわけではなく、成人した孫と祖父との距離感としては、まあ普通だろう。それが、急に将棋に誘うとはどういうわけだろう？　私はどこか居心地の悪さを感じていた。

私が駒を一つ動かし、保も一つ動かす。雑談するでもなく、互いに黙々と指していた。聞こえるのは扇風機の発する風切り音と、ぱちりぱちりと響く駒の音。そしてどこかの草叢《くさむら》から届く虫の声だけだ。

「夏休みはいつまでだ？」沈黙に耐えかねたわけではないだろうに、保が言った。

「一週間もらえたよ。まあどこへ行く用事もないんだけどね」

「ほうか」

聞いてきたわりにたいして興味もなさそうだ。じっと盤面に目を落としたままでいる。

戦局は中盤だが、やはり私が有利だ。保は盤面を見つめたまま、ぼそりと呟《つぶや》いた。

「……兄貴のことだけぇどな」

「え？」

「生きて帰りたかったろうと思うよ」

「………」

本題は将棋ではなく、この話なのか。保は自陣の桂馬をつまむと、ぴしりと盤面に打った。

「あの日記にはな、何か、染みついとる」

そういえば、保は一昨日《おととい》もそんなことを言っていた。

「血と汗と涙？」

「いや、なんというのかな……。まあ、気持ちだな」

「気持ちが染みついてる……。ああ、それは確かにそう感じるかもね」

私は端の歩をつまむと、一つ前進させた。

日記からは確かに望郷の念と生存への期待と執念を感じられた。だから、染みついているという表現は適当なように思った。けれど保は盤面に目を落としたまま、違うと言うようにかぶりを振った。

「血を分けた兄弟にしかわからんよ。ありゃ……、生きたいという怨念《おんねん》だ」

「怨念……」

私は貞市の日記を思い返す。

「貞市が、誰かを恨んでいるってこと……？」

「誰かというわけじゃねぇのよ、あれは」保は手の中の持ち駒を弄《もてあそ》びながら答える。

「生きたい生きたいと思って、貞市兄貴は文字を刻んだろう……。その気持ちが染みついたんだ、あの日記に。ただそれがな……、長い年月のうちに歪《ゆが》んで腐って、最後は澱《おり》みたいな真っ黒な悪いものだけが残ったんだよ」

保はちらと仏壇に視線を送った。仏壇の物入れに貞市の日記が入っている筈だった。保の言わんとしていることは理屈では理解できない。しかし、「真っ黒な悪いもの」という単語は私の耳朶《じだ》の奥で反響するように残った。

「じいちゃん、匂いがどうとか言ってたよね」

それは何かと尋ねる前に、保は静かに首を振る。

「俺にも何なのか、わからんのだ。わからんけえど……、この世に残っちゃいけねえもんだ」

保からこうした言葉を聞くのは意外だった。祖父は現実主義者で、幽霊だのＵＦＯだの、オカルトめいた話は一切信じない質《たち》だった。それが今は、何か超常的で非合理的な事柄を怖れているように見える。

私は盤面から駒を取り上げると、ぱちりと敵陣に置いた。

「何か気になるようなら、お祓《はら》いでもしてみる？　大伯父《おじ》のお化けに悪さされたら困るしな」

殊更に明るく提案した。祖父も老いている。何がきっかけとなって心に悪影響を及ぼすかわからない。藤村のただならぬ様子は忘れられない。

私の提案に保はじっと俯《うつむ》いていたが、やがて、ほとんど聞き取れないくらいの小さな声で、しかし、はっきりと言った。

「もう遅いわ」保は私の目を見てもう一度言った。

「もう遅い」

冷や水を浴びせられた気分だった。保の目に光はなく、洞窟《どうくつ》のように真っ黒だ。それは日記に書き込みをした時の亮の目を思い出させた。黒いビー玉のような目玉。その中に諦念《ていねん》の色が浮かんでいるのが感じられた。こんな祖父を見るのは初めてだった。

保は持ち駒の銀を摑《つか》むと、私の王将の前にぱちりと置いた。

息が苦しい。遅いとはどういうことなのか。その意味を尋ねようと保を見るが、私と視線を合わせるのを避けるようにじっと将棋盤に目を落としたままだ。

私も盤面に目を落とし、そして気がついた。

詰んでいる。よく見ると、ここからどう展開しても盤面は詰んでいる。私の負けだった。勝負は中盤だと思っていたが、実際は終盤だったらしい。

参りましたと言おうとして顔を上げると、保は既に盤面から顔を上げ、首を傾げて遠くを見つめている。

「貞市は……、死んだか」

蚊の鳴くような声が私の耳に届いた。

何を言っているんだ？　保は放心の顔つきで再び呟く。

「生きとるら……？」

祖父は自らの発した言葉に驚いているようだ。困惑したような視線が宙を彷徨《さまよ》っている。

首振り扇風機のうなる音が誰かの苦悶《くもん》の呻《うめ》きに聞こえて、ぞわりと皮膚が粟立《あわだ》った。

私は保の横顔に言い聞かせるように話す。

「貞市は、もう死んでる」

私の言葉が聞こえていないのか、保は斜め上を見上げたまま動かない。何かに思いを巡らせ、じっと固まっている。

「じいちゃん……?」反応がない。「じいちゃん!」

もう一度大きく呼ぶと、保は昏睡《こんすい》から覚めたように、のろのろと私を見た。

「ほうだな。死んだんだ……。ほうだ」

◉

眠っていた私は誰かに揺り起こされた。

ぐらりとよろめいて壁に手をついた。気がつけば、私は立ち尽くしていた。

そこは薄暗く狭いどこかの通路だった。道幅はどうにか人がすれ違えるくらいで、天井も低い。等間隔に灯《とも》る白熱電球が通路を奥へと暗く照らしていた。天井には通路に沿って塗装が剝《は》げた配管が幾つも延びている。むっとする熱気と共に機械油みたいな臭いが鼻をついた。

またぐらりとよろめいた。どうやら建物自体が揺れているらしい。

私は眠っているのか? これはまた夢?

私は不安に駆られて、誰かいないのかと声をあげた。返答はない。ごんごんと機械が駆動するような、重い振動音だけが不気味に響く。

振り返ると廊下の先に階上に延びる鉄階段が見えた。上から明るい光が差し込んでいる。私はそちらへ歩き出した。

廊下の左右には幾つも部屋があった。汗の臭いが濃いが、どの部屋を覗いても人の姿はない。部屋は全て同じつくりだった。両側の壁に棚が三段ずつ備えられていて、それぞれの上には布が敷かれている。どうやら寝台らしい。けれど、そこに大人が寝るとしたら相当に窮屈だろう。

指先に冷たいものが触れた。見ると階段の登り口の壁に、文字が刻印された金属板が掲げられている。『愛國丸　昭和十五年　八月一日竣工』とある。どこかで聞いたような船名だ。

その時、上から差し込む光がふっと陰った。

見上げると、鉄階段を上り切ったところに小さな人影があった。逆光を背にした顔は暗く、表情は見えないが、どうやら小さな男の子のようだ。その子供は私を見ると逃げるように外に出て行った。

私は階段を駆け上がり、半ば開いたままの鉄製の扉を全開にした。その途端、潮の香りがした。のばしたままの髪が風になびく。

そこは船の甲板だった。磨き上げられた床板が陽の光を気持ちよく照り返している。甲板はかなり広い。大きな船なのかもしれない。

船首の向こうには、驚くほど濃い青空に、大きな太陽が輝いている。どこまでも水平線が延び、彼方《かなた》に白い積乱雲が鎮座していた。涼しい風が心地よく抜けていく。

周囲を見回すが、あの子供はいない。船上に人の姿はなかった。

私は改めて叫んだ。しかし、誰も答える者はない。

振り返ると頭上に操舵《そうだ》室と思《おぼ》しき区画が見えるが、汚れたガラス窓の向こうにも誰もいない。無人の船は、海上に船腹を揺らしてどこかへ航行しているのだ。

私は不穏なものを感じた。

日光がちりちりと肌を刺し、額に汗が垂れていく。涼しい風の中に、どこか死臭が混じっているような気がしてくる。船が波をきる音の中に人の呻き声すら聞こえる。

ふと、甲板の中央にぽつんと黒いものが落ちているのに気がついた。私は歩み寄り、拾い上げる。それは黒い位牌《いはい》だった。

どうしてこんなところに――？

戒名は何と読むのかわからない。裏返すと名前が書かれていた。息を呑《の》む。それは祖父の名前だった。強い日差しが位牌の沈金を明るく輝かせている。

昨夜話したばかりの祖父が、遠い昔の日付けで亡くなっている――

気がつくと私は涙ぐんでいた。息がぜいぜいと切れる。怯《おび》える私を眺める誰かの視線を感じた。祖父を連れ去られてしまう。そんな予感が胸を締めつけた。

思い通りにさせるものか！

私は駆け出し、その位牌を海へと放り投げた。位牌は青空に弧を描き、音もなく海面に落ちた。いつしか海は完全な凪《なぎ》になっていた。凍りついた水面に青い空と白い筋雲が鏡のように反射している。

位牌が落ちた海面から波紋が生じた。同心円の輪が幾重にも広がる。海面はまるで油のように、ぬらりとリング状にかたちを歪ませていた。急に輪の中心が濁る。位牌の没した一点から、赤黒い濁りが波紋と共に広がっていくのが見えた。じりじりと海原を染めていく赤い濁りは、やがて私の乗る船腹に達し、海を呑みこんでいく。海面が錆《さ》びついた赤銅色に変わる。それは火喰鳥《ひくいどり》の肉垂の色だった。

さっきまでの澄んだ青空は消え、黒く渦巻く曇天に変わった。船足は完全に止まっている。

がくんと甲板に衝撃が走る。私はバランスを崩したものの、舷側《げんそく》の手すりにしがみつき、何とか踏みとどまった。床板がぎしりと軋《きし》む。船が船尾に向かって傾いている。黒と赤の天地に挟まれた灰色の船は、息絶えるようにゆっくりと船尾から海中へ没しているらしい。ごうごうと風が鳴る。

私は手すりに両腕を絡ませるが、船の傾きは止まらない。やがて船首が完全に空を向いた。

歯を食いしばる。眼下には船尾を呑みこんでいく海原が広がっている。宙ぶらりんになった私の全身から、汗が噴き出す。私は手すりにしがみつこうと必死にもがいた。

その時、私の視界に子供の姿が映った。さっき見た男の子だ。その子は赤い海面の上に平然と立っていた。少し離れた海の上で、海中に呑まれようとする船を満足気に眺めているのだ。

もはや、体重が支えられない。ずるりと腕が解けた。

私は悲鳴と共に赤い海へと落下していく。海面下では裂けるほどに開かれた巨大な嘴が私を待ち受けていた。

# 三日目

朝食に保が起きてこない。時計の針は午前八時を回っていた。いつもならとっくに起床している時間だ。寝室の様子を見に行った夕里子が、足早に戻ってきて告げた。

「お祖父《じい》様、いません。トイレにも」夕里子はいつにも増して顔色が白い。

私は野沢菜漬けを嚙《か》む口を止めた。

保は朝食時には必ず一番に食卓について、新聞を広げているのが常だった。

「じいちゃん、朝飯前に散歩したりするっけ？」

私が訊《き》くと、夕里子は首を振った。

「これが、枕元に……」

黒革の手帳。貞市の日記だった。

仏壇の物入れにしまっておいた筈《はず》だが、保は寝所に持ち出したらしい。もやもやとした不安感が腹腔《ふくこう》内に沈む。

「……雄司さん」意を決したように夕里子が口を開いた。「この日記が来てからお祖父様の様子がおかしいと思いませんか?」

「そう……、だね」

昨晩の将棋の対局を思い出す。

確かに昨夜の保の様子は、どこか違和感を覚えさせるものだった。神経質というよりも何かに怯《おび》え、極度に疲労していたように見えた。

「お義母《かあ》さんに連絡した方がいいでしょうか?」

ビジネスホテルの朝食配膳《はいぜん》と清掃業務のパートに出ている母は、平日の朝は祖父よりも早い。

「ん……。まだやめておこう。何が起きているかわからないし」

夕里子は、そうねと頷《うなず》いて、踵《きびす》を返した。

「ごはん食べてってください。私は近所、見てきます」と、妻は出て行った。

食卓に一人残された私は、日記を手に取った。

保はこれをわざわざ寝床に持ち込んで読み直していたのか?

パラパラと指先で頁を送ると、古い紙の匂いだろう、日に灼《や》けた布切れのような香りが鼻につく。私は何を探すでもなく、日記をめくり、貞市の運命の流転を早送りする。過酷な軍での生活は、やがて逃亡生活に変わり、仲間の死を経て潜伏生活に至る。

字体は乱れ、鉛筆でもインクでもなく、炭で記された文字に変わっていく。

された最期の日。

一昨日《おととい》眺めた内容と同じ。当たり前だ。

しかし、頁を送る手が止まった。昭和二十年、久喜貞市最後の記述。日付だけが記された最期の日。

六月九日

何か尖《とが》ったもので擦《こす》り付けるように記された文字だ。これは変わらない。けれど、またもや、この後に文章が足されている。

ヒクイドリヲ　クウ　ビミ　ナリ

それは酔ったミミズがのたくったような文字だった。

薄ら寒い戦慄《せんりつ》が走る。

三日前、亮が書いたのとほぼ同じ内容だ。消しゴムで痕跡《こんせき》を残さず夕里子が消し去った筈だが、再び同じ文章が乱れた文字で書き足されている。誰の仕業だ？　亮がまたやったのだとすれば、悪質すぎる。一瞬、頭に血が上ったが、すぐに思い直した。藤村家へ訪問した際には、この文字は確かに無かった。そして私たちが家に帰った時には、既に亮は東京に戻っていた。亮がこの日記に触れられた筈がない。

それじゃ、誰がこんなことを？ 日記は仏壇にしまい込んでいたが、鍵《かぎ》が掛かっているわけではない。その気になれば、この家の者はいつでも日記を手にすることができる。

貞市は……、死んだか

昨晩の保の言葉を思い起こす。これを祖父が書き足したのだろうか？

そもそもこの文面には違和感がある。私はその正体を確かめるために文字をじっと眺めていたが、やがて気がついた。書き足された一文を指でなぞると、人差し指の腹が黒く汚れた。

この文字は鉛筆やボールペンによるものではない。炭で記されているのだ。三日前、亮は鉛筆で書き足したが、今回はご丁寧にも、貞市自身の記述と似た見かけになるように書き込まれている。指に擦られた文字列がかすれた。

「車がありません」

ぎょっとして振り返ると、夕里子が立っていた。

「無い？ 軽トラ？」と、私が訊くと夕里子は頷いた。

車庫には夕里子の軽自動車と母の乗用車の二台がある。それともう一台、裏の土蔵の脇に軽トラックがあった。主に農作業用のもので祖父がよく使っていたが、最近はホームセンターでの買物くらいしか出番がない。

「お祖父様が乗って行かれたのだと思います」

夕里子は能面の顔で断言した。

保は年齢を理由に家族から運転を控えるように言われていたので、ここ数年はほとんど車の運転はしていない。それが、今朝に限って、どこへ行ったというのか？

夕里子は私が手にした日記に怪訝《けげん》な視線を向けた。

私は書き足された頁を開いて差し出す。指し示した文字を見て、夕里子は眉根《まゆね》を寄せた。

「私が書いたんじゃないよ」慌てて付け足すと、

「わかってます」と、夕里子は答えた。

彼女は日記を手に取ると、口を結んだ。夕里子の表情から何かを読み取るのは困難だ。

「これ、じいちゃんが書いたのかな？」

「そう思いますか？」夕里子は日記に目を落としたまま反問した。

「わからない。わからないけど……」状況としては保がやったようにも見えるが、私はどうしてもそう思えなかった。

「お祖父様ではない。私もそう思います」そんな心を見透かしたように夕里子が言う。

「じゃ、誰が？」

「私は……」

その時、庭から聞こえるエンジン音に、私と夕里子はハッと目を合わせた。

「じいちゃん帰ってきたかな？」母が帰ってくる時間ではない。

「おもてに停まりましたね」

エンジン音が止まる。夕里子の言うように、自動車は裏ではなく正面の庭に停車したらしい。

「見てくるよ」

私は夕里子を残して、庭に向かう。

つっかけを履いて土間の引き戸を開けると、庭先に白いライトバンが停まっているのが見える。祖父の軽トラではない。運転席のドアは開きっぱなしだった。車道から庭に乗り入れたばかりの場所に停めてあるが、運転席には誰もいない。

誰だろう？

庭に出て見回すが、人の姿はない。近づくとライトバンの側面に見覚えのある文字が見えた。

ふるさとと共に歩む　信州タイムス

信州タイムスの社用車だ。開いたドアから運転席を覗《のぞ》くと、座席に水色の衣類が丸めて置いてあるのが見えた。素材と前合わせの具合から、どうやら寝衣らしい。

もう一度見回すが、誰もいない。どこかで鳥が鳴いている。

尻《しり》のポケットでスマートフォンがバイブした。取り出すと、画面上に「信州タイムス与沢さん」と表示されている。着信を受けた。

「お世話になっております。タイムスの与沢です」

私は挨拶《あいさつ》に応《こた》えながら見回した。この車に乗っていたのは与沢だったのかもしれない。

「いきなりで恐縮ですが、ご体調にお変わりありませんか？」

「え？　はい、特には……」

「奥様もお元気でしょうか？」

「元気ですよ。あの、何ですか？　急に……」

「それが……」与沢は口ごもった。「玄田なんですが……、重症化してしまって、しばらく入院になりそうなんです。一昨日から四十度以上の高熱が下がらないものですから、血液検査などもしたのですが、その検査結果が、マラリアらしいんです」

「マラリア？」

久喜貞市の日記に散々見られた単語だ。玄田の症状については、今朝方、病院から新聞社に連絡があったという。

「蚊を媒介に感染するものなので、念の為、ご連絡をと思いまして……」

藤村氏の家で蚊を叩《たた》いていた玄田の姿を思い出した。

「日本の蚊で罹《かか》りはしないでしょう？」

「マラリアは日本では撲滅されていますが、感染者を刺した蚊を通じて感染するというのが、あり得なくはないみたいで」

「パプアニューギニアには先月行かれたんですよね？」

「ええ。マラリアの潜伏期間は十日から三十日。現地で感染したとして、既に四十日以上経過しておりますので、発症としてはかなり遅いですね。奇妙と言えば奇妙ではありますが……」

しきりと烏が鳴いている。

私は与沢の話を耳に聞きながら、運転席を見る。座席の下にはスリッパが落ちていた。よく見ると、スリッパの甲に「南信《なんしん》総合病院」と記されている。何故か玄田記者の顔が浮かんだ。

「南信総合病院ですか？」と訊いた。

「はい？」電話口で戸惑う与沢の声。

「玄田さんの入院先」

「ええ、そうですが……」

その時、短い悲鳴が聞こえた。家の中だ。

私は通話を切ると慌てて玄関に走った。土間に飛び込むと廊下にむかって叫ぶ。

「夕里子さん！」

「こっち！」

声に導かれるように急いで暗い廊下を走ると、奥座敷の前に夕里子が呆然《ぼうぜん》と立っていた。彼女は黙って座敷の中を指差した。表情は落ち着いているが、その指先は震えている。

奥座敷の仏間から、荒い呼吸に喘《あえ》ぐ声が漏れ聞こえる。手負いの猛獣が身悶《みもだ》えする様を私は想像した。夕里子を下がらせ、襖《ふすま》の陰からそっと中を窺《うかが》った。

仏壇が見えた。その前には、上半身裸の男が背を向けて座り込んでいる。

男は体育の授業を受ける子供のような姿勢で、膝《ひざ》を両手に抱えていた。剝《む》き出しの背中には脂汗が浮かび、激しく前後に体を揺すっている。一瞬、首が無いように見えたが、それは男が頸骨《けいこつ》を折らんばかりに俯《うつむ》いている為であった。

日記に追記していた亮の姿にそっくりだ。

「玄田さん……？」

私の呼びかけには反応しない。半裸のその男、玄田記者は、なおも激しく体を揺すっている。苦しげな喘ぎに混じり、すすり泣く声が聞こえる。私はゆっくりと横に回ると、もう一度声をかけた。

「玄田さん」

俯く玄田の顔面は赤黒く充血し、たくわえた髭《ひげ》から涙と汗がぐっしょりと滴っていた。そして充血した眼は畳を睨《にら》んでいる。裸足《はだし》の指先は、畳の目を摑《つか》もうとするかのように、固く畳んでいた。二日前に会ったばかりなのに、以前より随分と痩《や》せて見える。背骨が薄い背中の皮膚をぎろぎろと隆起させていた。その姿は戦地で飢える兵士を連想させた。

私は自然と眉をひそめた。ほんの数日でここまで痩せ衰えるものなのか。

「大丈夫ですか？」

反応は無い。玄田は食いしばった口の端から泡混じりの涎《よだれ》を落としていた。

「……病院へ帰りましょう」

私は屈《かが》み込むと、できるだけ穏やかに聞こえるように玄田の横顔に囁《ささや》いた。肩にそっと手を置くと、玄田は怯えたように、びくりと体を震わせる。私は慌てて手を離した。

触れた玄田の体は、火がついたように熱かった。高熱であることは明らかだ。高熱に錯乱しながらも、車を運転してまでわざわざこの家に来るとは普通ではない。

玄田はゆっくりと顔を起こし、私を見た。その顔にぎょっとした。泣き腫らし、困憊《こんぱい》した髭面には、濃い恐怖の色が張りついている。今までに見たことのない人間の表情だ。

「……もう、遅い」震える声で玄田は言う。

昨夜の保と同じ台詞《せりふ》だ。祖父の黒く澱《よど》んだ目つきが頭をよぎる。

玄田は再び顔を伏せ、もう遅い、遅いと繰り返し呟《つぶや》く。

私は怖気《おぞけ》をこらえて訊く。

「何が……、遅いんですか？」

玄田は自分の体を激しく揺すっている。痙攣《けいれん》に近い。片時も止めることなく体を前後に揺らしながら、唇の先で何事かしきりに繰り返していた。

「こんなことやらせやがって、やるんじゃなかった、やっちゃ駄目だったんだ。もう無い。あの馬鹿野郎のせいだ、もう無い、無い、無いじゃないか、死ね死ぬんだ、俺が殺してやる……」

聞き取れたのは支離滅裂な言葉だ。かなり錯乱している。少しでも落ち着けばと、再び玄田の肩にそっと手を置いて声をかけようとした。

その途端、玄田が叫んだ。「無いんだ!」

驚いて尻餅《しりもち》をつくと、玄田は飛び跳ねるように立ち上がり、右手を突き上げた。私はその手に目を見張る。鉈《なた》が握られていた。

玄田は言葉にならない咆哮《ほうこう》をあげ、仏壇に鉈を叩きつけた。黒檀《こくたん》の前扉が砕け散り、香炉と花立が派手な音をたてて飛んだ。

私は慌てて立ち上がると、呆気《あっけ》にとられている夕里子を後ろ手に庇《かば》った。玄田は言葉にならない奇声を発しながら、辺り構わず、鉈を振り回し、切りつけている。襖を引き裂き、壁に刃を突き立てた。涎が垂れた口からは、粘る泡が糸を引いて飛ぶ。

どうやって取り押さえる? いや、危険だ。この場を離れて、助けを呼んだ方が良い。

けれど、次の瞬間。

玄田はいきなり壁に自らの手のひらを当てると、大きく鉈を振りかぶった。

「……!　やめろ!」

私が叫んだ時には、玄田は鉈を打ちつけていた。

玄田の切断された左手が、跳ねた大蜘蛛《ぐも》のように血飛沫《ちしぶき》の尾を引いて弾《はじ》け飛んだ。

午後になり、与沢が上司を伴って訪れた。

救急車で搬送された玄田は、まだ命はあるものの重体で予断を許さない状態だそうだ。彼は高熱にうかされて意識が朦朧《もうろう》とした状態であったが、早朝、いつの間にか病院を抜け出したらしい。熱病による錯乱状態だったのだろう。何故、久喜家に向かったのかは皆目わからない。玄田が持っていた鉈は、うちの車庫の隅に置かれていた農作業用のものだった。

伸子はパート先から戻ると、滅茶苦茶《めちゃくちゃ》に荒らされた仏間の片付けをした。畳は玄田の血液に黒く汚れ、鉈で砕かれた仏壇の破片が飛び散っていた。

軽けれど、玄田のこと以上に心配なのは、陽が傾き始めても保が戻らないことだ。軽トラックに乗って行ったのは間違いない。しかし近隣で保の行きそうな場所を夕里子と二人であたったものの、見つからなかった。警察に相談し、行方不明者届を出した。保に家出をする理由は無い。高齢なので、出先で帰途がわからなくなってしまったか、あるいは事故に巻き込まれた恐れもある。希望すればこの地区での有線放送や、自治体でのメール配信サービスでも行方不明者情報を配信してくれるらしい。

警察車両が去り、何とか落ち着きを取り戻したのは、日が落ちた後だった。この時間でも涼しくはならない。風もなく、湿気を帯びた熱気が体中に纏《まと》いついていた。外では日中と変わらぬ喧《やかま》しさで、蟬が鳴いている。

私は玄田の狂乱を思い起こしていた。

彼が繰り返し呟いていた言葉。誰かに悪態をついていたようにも聞こえたし、何かを悔いていたようにも聞こえた。何を後悔していたのか。三日前、久喜貞市の日記を前にして、彼が言った言葉を思い出す。

久喜貞市は生きている

あの言葉はなんのつもりだったのか。

汗でへばりついたシャツが不快だ。まだ血の臭いがしている気がして気分が悪くなるが、私まで寝込んでしまうわけにもいかない。

「座敷は片付きました」夕里子が氷水の入ったグラスを持って来てくれた。「お義母さんは休まれてます。もうすぐ夕食のお支度ですが、そっとしておきましょう」

夕里子は疲れた様子も見せず、平静を取り戻している。さすがだな、と私は妻の胆力に舌を巻いた。

「腹減ってないよ」床に転がった玄田の左手を思い出した。当分、食欲は戻るまい。

私は氷水を一口飲んだ。

「おにぎりでも用意しましょうか?」

「いや、でもまあ、じいちゃんがひょっこり戻るかもしれないから」

「だと、良いのですが」

「日記の件、母さんには伝えてないけど……」

夕里子は首を振った。「伝える必要はありません。余計な心配をおかけしても……。それにこういうことは」と、口をつぐむ。

そう言えば夕里子は、日記に書き加えたのは、保ではないという話をしていた。であれば、あの文章を書いたのは誰の仕業だと考えているのだろうか？　私がそれを問う前に、夕里子が口を開いた。

「座敷を片付けました」

「うん、それは聞いたよ」

「そこで気がついたんです。玄田さんが繰り返し言っていたでしょう？　刃物を振り回して」

玄田のあの姿は忘れられない。ただ、言うというより叫んでいたというのが正確だろう。

「もう無い、という言葉が気になったんです」

「ああ……、言ってたね」

夕里子は首肯した。

「何を仰《おつしや》りたかったのか、私は片付けをしながら、ずっと考えていたんです。やがて気がつきました。確かに、この家から一つ無くなっていたものがあったんです」

「それは？」

「久喜貞市さんのご位牌《いはい》です」

「ええ？」

確かに玄田は仏壇の前にへたり込んでいた。人の家に忍び込んで仏壇を見にくる理由などある筈もないが、狂気を発していたのであれば理由も何もないと思っていた。しかし、目的があったのだとしたら。貞市の位牌は三日前のままであれば、仏壇に戻して安置してあった筈だ。

「玄田さんが鉈でぶっ壊したんじゃない？　仏壇、滅茶苦茶だったし。あるいは、あの騒ぎで部屋の何処かに飛んでいったとか」

「私もその点は注意して確認しました。でも、確かに無いんです」夕里子は一度口を結んだ。「最初から……無かったのかもしれません」

思わせぶりな夕里子の言い方がひっかかる。

「最初っていうのは……？」

「最初、です」

「三日前は仏壇の所にあったよね。じいちゃんが持ち出したんじゃ？」

「いえ、そもそも最初から位牌なんて無かったのかもしれない、とお話ししているんです」

意味がわからない。

私は不安になった。藤村、玄田に続き、妻までおかしくなったのではないか。

「どういうこと？　仏壇の上に置いてあったじゃないか」

夕里子はいつから持っていたのか、貞市の日記を取り出すと、開いて見せた。最後の頁だ。

「この文章を書き足したのは誰だと思いますか？」

ヒクイドリヲ　クウ　ビミ　ナリ

「じいちゃんでなければ、母さんということになるね。この家の者なら」

「お祖父様でもお義母さんでもないと思います。もちろん私でもありません」

「じゃ、また亮くん？　でも、彼は東京に戻った筈だろう」

「ええ。ですから亮でもありません」

「それじゃ誰も残らない」

「はい」夕里子はこくりと頷く。噛み締めるようにゆっくりと言葉を続けた。「これは、久喜貞市が書いたのではないでしょうか」

妻の顔は正気だった。私は一瞬、気圧《けお》されたが、軽く聞き返した。

「それって何かの比喩《ひゆ》かい？　それとも貞市の幽霊が書いたとでも？」

夕里子はかぶりを振った。

「私は信じていません。幽霊とか。正確に言えば、第三者が書いたのではなく、書いてあったのではないかと思うんです。久喜貞市の手で」

彼女の言うことが理解できない。

「……貞市が生きていて、日記の続きを書いたとでも言うのかい？」

「違います。最初から書いてあったのです。七十年前に」

「いや、だから、何を言っているんだ？」

私は苛立《いらだ》ち、自然と語気が強くなる。夕里子の言うことは意味不明だ。

ただ、不思議と、どこかそれを理解できる自分もいた。祖父は、日記に澱《おり》みたいな真っ黒な悪いものが残っていると言った。昨夜は理解できなかったが、今日になって書き足された一文は、どこか不穏で禍々《まがまが》しい空気を感じさせていた。それは理屈では割り切れない感覚だった。

久喜貞市が既に書いていた――？

夕里子の冷えた眼差《まなざ》しは、私の自問自答を見て取ったらしい。

「日記について相談してみようと思うんです。こうしたことに詳しい知り合いがいるので。雄司さんにも協力してもらいたいんです」

何について詳しいと言うのか。お祓《はら》いだとか、除霊だとかを指しているのか。夕里子は現実主義だと思っていたので、さっきからの物言いが意外だった。

それに普段の妻を考えると、問題に積極的すぎる。私には彼女が日記のことをそこまで深刻に受け止めている理由がわからなかった。

「……それって、霊媒師とか超常現象研究家とか？」私は努めて笑顔を作ったが、少し歪《ゆが》んでいたかもしれない。夕里子は言い訳するように目を伏せた。

「あなたは私のことを何事にも動じない女だとでも思っている節があります。しかし、それは違います……」夕里子は真っ直ぐに私を見つめる。

「今、私は怖いのです。死ぬほど怖い」

私は夕里子の目を見つめて息を呑んだ。

ようやく気がついた。妻は怯えているのだ。

藤村邸が焼け落ち、続いて祖父が姿を消した。玄田記者が狂乱し、自らを傷つけ死に瀕《ひん》している。久喜貞市の日記がこの家に戻ってから異常な出来事が続けざまに起きている。これを怪異と感じるのは人として自然だろう。

しかし実際は怪異でも何でもなく、単なる偶然が重なっているに過ぎない筈だ。滅多に起こらない事象が、滅多に起こらない連続を見せたに過ぎない。それ以上でもそれ以下でもない。超自然的な概念に原因を求める必要はない。怖がる必要などないのだ。

そう信じている筈なのに、今まさに理屈では説明のできない何かが起きている。私自身の知る万物の摂理から、大きくはみ出した何かが起こっている。そんな漠然とした不安を感じる自分もいる。妻もまたそう感じているのだろう。しかし彼女の怖がり方は異常だ。

私は夕里子を抱き寄せた。腕の中で妻の身体は小さく震えていた。

夕里子の恐怖が腕を伝って私の中に流れ込んでくるように思えた。彼女を怯えさせる何かに、私は言い知れない脅威を感じた。

◉

私は歩いていた。歩きながら、いつもの悪夢だとゆっくりと悟る。

そこは夜の平原だった。モンゴルの原野を思わせるような緩やかな起伏が、月光に照らされてゆらゆらと広がっていた。

モンゴルと違うのは、大地は緑の草原ではなく、痩せた土が剥き出しの、白々とした荒野であること。その荒野を覆って見渡す限り無数の墓石が立ち並んでいることだ。雨上がりなのか湿っぽい土の匂いが漂っている。

無作為に乱立する墓石の森は、遥《はる》か地平線まで連なっていた。これらに全て死者が埋葬されているのだとすれば、何百ではきかない。何十万人、何百万人という数だろう。

弧を描く丘の上から大きな満月が昇ろうとしている。墓石を照らす丸い月は、まるで花札の八月札だ。ススキの代わりに墓石が生い茂る、悪趣味なパロディのようだった。

私は四方を見渡す。私は何かを探している。それが何だったのか思い出せない。

かつーん、かつーん、と硬いものを打ちつける音がする。

どこから？

私は音のする方向に小走りで駆け出した。

林立する御影石《みかげいし》の合間から何かが私を見つめる気配を感じる。しかし、こちらからその姿は見えない。月明かりを浴びる墓石群を彷徨《さまよ》っているうちに、私は石の並べられた向きに法則があることに気がついた。墓石はその正面をどれも同じ方向に向けられているのだ。ある一点を指し示すように墓石は立てられている。

規則的な打撃音はまだ続いていた。

音がするのは、まさに墓石が向けられている方向からだ。私はそちらに向けて歩を進めた。

やがて開けた空間に出た。そこは直径十五メートルくらいの円形の広場で、周囲をぐるりと墓石が囲んでいる。墓石の群れが見つめるその中心にもまた、ぽつんと一基の墓石が立っていた。棹石《さおいし》には久喜家と記されているのが読める。

墓石の脇には一人の男が背を向けて立っていた。白いシャツにスラックスという恰《かっ》好《こう》で普通の会社員か何かに見えた。顔はよく見えないが、その後ろ髪には白髪が交じっている。

男は腕まくりをした片手にハンマーを振りかぶり、突き立てた石ノミを繰り返し叩いている。ハンマーを打つたびに高い打撃音が響き、砕かれた石片が墓石からぞろりと落ちる。

呼吸が苦しい。私はよろめくように男の背中に歩み寄る。

肩越しに覗き込み、私は気がついた。男は文字を彫っている。それもあろうことか、久喜家の墓に祖父の名前を刻もうとしているのだ。私は男の背に叫んだ。

やめろ！

しかし男は全く聞こえた様子もなく、槌《つち》を打つ手は止まらない。

私はもう一度叫んだ。


おじいちゃんは生きている！


私は両手で男を突き飛ばした。

その男は弾かれ、人形が崩れるように力なく地面に倒れ込んだ。手にしていたハンマーが土の上にがらりと転がる。私は素早くそれを拾った。

墓石の側面にはすでに祖父の名前と死亡日が彫り込まれていた。それは遠い過去の日付だ。

心臓がどくりと跳ねた。

そんなことがあってはならない。

私はぎゅっとシャツの胸を握る。

おじいちゃんは生きているのに。

倒れていた男がゆらりと体勢を起こした。腰から浮くように不自然な挙動で立ち上がる。俯いた顔は黒く影に潰《つぶ》れているが、ぎらぎらと鬼火のように燃える目玉だけが残像を引いた。

男は背を丸めたまま私ににじりよると、片手を伸ばす。

私は恐怖のあまり動くことができない。

震える男の指先が、私の下腹に触れた。その瞬間、嫌悪感と共に湧き上がる、激しい怒りに突き動かされた。

私はハンマーを男の脳天に思い切り振り下ろす。目を強く閉じた。卵の殻を割るような、予想外に軽い破壊音が手に伝わる。

汗が噴き出し膝ががくがくと震えた。

呼吸を整えてゆっくりと目を開く。

足元に、溢《あふ》れる脳漿《のうしょう》に顔を埋《うず》めるようにして男が倒れていた。

男は、死んでいた。

# 四日目

　まんじりともせずに夜が明けた。外は曇っているらしく、陰鬱《いんうつ》な灰色が、薄いレースのカーテンをぼんやりと乳白色に色付けていた。

　結局、朝になっても保は帰らなかった。一昼夜を一体どこで過ごしたのだろうか。

　朝食もそこそこに夕里子が出かける支度を始めた。いつも通りの妻だった。

「一緒に来てください」

　どこを捜すつもりなのか訊《き》くと、夕里子は松本《まつもと》に行くと答えた。

「松本？　ナンバーも伝えてあるから、街中だったら警察がすぐに見つけてくれるよ。山の方を見て回った方が良いんじゃないかな」

　足腰がもっとしっかりしていた頃の保は、よく茸《きのこ》採りに山に出かけていた。今は時期としては早いので、ろくに茸が採れる筈《はず》もないが、前の晩にいきなり将棋盤を持ち出したくらいだ。何を始めるかわからない。私は八《やつ》ヶ《が》岳《たけ》方面にでも行ったのではないだろうかと想像していた。

しかし、夕里子はかぶりを振った。

「松本です」

妻には何か考えがある様子だった。私は敢《あ》えて問い質《ただ》すことはせず、おとなしく助手席を占めることにした。

昨夜は具合も悪く、臥《ふ》せていた母は、一夜明けてショックから回復したらしく、今朝は少しばかり明るさを取り戻していた。パート勤務は休んだが、家に残していても心配ないだろう。

私はシートベルトを締め、

「じいちゃんの行き先に心当たりがあるの?」と夕里子に尋ねた。

「人に会います」夕里子は車を発進させながら答えた。

「人に会う? じいちゃんを捜しに行くのではなくて?」

「昨夜お願いした通り、雄司さんにも一緒に来て欲しいんです」

「あの日記の話……?」

私は夕里子の横顔を見つめるが、彼女は黙ったままだ。

死者の日記が届いてから、超常的な怪異が起こり始めた。そんな話を真面目に聞いてくれる相手に心当たりはない。私にも、夕里子にも。

夕里子とは高校の頃からの付き合いだ。私は彼女の交遊関係もほとんど把握している。そこまで考えて、はっとした。

彼女と離れていたあの頃。一人の男の姿がふっと浮かんだ。

「会いに行く相手ってのは……」

路面に出て加速を始めた途端、夕里子が突然ブレーキを踏んだ。体が前のめりにつき倒される。

何が起こったのかと前を見ると、道路の真ん中に男性がゆらりと立っていた。まるでたった今、地中から湧き出たようだ。男の落ち窪《くぼ》んだ目元にはくまが染みつき、血色も悪い。初めは誰かわからなかった。

「亮……！」

夕里子が悲鳴に近い声をあげた。確かにそれは間違いなく、彼女の弟、亮だった。

後部座席の亮は疲れ切った様子で、力なく体を座席に預けていた。頬はこけ、白目も黄色みがかり、四日前の溌剌《はつらつ》とした姿とは全く違っている。日記が届けられた日の翌日、亮は東京に戻っていた。大学はまだ夏休み中だろう。なのに、また久喜家に戻って来た理由は何なのか。

夕里子が運転をしながら、ルームミラー越しに話しかけるが、亮の反応は要領を得ないものだった。

「眠っていないの？」

姉の問いかけに、亮はわずかに頷《うなず》いた。

「どうして戻ったの？」

亮はちらりとルームミラーを見返し、目を伏せた。

「普通じゃないんだ……、眠ると……」亮は走行音にすらかき消されそうな声音で話す。

「悪夢を見るのかい？」

日記を手にしてから見るようになった悪夢。亮も見ているのかもしれない。

私は自らの臓腑《ぞうふ》をえぐり出す巨大な鳥の姿を思い出していた。悪夢を経る度に身体の重さが増していく。覚醒《かくせい》しながら夢を見ているような感覚。自身が今この時、ここにあることへの違和感。それは日毎に増大しているが、源泉がどこにあるのかわからない。

私の問いかけに亮は目を自分の手元に落としたまま答えない。

「東京で何かあった？」

私が重ねて聞くと亮は視線を落としたまま、

「確かめたんだ」と消え入りそうな声で呟《つぶや》いた。

何を確かめたのかと問い質しても、話したくないのか、亮は口を結んだまま答えない。

「亮！」

夕里子の強い調子に、亮はびくりと肩を震わせた。そしてためらいがちに口を開く。

「久喜の……、おじいさんに会った」

私は驚いて、運転席の夕里子と視線を交わした。

「じいちゃんと？　どこで？」亮は身を乗り出した私に怯《おび》えたように、慌てて言葉を足した。

「いや、夢……、夢だと思うんだけど」

「夢……？」


亮の話は次のようなものだった。

昨夜、一人暮らしのアパートで、眠れぬままに目を瞑《つむ》り布団を被《かぶ》っていたが、夜中に誰かに揺り起こされたのだという。

瞼《まぶた》を開けると、そこは墓地だった。亮は深夜の墓場の前に立ちつくしていたらしい。周囲の様子から、そこは姉の嫁ぎ先、久喜家の墓がある墓地だとわかった。亮は昨年の夏にも久喜家に遊びに来ており、物好きにも迎え盆の行事を共に行ったのだ。

夢うつつの中で、亮に恐怖は無かった。街灯に照らされた墓地は、暗黒に浮かぶ小さな惑星だった。どうしてここに来たのだろうかという、ぼんやりとした疑問だけが意識にあった。

呆然《ぼうぜん》と立っていると、墓場の中から手招きをする者がいた。久喜保だった。亮は墓場に足を踏み入れる。保は表情なく、黙ったまま一方を指差した。示す先を見ると、そこに久喜家の墓石が立っていた。その前には、一人の人間が背中を向けて座っている。膝《ひざ》を抱いた姿勢で座る男には首が無かった。いや違う。背中を竦《すく》めるように丸め、うなだれていた。叱られて落ち込む子供のように両膝にしがみついて俯《うつむ》いている。細い腕と骨ばった首筋。座っている男性は、どうやら老人だった。亮はこの時初めて恐怖した。顔はよく見えない。しかし間違いない。

座ってるのは、久喜のおじいさんじゃないか？

亮は、もう一人の久喜保を振り返る。そこに保の姿はない。その代わりにカーキ色の服に垂れ付きの帽子、脛《すね》に脚絆《きゃはん》を巻いた男が立っていた。すぐにわかった。

久喜貞市だ。

写真で見た軍服の男だ。保の死んだ筈の兄。切れかけた蛍光灯のまたたく光線を背に、男の顔には黒く影が落ちている。表情は窺《うかが》い知れない。口にあたる場所に、白い裂け目がにゅっと現れた。ナイフでえぐったように見えるそれは、白い歯列だ。こいつは笑っているのだ。闇の中にぎらぎらと白く笑う歯だけが、何故かはっきりと見えた。

後ろから女性の声がした。

久喜家の墓を振り返る。

墓前に座り込んでいた保の姿は既に無く、代わりに一人の少女が立っていた。長く垂れたロングヘアは背中までありそうだ。少女は久喜家の墓石に片手を添えている。眉毛《まゆ》の上ですっぱりと切り揃えられた前髪の下で、二つの眼球がきらりと光る。

少女はもう一度それを言った。声色は力強く、彼女の意志の強さを決然と響かせた。

「守るって何を……？」女に問い返す亮の声は震えていた。

少女は自らの右手が触れる墓石を見た。表面を指先でなぞる。上から下へ。また亮に目を戻す。

私の名前、わかる？

そこで亮は目が覚めたらしい。

「その娘って子供？　五、六歳くらいの」私はおさげ髪の少女を思い出していた。

亮は不思議そうに目を瞬《しばた》かせた。

「もっと上です。中学生にならないくらいだと思う。……なぜですか？」

「いや」

言葉を濁した。愚問だった。私が墓場で会った少女と関係があろう筈もない。

「あなた、夢を見たから戻って来たって言うの？」

亮は姉の言葉に身を竦めた。

「……その女の子が触ったお墓が、どうしても気になって……、それで」

「待って。お墓に行ったの？」夕里子の声が大きい。

「確かめたんだ」亮は最前とまた同じことを言った。

「確かめるって何を？」私が尋ねる。

「……お墓の、字が」

そう呟いて亮は俯いた。


五分後、引き返した我々三人は久喜家の墓の前に立っていた。亮の見たものを確かめる為だ。そして残念ながら亮が話した内容は夢ではなく現実だった。

私は棹石《さおいし》の側面に触れた。この墓に埋葬された死者の名の羅列。そこに有ってしかるべき大伯父《おじ》、久喜貞市の名前が消失している。しかしそれは削り除かれた為ではない。数日前からあった墓石の損壊の跡そのものが何事も無かったように消え、艶《つや》やかな表面に変わっていた。曾《そう》祖母と祖母の名前に挟まれ、刻まれていた筈の久喜貞市の名は、最初から何も無かったかのように行間すら消えている。墓碑から貞市の存在だけが、完全に消えていたのだ。

それに代わって現れたものがある。それは亡き父、雅史の名前の右隣に新たに記されていた。

保　平成十四年十月二十日　六十六歳

行方不明になった保の名前が、交通事故で死んだ私の父、雅史と同じ遠い過去の没年月日とともに刻まれている。

私は屈《かが》み込んで保の名前に触れた。それは確かにそこにある。冷たい石面にこれまで無かった彫文が、現実として現れているのだ。この状況に理にかなう説明をつけるとすれば、墓石そのものが取り替えられたとしか考えられない。しかし、誰が何のために。

それにここまで偶然が重なると、何か超常的なものが絡んでいるのではないかという恐怖が襲ってくる。

私は苦いものが舌の根に湧くのを感じた。もし、あの事故で祖父が死んだのなら、同乗していた自分も死んでいておかしくはない。次に刻まれるのは久喜雄司の名前ではないのか。

「行きましょう」夕里子が言った。「ここにいても解決にはなりません」

誰かに会いにいくことが解決に繋《つな》がるかのような言い方だ。

「どう解決するの？」

「それは、わかりません」

「わからないって……」

「わかりませんが急ぐべきです」

夕里子のいつにない確信に満ちた物言いに、私は返す言葉がなかった。

保が失踪《しっそう》し、その名が墓石に忽然《こつぜん》と現れた。焦燥感だけではなく、理屈ではない危険を感じる。それは本能に起因する感覚なのかもしれない。私には、今直面しているものが何なのかわからない。しかし夕里子の言うように、きっと急がなければならないのだろう。風下から自分たちを狙う猛獣が、身を潜めてにじり寄っている。

急がねばきっと、とり返しのつかないことになる。

車は三十分程で松本市内に着いた。夕里子のいう『こういうことに詳しい人』とは、市の中心部、ビジネスホテル一階の喫茶店で落ち合うことになっているという。昨日の今日で随分と手回しが良いと思うが、その相手は、当人が住む京都から、わざわざ早朝の新幹線に乗って駆けつけてくれたそうだ。

私には夕里子に対してそこまで献身的な人物に、一人、思い当たっていたが、敢《あ》えて名前を訊《たず》ねなかった。代わりに一つだけ質問をした。

「その人って、私も知ってる人？」

夕里子はためらいがちに小さく頷いた。「……たぶん」

やはり、あの男か。であれば、夕里子がその名を口に出したくない心情は理解できる。

駅近くの有料駐車場に車を駐《と》め、駅前の通りを歩く。時間はまだ十時過ぎだ。行き交う人々も出勤途上の会社員やＯＬが多い。学生の姿も見受けられるが、長野県内は夏休みの期間が他県よりも短い為に、八月も末になると小中学校は二学期が始まっている。だから、この時間に歩いているのは大学生や予備校生だろう。

私は隣を歩く夕里子を見る。彼女は常と変わらぬ無表情だが、どこか決然として足早に歩いている。そして、夕里子は弁解するように言った。

「あの人なら、知識があると思うんです」それから小さく付け加えた。「……ごめんなさい」

あの男に頼りたくはないが、謝られる筋合いのものではない。聞こえなかったふりをして、

「何かわかるものかな？」と、私は訊いた。

「そうであればいいと思います」

「あの人、そんな特別な霊能者なのかね。お布施を包まなきゃならんかな」

私は冗談めかして言ったつもりだったが、少し棘《とげ》があったかもしれない。

「もしかして……」私たちの会話を聞いて、心当たりがあったのだろう。後ろを歩く亮が言った。「北斗《ほくと》に会うの？」

夕里子は振り返りもせず、何も答えない。亮の言葉は聞こえたろうから、無言のうちに同意したのだろう。どうやら亮もあの男に面識があるらしい。

目的地のホテルは松本駅から少し歩いて裏通りに入った所だ。立地は良いが、味気ない入り口の雰囲気は、いかにもビジネスホテルだ。ロビーに入ると、さして広くもないフロントの向かいに見慣れた女性が立っていた。信州タイムスの与沢記者だ。彼女も我々に気がつき、ぽってりした唇に笑みを浮かべて会釈した。

頭を下げる与沢に、夕里子が応えた。

「お待たせいたしました。来て頂けて良かった。玄田さんのご容態はいかがですか？」

「集中治療室に入っています。面会謝絶でご家族によると、やはり危険な容態だそうです」

「……与沢さんが何故ここにいるんですか？」私の質問に、夕里子が答えた。

「私がお呼びしたのです」

「夕里子さんが？」

「今、我々の周囲に起きている現象について、一度お会いしてお話しさせて欲しいと」

私は不思議に思った。そんな途方もない話で、新聞記者が平日の朝からやって来るのか。

「専門家にお会いできると聞きました」私の合点がいかぬ顔を見て与沢が言う。「一応、プライベートです」

夕里子はあの男のことを何の専門家だと話したのだろう。

「もう来ている筈です」夕里子はフロントの奥へと進む。

ロビーの奥にはカフェスペースがあった。天井も高く、広々とした空間に丸いフォルムの緋《ひ》色のソファが並んでいる。客は少なくて、どれもスーツ姿の男性が四、五人程座っていた。

そのうちの一人がこちらを認めると、口元まで運んだコーヒーカップをテーブルに置き、立ち上がって片手を上げた。夕里子はすたすたとそのテーブルに近づく。

やはり、あの男だった。

サイズのあったネイビーのスーツ姿で、遠目にも身なりの良い人物だとわかる。身長は百八十センチをゆうに超えているだろう。小柄な夕里子を前にすると大人と子供だ。年齢は夕里子と同い年の筈だ。ウェーブがかかった髪を片方に流していて、その下には大きな二重瞼が微笑んでいた。有り体に言えば、女性にもてそうなタイプの風《ふう》貌《ぼう》だ。

私が彼を最後に見たのは、もう五、六年以上前だが、その時と印象は変わっていない。彼の顔はよく覚えていた。

「ごめんなさい。途中、少しあったものだから」

「構わないよ。それより本当に久しぶりです」夕里子の言葉に笑顔で応じ、続いて私に目を向けた。「雄司さんも、お久しぶりです。僕を覚えてらっしゃいますか？」

「ええ、ご無沙汰《ぶさた》しています」と、私も笑顔を返した。

「亮くんじゃないか。大きくなったね」と、彼は私の肩越しに亮を見る。

亮は面白くないという表情で、ぺこりと頭を下げた。意地でも笑顔を見せてなるものかという態度だ。しかし、相手は気を悪くした風もない。夕里子が与沢を紹介すると、彼も名乗った。

「北斗総一郎《そういちろう》と言います。よろしく」

北斗に促され、楕円《だえん》形のガラステーブルを皆で囲んだ。

「わざわざ、おいで頂いてありがとうございます」夕里子が頭を下げた。

「いやいや、こっちに来るのは久しぶりだけど、懐かしくて嬉《うれ》しいな」

「ああ、昔こっちに住んでたんでしたね」夕里子が思い出したように言う。

「小学生高学年の頃ね。うちは引っ越しがちだったから、信州に住んでたのは数年かなあ……。それにしても電話をもらって驚いたよ。僕の携帯番号、消されているものと思ったから」

北斗の向ける微笑みに、夕里子はきっぱりと答えた。

「消していました」

「へえ」

「昔の手帳に挟んであった住所録を捜したんだもの」

「驚いたな」

「使った手帳はずっと残してありますから」

「いや、そうじゃなくて」北斗はかぶりを振った。「変わってないねえ。その冷たい圧力」

「…………」

「そして相変わらず綺麗《きれい》だ」

「そういうの、やめてください」

夕里子は不快そうに眉をひそめる。

よくもまあ夫の前でそんな軽口が叩《たた》けたものだ。けれど北斗は私を舐《な》めているというよりも、常にこんな態度だったことを思い出した。呆《あき》れる私の隣で亮も苦虫を嚙《か》み潰《つぶ》している。

北斗はにこりと白い歯を見せた。

「すみません。あまりに他人行儀に振る舞うから、からかったんですよ。まあ、そういう昔の感じがいい」

上京して北斗と初めて会った時と同様に、自分とは全く違う人種なんだと再認識した。そして、どう考えても夕里子とは相容《あいい》れないタイプだ。にもかかわらず、夕里子が彼と浅からぬ繫がりができていたことに当時は驚きを感じた。彼女の知らない一面を垣間見《かいまみ》る思いだったのだ。今もまた、ちりちりと胸の奥がひりつく。

「ま、人妻をからかうのはこれくらいにしとくよ。僕が助けになるなら、何でもするよ」

「その恰好《かっこう》は？」

「ああ、このスーツ？　この後、とんぼ返りで人と会わなきゃならないんだ。仕事でね」

「そうですか」

「全然、気にしないでいいよ」

「気にしていません」

「あ、そ」

店員がオーダーを取る間の会話から、北斗総一郎の近況がわかった。

彼は京都で個人輸入雑貨商を営んでいるため日本にいないことも多く、先月も海外に滞在していて、連絡がついたのはたまたまタイミングが良かったらしい。夕里子と大学が同じだったことは知っていたが、弟の亮と面識があって夕里子の実家ともそれなりに付き合いがあったことまでは初耳だった。

「で、その日記というのは持ってきたんだよね？」北斗が本題に入った。

夕里子は自分のバッグから久喜貞市の日記を取り出すと、テーブルの上に置いた。

日記を見た瞬間、北斗の顔から人好きそうな笑顔が消えた。手も触れずにじっと日記を見つめている。しばらくして、夕里子に目を向けた。

「これを見て何も感じなかったわけではないよね？」

北斗の顔つきはそれまでと違っていた。深刻さと恐怖が入り混じる表情に見えた。

「いえ……」

「感じたけど無視した。そういうこと？」

「ええ」

夕里子は消え入りそうな声で答えた。

北斗は視線を日記に戻すと、ようやくそれを手にした。日記を扱う手つきは、貴重な古文書でも扱うような繊細さだ。いや、眠っている猛獣を起こさないように細心の注意を払っているといった方が、適当な表現かもしれない。北斗はその体温を探るかのように、そっと手のひらを手帳に押し当てる。

「これは『籠《こも》り』だ」

「コモリ？」

私は北斗の言葉をおうむ返しに聞き返した。

「うん。僕は勝手にそう呼んでいます。何も珍しいものではない。というより、我々に感じられない程度の微量な状態の物も含めれば、全ての物体が『籠り』であると言えるんです」北斗は日記をテーブルにそっと置く。

「匂いってあるでしょう？　嗅覚《きゅうかく》で感じる匂い。あれは匂いの元となる分子が、鼻腔《びこう》内部の粘膜に接することで知覚できる。匂い分子は揮発性で物体から発散して空気中を漂っている。それが他の物に付着すれば、移り香となるわけです。この仕組みと同じものが、思念にもあると僕は考えています」

「思念？　考えること、ですか」私の問いに、北斗は頷いた。

「そう、心に思うこと。人間の思念は他の生物より圧倒的に強い。脳の発達と相関関係にあるのでしょうね。とにかく、何かを強く思うことで匂い分子のような、ある種の化学物質を放散しているんだと僕は思っています。それは一般に知られる分子構造ではなくて、未知の放射線のようなものかもしれない。僕は研究者ではないから体験的に言っているだけですけどね。例えば、誰かが大事にしていた人形。思いを込めて書いたラブレター。思念の種類は何でもいい。思念の多寡が移り香の強さに反映され、それが『籠り』となる。思いが『籠る』んだ」

北斗がずらずらと並べ立てた言葉に私は辟易《へきえき》した。与太話だ。

北斗総一郎という人物について、過去、私が聞いていた噂話とはまさにこれだった。彼はオカルトめいた世界に傾倒していて、この手の話が好きらしい。いわゆる変人だが、見た目はスマートで語り口は知的に映るので妙な説得力はある。世間ではそういう人間を好む人間もまた多いのだ。ただ、夕里子もそのうちの一人だとは思ってもいなかった。

「あなたはそれを感じとる霊能者ってわけですか」私の言い方には、やや軽蔑《けいべつ》の色があったかもしれない。

「僕みたいな者は稀《まれ》ですが、他にいないこともない。夕里子さんもそうです」

皆の目が夕里子に向く。夕里子は弁解するように「私は……」と呟いた。が、否定はしない。

彼女が鋭い感性をもっていることは知っている。ただそれが北斗の言うようなものだとは考えたくなかった。しかし彼女が否定しないところを見ると、夕里子自身もそう考えているのだろう。私は夕里子を見つめるが、彼女は目を伏せたままだ。

「……彼女はそれを認めたがりませんがね。それに霊能者と言ったが、僕は幽霊なんて見たことがありません。死んだ人間が魂となって彷徨《さまよ》うのがそれだというなら、信じ難いな。僕の信じる理屈に合わないからです。ただし、それが『籠り』による現象だというなら説明がつくかもしれない」

店員がコーヒーを運んで来た。それぞれの前にソーサーとカップが並べられる間にも、北斗は話を続けた。

「匂いは嗅覚受容体での反応が知覚となって現れる。それは直接本能に作用して人の快不快、行動に影響を与えるわけです。特定の放射線は知覚こそできないが、人体に壊滅的な破壊をもたらすでしょう。『籠り』もまた同様です。そこに宿り放出される思念は、人の知覚の程度に依《よ》らず、何かしらの影響を周囲の環境に与えるんです。例えば処刑場には、死刑囚の思念が強く残ると言われます。その思念が、『籠り』となって場所に宿れば、その場は根本的に変質し、様々な現象が起きる。そこでの体験が幽霊や怨霊《おんりょう》という概念に転じても無理はありません」

「その『籠り』がこの日記ですか？」黙って聞いていた与沢が尋ねた。北斗は大きく頷く。

「そう。ただ、こんな物は見たことがない。感じ取れる思念が極端に大きいんだ。アンモニアの瓶を思い出してください。あれに少しでも鼻先を突っ込んでみたことはありますか？　鼻を殴られるような、あのレベル。匂いに種類があるように『籠り』から発散される思念にも種類がある。夕里子さんなら感じとっていたでしょう？」

水を向けられた夕里子は、仕方なくといった様子で口を開く。

「……生きたい」

私は少し驚いた。日記を前にした夕里子の態度はいつもとは違って見えたが、そんなことを感じていたのか。自分の妻が、まるで初めて見る人間のように思えた。そして、その妻を北斗が理解していることに心が沈む。

「そんなこと、感じたの？」

私の問いに、夕里子は唇を嚙み、こくりと頷いた。

今思えば、日記の感想を尋ねられた保も妙なことを漏らしていた。北斗が言うのと全く同じ、匂いという表現を使っていた。

「そう。この日記に籠っているのは強烈な生存欲求です。生きたい。生きたい。生きたい。……普通は時間の経過に希釈されて、やがて消失する筈なんだ。それが何故ここまで肥大化しているのか、わからない」北斗は日記に目を落とし、苛《いら》だたしげに指先でテーブルをトントンと突いた。

「私が知りたいのは、これが何を起こすのかです」与沢が目線で日記を指し示す。

はなくて、環境と」

「先程、周囲の環境に影響を及ぼすと言われましたよね？　人間に影響を与えるので

北斗は少し戸惑ったように微笑んだ。

「あなたは先程から、僕の話を肯定的に捉《とら》えてらっしゃいますね。こんな荒唐無稽《むけい》な話を。ジャーナリストにしては珍しいな」

与沢は床に置いたバッグから茶封筒を取り出した。茶封筒から取り出されたのは一枚の古びた写真だった。保が信州タイムスに貸していた久喜貞市が出征する時のものだ。貞市と幼い弟の保、その両親が自宅前に写っている。

「これはお預かりしていた貞市さんの写真です。ここの部分をよく見てください」与沢は貞市の顔を指差した。

軍帽の影が落ちている上に経年劣化のせいもあって、目元は黒く潰れている。目は口ほどに物を言うというが、人間は相対する者に対して判断を下す際、相手の目から多くの情報を得るのだということがつくづく感じられる。この写真を見ても、双眸《そうぼう》が確認できないという一点だけで、貞市という人間、その人物像に、もやもやとした霞《かすみ》がかかったままだ。久喜貞市という人物は、かつて生きていた人間ではなく、我々にとっては久喜貞市という記号のままなのだ。

「違いがわかりますか？」与沢が重ねて言う。確かに前に見た時と何かが違う。私の

みぞおちに言い知れぬ不快感が錘《おもり》のように沈み始めた。

亮が震え声で答えた。

「これ……、口元が」

私は亮の言葉に従い、口元を見直して慄然《りつぜん》とした。

四日前、写真の貞市からは結ばれた唇に意志の強さが見てとれたと思った。しかし、今見るこの写真の印象は全く違うものだ。

表情に幸福感や喜びが見て取れる。その最大の違いは確かに口元にあった。以前見たこの写真の貞市は、口を真一文字に結び、口角も下がっていた。出征直前の漲《みなぎ》る緊張感を嗅《か》ぎとれたのだ。だが、この貞市は違う。閉じていた筈の唇は開き、その間に白い歯の羅列さえ確認できる。貞市は明らかに笑っているのだ。

こんなことが、ある筈はない。私は写真を手に取りつぶさに眺めたが、その変化は疑いようもなく明らかだった。

「この写真、表情が変わっているんです。最初と」与沢は厚ぼったい唇を歪《ゆが》めた。

「初めはプリントの表面が擦《こす》れて削れ、そう見えるのかと思いました。あるいは表面の汚れが落ちたのかと。しかし、どうしてもそうは思えません。日を追うごとに、見る度に、久喜貞市の表情が変化しているんです」

「俺が、夢で見た顔と同じだ。笑っていた。こいつは」

亮がなおも震える声で言った。

与沢はこの写真があった為に、夕里子の誘いに応じたのだろう。

「それだけではないんです」与沢記者は一同を見渡した。「今回の記事執筆にあたり、昨日パプアニューギニア在住の日本人の方に連絡をしました。先の慰霊祭でお世話になった方です。その際、日記を我々に託したマイケルさんとも再びお話しできたのです。でも、マイケルさんは、この日記について何も覚えていなかったんです」

確かマイケル氏とは、この日記を入手して保管していた人の孫だ。彼がこの日記を遺品の中から見つけたからこそ、こうして今ここにあるのだ。

「その人が日記を渡してくれたんでしょう？」

私の言葉に与沢は頷いた。

「ですが、彼は本当に何を言っているのかわからないといった様子なのです。私たちに日記を渡したことも何もかも……。それに彼とはこの日記の件で、今まで何通もメールでやりとりしているんです。けど、奇妙なことに、その記録が一切残っていないんです」

「サーバ上からログが削除された？」北斗が尋ねる。

「送受信のログまでは確認してませんが、消えたのは私のローカルに保存されていたメールです。デスクトップフォルダに保存した日記の画像データすら残ってないんです。よく調べたら、海外から信州タイムスに日記が配送された際の、国際便の受け取りの記録すら消えてました」

「人為的になされた可能性はあると思いますか？」北斗の問いを与沢は即座に否定した。

「考えにくいです。私のノートパソコンは私物ですし、パスワードもかけています。何よりも常に持ち歩いていますので、誰かが触ったとも思えません。郵便の記録は総務課で破棄できると思いますが、それをする理由が思い当たりません」

「それでは、日記は日本に送られていないことになりますね」

北斗が落ち着いた声で言った。勿論《もちろん》、その言葉は事実ではない。

今ここに日記があるのだから。

北斗は続けて与沢に尋ねた。

「与沢さんは、事態をどう解釈されていますか？」

与沢は少し間を置いて、首を振った。

「……わかりません。ただ、私の理解を越えた異常現象が起こっているのではと……」

次に北斗は亮に向き直る。

「亮くん。君は四日前、この日記に文字を書いたんだよね」

亮は首肯した。

「何て書いた？」

「姉ちゃんに聞いたんじゃないですか？」

「君の口から聞きたいんだ」

亮はテーブルの中央に鎮座する日記帳を見て、「火喰鳥《ひくいどり》を喰う……」と、小さく呟いた。

「正確に」

「火喰鳥を喰う、美味なり。カタカナで書いた」亮は憮然《ぶぜん》として答えた。

「なぜ、そう書いたのか覚えてるかい？」

「……いや、それが、あまりよく覚えてないけど」亮は少し狼狽《うろた》えたように答える。

「この人、腹が減ってたのかな……って考えていて、気がついたら……」

「きみがその文字を書き込んだ時、その場にいたのは誰？」

「ここにいる全員と、それからおじいさん、おばさん……それと、カメラマンの人」

「いえ、お義母さんはその時はいませんでした」亮の発言を夕里子が訂正する。

「ああ、そういえば台所だった」私も思い出した。母はお茶を淹《い》れなおしに立ったのだ。

「ふむ、お母さんはいなかった、と……。カメラマンとは、入院中の玄田記者ですね？」

北斗の確認に与沢が頷く。

「それで、亮くんの書き込み自体はその夜のうちに、夕里子が消したんだね」

「書き込んだ直後に」

夕里子の返答を聞くと、北斗はわざわざ体ごと私に向きなおった。

「雄司さん、その後なにが起きたか、あなたの口から聞かせて下さい」

「え……、ええ」

急に話を振られて戸惑ったが、私はその後に起きたことを順に説明した。

翌日、藤村栄の屋敷に赴き、貞市の日記を披見したこと。その夜の藤村邸の火災。保の失踪と玄田記者の狂乱。消えた貞市の位牌《いはい》。日記が届く前の出来事だが、墓石にいたずらがされていたことも付け加える。

北斗はテーブルの日記を見据えたまま、じっと私の話に耳を傾け、たまに口を挟んで細部を確認した。

「貞市の名前が墓石から削り取られていたのは日記が届く直前ですね？」

「ええ、気づいたのは日記の届く四日前です。人為的にやられたものに見えました。警官は石ノミで壊されたのだろうと……」

「今日確認した際には、壊された跡そのものが消えていたんですね？」

私は頷いた。

「削られた部分は無くなっていて、貞市の名前も消えていました」

「……それと入れ替わるように、保さんのお名前が刻まれていた、と」

北斗総一郎は呟き、しばらく黙っていたが、やがて皆の顔を見渡すと口を開いた。

「先程、たとえ話として匂いを説明に使いましたが、私の考える『籠り』の概念というのは、天体にも似ています。信じる、信じないは別にして聞いてください」

北斗は冷めたコーヒーを口にして、唇を湿らせる。

「宇宙にあまねく存在する天体というのは、様々な物質が重力的に凝縮された状態を言います。その質量が十分であれば中心で核融合を起こして恒星となり、さらに大きければブラックホールにもなる。そうした天体の重力場は周囲の時空間に影響を与えるわけです。『籠り』もまた同じようなものと考えます。思念を帯びることで、物体にはある種の質量、重力が備わる。その重力が、まさに天体同様に、周囲の時空間に影響を及ぼすのではないかと僕は想像していました。想像していた、というのは、そうした現象を明確に体験していないので僕にとっても予想に過ぎなかったからです。そして今回の日記の一件は、恒星ではなく、掛け値なしにブラックホール級です」

テーブルを囲む一同は黙って北斗の話を聞いていた。

「久喜貞市という人物は、昭和二十年六月九日、ニューギニアの密林で戦死した。それは日記を読んでいた場にいた全員周知の事実だった筈」

夕里子が口を挟んだ。

「そう言えば、玄田さんは、あの時突然『久喜貞市は生きている』と言いました」

北斗は首肯する。

「その人がなぜそう言ったのかわからない。しかし、それがトリガーとなったのは間違いない」

「何のトリガー？」夕里子が訊くと、

「久喜貞市の生存だよ」北斗は冷たく答えた。「玄田記者の発言が契機となって、その場の全員が貞市の生存を無意識に認めたんだ。久喜貞市が生きていたら、と」

「でも、実際は死んでる」私の言葉に北斗は頷いた。

「ええ。しかし、もし貞市が六月九日を生き延びていたら、日記の記述はその後も続いていたでしょう。玄田記者の言葉に続き、亮くんの追記は別の事実を確定させてしまった」

「火喰鳥を……、喰う？」私はその記述を思い出した。

「そうです。『ヒクイドリヲ　クウ』という記述を見た、その瞬間に、貞市の生存を全員が肯定したんですよ」

「久喜貞市が生き返ったとか、そういう話なんですか？　幽霊は信じないんでしょう？」

「言葉を変えると、我々が認識するこの現実とは別の現実を生み出してしまった、ということです。久喜貞市が死ななかった現実を。日記にはそれだけの力があった」

全くもって信じ難い話だが、あの墓石の異常な変化を思えば、信じ難い何かが起こっているというのは否定できない。

「俺が日記に書いたのが悪いってのかよ！」亮の声が大きかったので、離れたソファに座っている男性客が振り返った。隣で夕里子が亮を制した。北斗もまた首を振る。

「君を責めてるわけじゃない。さっきも言ったようにあの日記はブラックホール級の影響力があるんだ。君が書きこんでしまったのも、『籠り』の影響だろう。それに君が書かなくても事態は変わらなかったかもしれない」

「無茶苦茶だ。そんなことがしょっちゅう起こったら、この世は生き返った死人だらけじゃないか」

吐き捨てるように言う亮に、北斗が答えた。

「あの日記のような特異な『籠り』は滅多に存在しないよ。なおかつ君たちの思念がぴたりと共鳴したことで起きた希有《けう》な現象だ。……我々が気づかないだけで、実は毎日のように起きているのかもしれないけどね。過去に遡《さかのぼ》って世界が改変されるのであれば、我々には知覚する術《すべ》は無い。事実、日記を渡してくれた現地の方は何も覚えていないんだろう？」

「……しかし、私たちは覚えてる」私が言うと、北斗は眉をひそめた。

「そう、そこが重要なんだ」北斗は重々しく告げた。「君たちだけが、この現実から弾《はじ》き出されようとしている」

私は息を呑んだ。

現実から弾き出される。

その言葉には死よりも過酷な何かが宿っていると思えた。北斗はさらに言葉を重ねる。

「久喜貞市は、あなた方の思念によりその生が創造された。いわば、あなた方が創造主なんだ。しかし、原因と結果が結びついているという、見かけ上の因果関係は原則として揺るがない。創造主が未来に存在するのは大きな矛盾だ。久喜貞市が生き延びた現実において、その原因は未来に存在してはならない。おそらく、そうした矛盾は宇宙的な力学で正される」

「正されるというのは……」そこまで言って墓石の変化を思い出す。「じいちゃんはどうなったんですか？」

私の問いに答える代わりに、北斗は日記を手に取った。北斗は初めて頁を開くと、ぱらぱらとめくる。

「……これが最初は無かったんですね？」北斗は日記の最終日の箇所を開いて見せた。

「こ、これって」亮がうめいた。

「じいちゃんがいなくなった朝、新しく書き込まれていたんだ」

私の説明に亮は蒼白《そうはく》な顔を伏せた。

北斗は話を続けた。

「おじいさんがどうなっているのか、僕にはわからない。しかし事態は切迫していると思う。現実というのは一つしか存在しない。今は二つの現実、コインの表裏がくるくると回っている状態だ。我々はそれを正しい面で止めなければならない」

「一つわからないわ」夕里子が鋭い視線を北斗に向けた。「あなたの言うことが正しいとして、お墓から貞市の名前が削られていたのも別世界が生まれる引き金になったのでしょう？」

「おそらくね。あれを皆さんが目にしていたからこそ、玄田記者の言葉や日記への追記が異常現象のトリガーたりえたんだ」

「でもお墓が傷つけられたのは日記が届けられる前。異常現象が始まる前です。それならあれは誰がやったと言うの？」

「……僕もそれが引っかかっているんだ」北斗は口元に拳《こぶし》をあてた。「その行為だけは何者かの手によるものとしか思えない」

松尾巡査もあれは誰か人の手によるものだと話していた。北斗はしばらく黙って考えていたが、やがて首を振った。

「……それをやったのが誰にせよ、今は事態の収拾を急いだ方がいい。本来ならばあの場にいた全員が必要です。しかし、保さんはいませんし、玄田記者も昏睡《こんすい》していて期待は持てない。だからここにいる人だけでやりましょう。今すぐに」

そう言うと北斗は、傍のビジネスバッグから手帳を引っ張り出すと、ペンホルダーに差し込んであったボールペンを抜いた。

「良いですか？　今回の元凶は久喜貞市の本来の死亡日が、あなた方の思念で不確定になったことです。あなた方の手で貞市を直接殺害すれば間違いありませんが、それができない以上は、貞市の死を思念で確定させる必要があります。無意識のうちに貞市生存の現実を生み出した、それと逆を行うのです」

北斗は開いた日記の最終頁を与沢に向けて置いた。

「一人ずつ久喜貞市の死を認めて下さい。本来の日時に、本来の史実通りに、久喜貞市は戦死したのです」

「生き返らせたなんて信じちゃいない」

亮が落ち窪んだ目をぎょろりと動かして異を唱えたが、声に力が無い。亮は誰よりも怯えているように見えた。理性と本能の狭間《はざま》で揺れているのだろう。それは私とて同じだった。北斗総一郎の奇怪な話の内容を唾棄《だき》しつつも受け入れている自分がいるのだ。

「そう。信じなくていい。久喜貞市は死んでいるんだ」そう言うと北斗はボールペンを左隣に座る与沢に渡した。

「あなたから順番にこう書いて下さい。久喜貞市は死んだ、と。日記の最後の日付の続きからで構いません。ひらがなでも漢字でもいい。言葉にしながら書いて下さい」

「それだけなの？」夕里子が聞く。

「それだけ。単純だが効果は強い。文字が持つ聖性は古代から伝承されています。日本でも、呪術性《じゅじゅつ》を恐れた為政者によって、文字の記された衣服が禁じられていた時代があった程です。まあ、そうした話の真偽はどうでもいい。肝心なのは、久喜貞市は戦時中に死んだのだと再認識することです」

与沢はヒクイドリの書き込みから二行空けて、

久喜貞市は死んだ

と、呟きながら書き入れた。

続いて亮がペンを取る。やけくそのように口にしながら文字を記した。走り書きに近い。震えを隠そうとしているのかもしれない。

くきさだいちは死んだ

夕里子が一文字ずつ読み上げるように書き込む。

久喜貞市は死んだ。


最後に私が書き入れた。自身が書いた文字を読み上げる。

「久喜貞市は死んだ」

北斗が日記を引き取り、書き入れた文字を見返すと笑顔を見せる。

「はい。これでお終《しま》い」

彼は、ぱん、と手を打った。その途端、催眠術から解けたように弛緩《しかん》した空気が流れる。

不思議なものだ。この儀式じみた行為に意味があるのか、半信半疑であっても心の奥底では何かを感じていた。自己暗示的なかりそめの安堵《あんど》ではなく、何かの働きといってもいい。事態を正常な路線へと戻すポイントの切り替えが、ガシャリと駆動した実感があった。北斗の言う、文字の聖性という話にも、幾ばくかの真理があるのではないかと思った。

「こんな簡単なことで何かが変わるものかよ」亮が吐き捨てる。

「そう、簡単なんだ」北斗は微笑んでみせた。「けれど、僕が言わなかったら、こんな馬鹿げたこと、やりはしなかっただろ？」

北斗は向き直ると私と夕里子を交互に見る。

「……で、おじいさんのこと」

「居所がわかるの？」

夕里子の縋《すが》るような目に、北斗は首を振った。

「僕は超能力者ではないんだ。そうじゃなくて、墓石のこと。保さんの名前が記されてたんだろ？　石屋さんに問い合わせてみた？」

私と夕里子は顔を見合わせ、首を振る。

「お墓に名を入れるとしたら、どこの石屋さんに頼むのか心当たりはあるかい？」

「墓石店は地元には一軒しかないわ」

夕里子の答えに、北斗はふうんと視線を巡らせた。

「……その石屋さんに行ってみようか。戻って仕事のつもりだったけど、今日はもういいや」

「石材屋が彫ったっていうんですか？　何というかその……、超常現象みたいなものではなくて？」

北斗は心底不思議そうな顔を私に向けた。

「墓石に加工するのは石屋さんに決まってるでしょう。幽霊って石ノミ持ってるんですか？」


有賀《ありが》石材店の男性店主は白髪を肩まで伸ばしたおかっぱ頭の老人だった。見たところ、年齢は保と同じくらいだろうか。いきなり五人の団体客がぞろぞろと訪れた為、店主は少し怪訝《けげん》に思ったようだが、お喋《しゃべ》り相手を欲していたのか機嫌よく迎え入れてくれた。

「意外に思われるかもしれませんが、春から夏にかけて、私どもは忙しくなるんですよ。この地方は冬場えらく寒いですがね。春先になって暖かくなると寒暖差が激しいでしょう？　特に今年は暑かったり寒かったり。だから、冬場を乗り越えて、一安心されたご老人がバタバタと亡くなられるんですな。張り詰めていたものが、ぷつりと切れるんでしょう」

店主は手元のファイルをゆっくりとめくっていた。中身は発注書や領収書の写しらしい。口を動かすほどに手元は速くない。

「……おかしな話ですなあ。まあ生前に名入れをされる場合もありますがね。その方は存命なのでしょう？　注文に無い方の名前を入れてしまうなんて、そんな間違いはまずありえないですよ。こんなミステリー話は信州タイムスあたりに連絡したら、喜んですっ飛んでくるかもしれませんねえ。倅《せがれ》が言うにはああいう輩《やから》はハイエナみたいなもんだそうですよ」

与沢が苦笑した。「ふるさとと共に歩む」新聞社が、写真週刊誌みたいな言われようだ。

私たちは会合場所となったビジネスホテルから、真っ直ぐにこの墓石店にやって来た。久喜家のある市内では、墓石店はここ一つしかない。久喜家に不幸があった時、墓石に名入れを依頼するとしたら、この有賀石材店だ。

全員が座る椅子がなかったため、北斗と与沢は後ろに立っていた。私の依頼に応じて、店主はここ数ヶ月の注文の記録を調べてくれていたが、やがて手を止めた。

「やはり、記録はありませんな。三ヶ月前まで見直しましたがね。墓石に間違いが為されたのが最近のことなら、発注されたのは遅くても七月末でしょうかねえ。それくらいの時期に注文されないと、場合によっては名入れが四十九日に間に合いませんから。いずれにせよ、うちのしでかした間違いではありませんねえ」

「売買記録を全てアナログで管理されてますか？　どこかでデータ入力管理されていると思うのですが」北斗が隅のデスクに置いてあるデスクトップパソコンを横目に言った。

店主は一瞬ぽかんとしたが、すぐに膝を打った。

「ええ、ええ。マイコンでしょう？　やってますよ」店主はよっこらせと立ち上がると、液晶ディスプレイの置いてあるデスクに移った。亮が難しい顔で「マイコン……？」と、呟く。

「これね、倅が電源入れっぱなしなんですよ……。不経済だと思うのですがねえ」店主はぶつくさとぼやきながらマウスに触れる。「これにね。売上の記録とかも入れとるんですよ」

「平成十四年の受注履歴を確認してもらえませんか？」

その年は久喜保が死んだと刻印されていた年だ。父が事故死した同年同日でもある。

北斗のリクエストに店主は慌てて両手を振った。

「いえいえ、実は私はこういうの全然。倅が帰るまでお待ち願えませんでしょうか」

「もし宜《よろ》しければ、そのマイコン、私少し触っても良いですか？」

「いやあ」店主は北斗に渋い顔を作った。「最近は個人情報保護というものがありますからねえ……」

「三十秒だけでいいんです」北斗が人懐こい笑顔を見せた。「他は触りませんので、どうかお願いできませんか」

店主は「へえ、三十秒でわかるの？」と驚き、三十秒ならまあいいかとデスクを北斗に空けてくれた。北斗はパイプ椅子に腰掛けると、キーボードを叩いた。

「わかるんですか？」

夕里子が恐る恐る訊く。私以上に、彼女もまた機械オンチなのだ。

「この手のソフトは皆同じようなものだよ」北斗がマウスを繰りながらモニターを見つめる。「……あった」

北斗は液晶ディスプレイの首を反転させて、皆に見えるようにした。

「この並んでる注文履歴が平成十四年だね」

五人はディスプレイを覗《のぞ》き込んだ。表計算ソフトのようなグリッドで区切られた一覧表に、発注履歴がずらりと並んでいる。一覧には発注者の名前だけではなく、死亡者の名前、没年月日、戒名までが記載されている。

店主の老人は、本当に三十秒でわかるんだねえ、と感心しきりだ。

名入れの注文リストは四月より発注日時の降順に並んでいた。

「もっと下だね」北斗のマウスホイール操作に従って画面が上へとスクロールする。

「何を捜しているんです？」私が疑問を口にした。

「勿論、墓石の名入れの記録です。保さんの死亡日とされたのは十月二十日なんでしょう？　ご主人も仰《おつしや》っているように、死亡後速やかに発注しなければ四十九日に間に合わない。であれば、十月中には注文がある筈だ。……これだ」

北斗がマウスをドラッグして、該当の文字列を反転させた。全員でディスプレイを見つめる。

それは「久喜雅史」という父の名前だった。その隣の欄には死亡日と年齢、戒名が入力されている。受注日付は「平成十四年十月二十三日」となっている。その下に祖父の名前があった。雅史と同日付の受注で「久喜保」と表示されている。

店主の老人は老眼鏡をくいと上げると、表示画面を覗き込んだ。

「はてな……？　本当だ。随分前にうちでお受けしてますな」

私は言葉に詰まった。この記録によれば、十七年前、父の事故死と同日に保の発注も行われている。しかしあの事故で死んだのは父だけだった筈なのだ。私と祖父は救助された。私の認識する現実は、それだ。

店主は首をひねった。

「名入れの作業は翌月の一日には完了したことになってますな。お支払いも頂いている筈です。そうでないと、ここに『完了』という文字が出ないのですよ」

確かに項目の頭には『完了』というアイコンが表示されていた。

北斗が顔を上げて店主に振り返る。

「ご主人はご記憶ありませんか？　この発注について」

店主は目を細めて視線をしばらく泳がせた。

「……十七年も前でしょう？　私も歳だもんで物覚えがね。倅に聞いてみないと、なんとも。ただ、ここに記録があるということは、間違いなくご注文頂いたということです。とにかく、ずうっと前に久喜保という方の名入れは行っている筈ですよ」

与沢が黒縁眼鏡を押さえて、厚ぼったい唇を開いた。

「誰がお代を支払ったんでしょうか……？」

確かに。そうなると名入れを発注した者がいる筈だ。

「ふむ……」

北斗が画面を左にスクロールさせると、右端から新たな項目が現れた。顧客の住所と名前だ。記された住所は間違いなく久喜家のものだった。依頼人の名前は――

久喜貞市
「……嘘だ」

液晶に映し出された四文字が鈍く光っている。

七十年以上前に死んだ男が、父と祖父の墓石を手配したとでもいうのか。異なる現実だとか、死者の復活だとか、狂った与太話がここに具現化されているとしか思えない。

「誰かが貞市の名前を騙《かた》ったのでしょうか。それともやはり……」夕里子の語尾が小さくなる。

「それともやはり、の方だろうと僕は思う」北斗はそう言って顎《あご》を引いた。「貞市の生きている現実が侵食してきている。本当を言うと、僕は保さんの名入れの注文記録が無いことを確認したかったんだ……」

北斗は俯いた。何か考え込んでいるらしい。ホテルでの儀式の効果が無かったことに戸惑っているのだろうか。彼は深刻そうな面持ちで唇を結んでいた。

「あのう、貞市さんというのはお身内でしょうね？」店主が遠慮がちに口を開いた。客の反応が奇異に感じられたのだろう。

「姉さん」亮が思い出したように口を開く。「墓に戦死した貞市の名前を彫ったのもこの店でしょう？」

夕里子は私を見た。私だってそんなことはわからないが「たぶんそうじゃないかな。ここしか墓石屋さんは無いし」と、答えた。

「貞市の名入れの記録は確かめられない？」と、亮が言う。

墓石から消えていた貞市の名前。その名入れの記録を確かめることで得るものがあるかはわからない。ともあれ、貞市の没年は藤村軍曹らが復員した直後に入れられた筈だ。

「……このお店はいつからありますか？」店主は私に答えた。

「うちは古いですよ。戦前からあります」

「昭和二十二、三年頃のこういった記録は無いですか？」

「ええ？　終戦直後？　マイコンは最近のものだから」

「いえ、紙の記録で」

店主は難しい顔をした。

「残っておりませんねえ。それは」

さすがに七十年も前の売買記録は無いらしい。

与沢が恐る恐る口にした。

「これは……、久喜貞市氏の幽霊が存在しているんでしょうか？」

幽霊と聞いて店主は目を丸くした。

「先程も言いましたが、幽霊なんてものは存在しませんよ」北斗が即座に否定した。

「でも『籠り』による現象というなら説明がつく。……のよね？」夕里子の冷えた声が響く。北斗はそれに答えず、パイプ椅子をぎいと鳴らすと黙ってディスプレイを見つめた。

与沢の携帯電話が鳴る。「会社からだわ。すみませんちょっと……」与沢は電話を耳に押し当てて事務所の外に出て行った。

北斗は与沢の背を見送ると、私の鼻先に片手を伸ばした。

「もう一度日記を見せてもらえますか？」

私が日記を渡すと、北斗はぱらぱらと頁をめくる。やがて、その手が止まり、日記に目を落とす表情がさっと曇った。その視線だけが紙面の同じところを何度も往復していた。

一体どうしたんだ？　私が覗こうとすると、北斗はぱたんと日記を閉じた。

「……もうここはおいとましましょうか」

そう言って北斗は立ち上がると、店主に礼を言って頭を下げた。私と夕里子は戸惑った視線を交差させた。

「お役に立てましたでしょうか？」店主は興味深そうに北斗の顔と彼が手にする日記を見比べる。

「ええ、それはもう」

「墓石の件は、どういったことか見当つきましたか？　帰ったら倅にも話してやらんと」

「ちょっとした勘違いでした。お気になさらず」

店主は疑うような眼差《まなざ》しで北斗を仰いだ。


墓石店を出ると、北斗が口を開いた。

「僕はもう少しこっちに滞在することにします」

北斗の端整な顔立ちに深刻さが滲《にじ》んでいる。

「……あなたの手には負えないということですか」

夕里子の言葉に、北斗は頷く。

「すまない。正直に言うと、僕にはどうしたら良いか見当もつかないというのが本音だ。我々の試みは何かの意志によって妨げられているとしか思えない」

北斗は手にした日記を開き、その頁を見せた。その場の全員が息を呑んだ。

それは日記の最後の日、六月九日だ。「ヒクイドリヲ　クウ　ビミ　ナリ」という文字。しかし、その後に続く筈のものが無かった。全員が順に書き込んだ文字列、「久喜貞市は死んだ」という記載が全て消えていたのだ。

代わってそこにあったのは、またも新たな書き込みだ。

ワタシハ　マモル

炭で擦り付けたような文字だ。ひとりでに日記に文字が浮き出たというのか。ホテルで書き込んだ文章とは反対の内容。北斗の言うように、まるで私たちに対抗しているかのようだ。亮が弱々しく呟いた。

「……同じだ。あの娘が言ったのと」

亮が夢に見た少女。彼女も同じ言葉を口にしていた。これが偶然とは思えない。不気味に躍る文字列は呪いのように禍々《まがまが》しく目に映った。それになによりも我々が書き入れた筈の文字列は影も形もない。さっき書き込んだ事実など失われたように、紙面には全く痕跡《こんせき》がなかった。

「こんなことは僕が知る限りないことだ。まるで『籠り』が意思を持っているみたいだ」

「私は……、守る？」私は文字列を読み上げた。

何から何を守るというのか。自分の身を、自分の生を守ってみせるという意思表示なのだろうか。自分の死を願う不遜《ふそん》な子孫らに対しての反攻。北斗の言うように、この日記に誰かの意思があるのなら、生き延びようとする久喜貞市の執念なのか。そして亮の見た少女は誰なのだろう。

「どうしたら良いかあんたにもわからないんだろ。残ってどうするんだ」亮が疲れ果てた瞼を伏せる。「別に頼りにしてないけど」

北斗は首を竦めた。

「どうしたら良いか見当もつかない。僕は、ね」

「どこが違うんだよ」

「強い『言葉』が必要だ」

「え？」

「言葉だよ」北斗は亮に微笑んだ。「歴史の底から脈々と受け継がれたものがあるんだ」

「信仰？」夕里子が口にした言葉に北斗は深く頷いた。

「さすが鋭いね。……ま、僕は神仏は信じちゃいない。しかし人間の強い思いは現実を創造することもあると考えている。思念の強さが現実に結実するなら、信仰は久喜貞市の日記とは比較にならない程の大勢の人間たちの思念を乗せる。その依り代となる『言葉』は強力な『籠り』になり得る。籠りには籠りで対抗するしかない」

言葉に乗せた籠りとは何のことだろうと私が考える間もなく、夕里子が答えを口にした。

「お経みたいなもの？」

「まあ、そういったものだね。ただ必要なのは特別な『言葉』だ。薬にたとえるなら、市販の風邪薬ではなくて、ウィルスの無効化の為だけにあつらえたワクチンみたいなもの。貞市の思念というウィルス専用にね。ただ、僕はそれを知らない」

「誰なら知ってるんですか？」私の問いに北斗は首を振った。

「誰も知らない。今はね。その『言葉』をこれから作るんですよ。それができる方を僕は知っている。問題はすぐに会えるかどうか。日本にいてくれれば話は早いんだが、まずはその人に連絡をつけるところからです」

夕里子が沈痛な面持ちを見せた。

「それじゃ、時間がかかるわ」

「しかし他に手がない」北斗の表情も曇る。

「ただ人をあてにして待っているだけでは……。何かできることはある筈だわ」

「久喜貞市と繋がりの深い人物が他にいれば、あるいは糸口も摑《つか》めるかもしれない。でも、貞市について僕らは何もわからないからね」

事態が切迫していると話したのは北斗だ。彼は悔しそうに唇を噛む。

貞市は遠い昔に亡くなっている。その人物像に新たな肉付けをしてくれる者は身近にいない。保は行方不明。藤村栄も重体だ。入院中の藤村の娘、ゆきになら話を聞けるだろうが、事態の打開に役立つ新たな話が得られるだろうか。そこまで考えて、私はふと思い当たった。

「……貞市の死の模様を聞いている人なら、その糸口になりえますか？」

北斗は怪訝そうな顔を見せた。

「そうですね。何もないよりは……」

「藤村さんと一緒に復員したもう一人。伊藤さんのご遺族ならどうですか。伊藤さんは亡くなっていますが、家族なら何か聞いているかも」

夕里子がわずかに眉を開く。

「お祖父《じい》様の書棚に昔の年賀状なんかがしまってある筈です。現在の伊藤さんのご住所は調べればわかると思います」

「貞市の死を目撃した人の遺族か……」北斗は地面に目を落とし、やがて顔を上げた。

「過度な期待はできないが、会う価値はあるかもしれない」

「ただ、あの家は県外に引っ越したと聞いてます」

伊藤家が遠くに移り住んで行ったのを契機に縁遠くなったのだと祖父は話していた。

「多少、距離があっても直接遺族の話を聞いた方がいい。連絡がつくなら明日すぐに向かおう。早ければ早いほど良いと思う」

北斗は続けた。

「これは、我々の現実ともう一つの現実の生存競争です。久喜貞市が生きている現実世界と、我々の世界とは相容れないのかもしれない。どちらが真となるのか……」

北斗がその言葉を言い終わらないうちに、与沢が足早に戻って来た。

「玄田が……、先程亡くなったそうです」

与沢の言葉をきいて、亮が絶望の色もあらわに顔を伏せた。

我々は一旦《いったん》解散した。北斗は近くのホテルに宿泊するという。うちに泊まるようにも言ったが、彼なりの遠慮なのか、助力のあてを探すのも調べ物をするのも一人の方が都合が良いからと、誘いを固辞した。

亮は夕方には東京に帰ると言ってきかなかったが、心配する夕里子が無理に引き止め、一緒に久喜家に戻った。連れ帰った亮の憔悴《しょうすい》した様子に母は少し驚いたが、思うところがあったのか、何も言わなかった。母には墓石のことや日記の件、北斗に会ったことすらも言わなかった。無駄な心労を増やしたくなかったからだ。

結局、この日も保が見つかったという警察からの連絡はなかった。乗っていった軽トラックすら発見されていない。

夜、私は寝床で夕里子に提案した。

「いっそのこと、日記を燃やしてしまえば良いんじゃないかな？」

持ち帰った日記は仏間に置いてある。呪いの品ならば、そのものを始末してしまえば良い。もしくはお祓《はら》いでもすればどうか。

夕里子は枕に沈めた顔を私に向けた。

「そうですね……。あなたがそう言うなら」

「駄目かな？」

「いえ、ただ……」と夕里子は天井に目を向ける。「あの日記を捨てることが良いことなのかどうか、わからない」

「やっぱり、そんなに特別なものなの？　あの日記は」

夕里子は少し考えてから頷いた。

「最初から、そう感じていたんだね」

「それは……」と言ったまま夕里子は口をつぐんだ。

「あの日記が届いた時にそう感じた？　北斗さんと同じように」

夕里子はどこか申し訳なさそうに首肯した。

「ええ」

「責めているわけではないんだ。ただ、夕里子さんにそんな……、霊感みたいなものがあるなんて、知らなかったから」

「……ごめんなさい」

何故詫《わ》びるのか。私は濁った感情が湧くのを感じた。

黙ってしまった私を見て、夕里子は迷った口調で付け足した。

「私、誰かの意識、みたいなものも感じるんです」

「意識？　貞市の悪意とか？」

夕里子は静かに首を振る。

「あの日記には、生への渇望が込められています。確かに極端に強いけど、それだけです。でも、それとは別に、誰かがこうなるように仕向けているような……、そんな意識が感じられるんです」

私は貞市の名が削り取られた墓石を思い出す。あれを誰がやったのかはわからない。ただ、日記が届けられる時期を狙ったのだとすれば、こうなると知ってやったのだろうか？　北斗は我々が現実から弾き出されようとしていると話した。

それが事実であれば、そいつの狙いは何だというのか。

◉

夜。

床についてからどれくらい経ったのだろうか。

気がつくと私は裸足《はだし》で玄関先に立ち尽くしていた。深閑と夜はふけていて濃密な霧が地面を重く這《は》っている。見上げると屋根の「雀踊り」が、鈍く月明かりの滲む薄雲を切り取っていた。雲の蠢きは不自然に速く、禍々しい嵐の前触れを思わせた。周囲の空気は濃い藍色に染まり朝の訪れる気配はない。自宅から漏れる灯りも物音もなく、人の営みの気配はなかった。

　おじいちゃん――？

　祖父に呼ばれた気がした。耳をすますが、聞こえるのは裏山に棲《す》む梟《ふくろう》の声だけだ。辺りを見回しても、立ち込める霧の中に人の姿はない。急に風が吹き抜け、竹藪《やぶ》がざらざらと鳴った。家の裏手から何かが飛び出して来るのではないかと身構えるが、何も起こりはしない。裏山は灯りもない雑木林の丘陵。人がいる筈もない。

　――また聞こえた

　確かに聞こえた。祖父が助けを求める声だ。家の中に違いない。
　私は玄関の引き戸を開けた。霧は戸内にも漂っている。白いもやが屋内からするすると戸口に溢《あふ》れ、それと共に獣の臭いが鼻をついた。

私は火喰鳥の視線を思い出した。えぐられた腹部に手をあてる。醜悪な生存欲求と執念の臭い。あれが何なのかは知らないが、絶対に負けてなるものか。

玄関から奥を覗いた。祖父の名を呼びかける。返事はない。白いフローリングの床に漂うもやは廊下の先、奥座敷へと続いていた。そこからは黒々とした殺意が波紋のように拡散し、私の足元に打ち寄せている。私は震える膝を拳で叩き、どうにか歩を進めた。祖父の身に危険が迫っているのだ。

玄関を上がり、足を忍ばせる。どこからか荒い吐息が聞こえた。私のものではない。それはぜいぜいと喘《あえ》いでいた。姿は見えない。夢魔という言葉が脳内を渦巻く。

奥座敷への襖《ふすま》をゆっくりと開く。

祖父がそこにいた。座敷の端、体を庭に向け、力なく立っていた。首は不自然に傾いている。庭に面したガラス戸は開いていた。吹き込むぬるい風が彼の短い白髪をさわさわと揺らす。背中を向けたままで表情は見えない。

急激に風が強くなり、ごうごうと唸《うな》りだした。庭木の向こうの夜空では、黒いまだらの雲が立ち尽くした祖父を中心にして奇怪な渦を巻く。月明かりが、切れかけた電灯のように激しく明滅した。

私は叫び駆け寄ろうとするが、金縛りにあったように口も足も動かない。

風はなおも勢いを増していく。逆巻く強風は獣の咆哮《ほうこう》のような音を鳴らし、剪定《せんてい》された松を激しく揺さぶり始める。

祖父はゆっくりと右手を上げた。逆手に握られているのは、深緑色の古いアーミーナイフだった。刀身は赤く錆《さ》びている。

私はざあっと音を立てて血の気が失せるのを感じた。


おじいちゃん！


唇は動いたが、まるで真空にいるかのように叫びが音にならない。いくら繰り返しても祖父が振り返ることはなかった。吹き荒《すさ》ぶ暴風が全ての音を塗りつぶす。

祖父はナイフを持つ右腕をゆっくりと伸ばした。赤く錆びた刃先は自らの頸部《けいぶ》を真っ直ぐに狙っている。

火喰鳥が嗤《わら》った気がした。鈍く光る刃物は怪鳥の嘴《くちばし》だった。

火喰鳥は勝ち誇るように三白眼を私に向けると、鮮血を浴びたような肉垂を歪ませ、大きく反り返った。

次の瞬間、火喰鳥の嘴は祖父の頸《くび》を刺し貫いた。

# 五日目

藤村栄と共に復員した伊藤勝義。彼もまた久喜貞市の部下であり、部隊で最後の生存者だ。密林での過酷な潜伏生活が影響したのか、彼は日本に戻って間もなく病死している。それを機に、遺族は県境を越えて移り住んでいた。

「伊藤さんのご住所はこの辺りの筈《はず》です」

夕里子が電柱に記された番地のプレートを指差した。

「いやあ、あっついね」

北斗が歩きながらハンカチで汗を拭《ぬぐ》う。さっきから風は吹いているが、まるっきり熱風で涼の助けにはならない。

伊藤が住むというこの地域は、私の家からはアクセスが悪く、ここまで来るのに二時間近くかかった。うちと同様にここもまた山が近いが、住宅の並ぶ密度は高い。市街までの距離は近いしコンビニも近隣に数軒あった。住むには良さそうな環境だ。ただ、どこの田舎町もそうだが、一戸あたりの敷地面積が広い傾向にあるので、隣近所まで尋ね歩くのも難儀だ。しかも妙に傾斜のついた土地で、我々は上り坂をずっと歩いている。夕里子の運転してきた車は空き地と思《おぼ》しき草むらに勝手に駐車して来たが、場所が遠すぎたらしい。

私たちを郵便局のバイクが追い越していく。エンジンの排気がアスファルトに陽炎《かげろう》を残す。どこかで牛の鳴き声がした。畜舎も近くにあるのだろう。

人家が少なくなり、農地の割合が増えていた。左手の畑では麦わら帽子を被《かぶ》った初老の男性が耕運機を押している。

「おかしいな。もう伊藤さんのお宅は残っていないのかな」私は周囲を見回した。なにしろ十数年前の暑中見舞いを頼りにここまでやってきたのだ。環境が変わっていても不思議ではない。

「通り過ぎちゃったんじゃないの？　夕里子さん、僕はくたびれたよ」

大袈裟《おおげさ》にため息をつく北斗に夕里子が答える。

「いえ、住所は合っています」

「本当に本当かい？」

北斗はシャツの胸ボタンをもう一つ外して、手のひらで煽《あお》って風を当てた。

夕里子は首を竦《すく》めると、農作業中の男性に声をかけた。耕運機の音で聞こえなかったようだが、幾度か呼ぶと、その男性はこちらに気がついた。

「このあたりに伊藤さんのお宅はありませんか？」

夕里子が訊《き》くと、男は耕運機のエンジンを止めて答えた。

「伊藤？　伊藤って家はいくつもありますよ」

「随分と前に亡くなられていますが、伊藤勝義さんという方のご遺族を捜しているんです」

男は首に巻いたタオルで汗を拭いながら歩み寄ってきた。

「誰だって？」

「伊藤勝義さんです。もう七十年以上前に亡くなられた方です」

夕里子は伊藤家から届いた古い暑中見舞いを男に差し出した。男はそれを受け取るとしげしげと眺め、麦わら帽子の下から不思議そうに私たちを見回した。

「そりゃ、俺の叔父《おじ》さんの名前だよ。あんた方は誰だい？」

伊藤家は畑の中にある真新しい二階建ての一軒家で、周囲を垣根がめぐっていた。

我々三人は広い座敷に通された。高い生け垣が陰を作っているせいか、エアコンが効き始める前から室内は意外な程に涼しい。外に吊《つ》るしてある青銅の釣鐘風鈴がちりんと音を鳴らす。

「ごめんね。わかりづらかったでしょ。建て替えた時に古い家は潰《つぶ》しちまったもんでね。……しかし懐かしいなあ。久喜さんとこのお孫さん、こんなに大きくなったんだねえ」

男は伊藤健夫《たけお》と名乗った。彼は伊藤勝義の姉の息子だという。勝義の甥《おい》にあたる人物だ。健夫は氷と麦茶の入ったコップを三つ置く。

「独り者だもんで、何もなくて申し訳ないね。西瓜《すいか》でも食べるかね？　俺んとこで作ったやつだけど、今年は結構甘いんですよ」

「いえ、お構いなく」恐縮する夕里子をよそに、

「冷えているんなら頂きたいなあ」と、北斗が呑気《のんき》に答えた。夕里子がきっと睨《にら》む。

健夫は白髪頭を揺らして朗らかに笑った。

「丸のまま冷やしてますよ。俺一人じゃあ駄目にしちゃうからねえ。お客さまには頑張って食べてもらわねえと」

夕里子が、ではお手伝いしますと台所に立った。

「すみませんね。それじゃ、西瓜お願いしようかな。少し手を悪くしてるもんでね。そうだ、頂いたお菓子も一緒に食べましょうか」

健夫は夕里子が途上に買ってきた最中を菓子盆に盛る。

独り者だと話した通り、この家には彼の他に住んでいる人間はいないらしい。部屋の隅には古い仏壇がある。

「お線香あげさせてもらっていいですか？」私が訊くと、健夫はありがとうね、と答えた。

仏壇には老いた男女の白黒写真が一枚ずつ立ててある。健夫の両親かもしれない。若くして亡くなった伊藤勝義氏の写真はない。芳香と共に線香が白い筋を伸ばした。手を合わせる私にならって、北斗も線香を立てる。

「伊藤軍曹の写真はありませんね」私が北斗に囁《ささや》くと、

「の、ようですね」と、彼は頷《うなず》いた。「……お仏壇は古いけど、特に何の思念も感じません」

思念ね。と、私は心中に呟《つぶや》いた。どうにも慣れない言い草だ。

菓子盆を持ってきた健夫が、よっこらせと座布団に腰を下ろした。

「ほんと、遠いところ、よくいらっしゃいました」

「突然お尋ねしてすみません」私は頭を下げた。

「いやいや、構わないよ。すっかり、そちらさまとご無沙汰《ぶさた》していたもんで嬉《うれ》しいですよ」

健夫は笑顔を見せた。昨夜、夕里子が暑中見舞いに記載されていた番号に電話をしたが、すでに不通になっていて事前に連絡が取れなかったのだ。

夕里子が切った西瓜を運んできた。

「これはいい西瓜ですね。皮も薄いし、よく熟れてる」

北斗の言葉に健夫は目尻《めじり》の皺《しわ》を濃くする。

「全部食べてってよ。皆さん若いから入るでしょう」

遠慮なく、と北斗がかぶりついて、これは甘いと嬉しげに感想を漏らした。

「……で、随分と昔の話をしに来なすったんですね」

北斗の食べっぷりを尻目に、健夫が私と夕里子を見る。

「日記が見つかったもので、これを機会に大伯父《おじ》の人柄を知っておきたいと思いまして」

私の言葉に健夫は感心したように頷く。

「残された日記が今になって日本に届くなんて、こんなこともあるんだねえ」

貞市の日記が見つかった件だけは健夫に伝えたのだ。それを聞いた健夫は興味を持ったのか、農作業の途中にもかかわらず、我々を自宅に招いてくれた。人恋しさもあったのかもしれない。北斗のことは正直に紹介するわけにもいかず、信州タイムスの記者だと偽った。

やむなく嘘をついたのだから、もう少し記者らしくしてくれないだろうか。私は早くも二切れ目の西瓜に手を伸ばしている北斗を見る。

「まあ、俺もお袋から貞市さんの話は聞いていたけどね。昔の話だでなあ……」

「貞市はどんな人間だったのか、聞いてる話はありますか？」

　私が尋ねると、健夫は自分が誇るように腕を組んだ。

「そりゃ、やっぱりね。戦時のジャングルを生き抜いたお人だよ。並大抵の人間じゃなかったらしいよ、あんたの大伯父さんは」

「立場としては貞市が上官だったようですね」

「そうそう。うちの叔父が軍曹で、貞市さんが曹長。戦時の指揮系統は絶対だよね。貞市さんの指揮のもとで敵からジャングルに逃げたんだな。発見されないように宿営地を探して、飲み水や食料を確保する。何も無いジャングルで生き抜くのは現代人には絶対に無理な芸当だね。貞市さんは義理堅いし、強い方だったらしいよ」

「それは勝義さんからお聞きになったんでしょうか？」

「叔父と直接話したことはさすがに無いよ。亡くなったお袋に聞いたんだ」と、健夫は苦笑した。夕里子が重ねて訊く。

「強い、というのは？」

　健夫はううんと唸《うな》る。

「お袋の正確な言葉は忘れたけど、貞市さんは活力に満ちた人だとかそんなこと、話してたよ。地獄を生き延びた人間ってのは常人離れした何かを持っているんだって。運とか体力とか、さ。貞市さんの場合は、生きる執念だって言ってたかな、そういうものを間近に感じたんだと。あれがうちの弟にもあったら良かったって話してたのを覚えてる」

私は違和感を覚えた。健夫の言葉はまるで……。

「お母さまは、貞市に直接会ったことがあるんですか？」

夕里子の言に、健夫は目を瞬《しばた》かせた。

「そりゃ、そうだよ」

線香から立ち上る白煙がふわりと揺れた。エアコンの駆動音が一段と大きくなる。

室外機の風が当たるのか、釣鐘風鈴がちりんちりんと激しく音を立てた。

何か変だ。

私が夕里子を見ると、彼女も同じように感じているのか、戸惑った表情を私に向けた。

「あのう」三切れ目の西瓜を平らげた北斗が口を開く。「藤村栄という人物をご存じですか？」

健夫は首をひねる。

「藤村……？　それは知らんなあ。その人も軍人さん？」

「今、入院中なんです」

へえ、と健夫は困ったような返事をした。

貞市の名前は覚えているのに、伊藤と一緒に復員した人物の名前は記憶がないなどということはありえるのか。夕里子もわずかに首を傾げた。

北斗は続けて訊く。

「では、火喰鳥《ひくいどり》という鳥はご存じですか？」

健夫は「なんだいそれ？」と、眉《まゆ》を寄せるが、すぐに膝《ひざ》をぽんと叩《たた》いた。

「ああ、貞市さんがジャングルで食べた鳥でしょう？　でかいから相当量の食肉になったらしいね。そういうので逞《たくま》しく生き抜いたんだよね、貞市さんは」

「……生き抜いた？」背中に湧いた汗が滑るのを感じ、私は問い返した。

健夫は頷く。

「結構なご馳走《ちそう》だったって、貞市さんがお袋に話したらしいわ。そう、それが確か火喰鳥だ。へんな名前だし、印象的な話だったから覚えとるよ。……こりゃ、戦争クイズ大会かい？」と、健夫は楽しそうに笑った。

私は言葉を失った。おかしい。そんなことがある筈がない。

「すみません。そんなつもりは無かったんですが」北斗は健夫に応じて笑う。「もう一つだけ。……伊藤勝義さんが亡くなられた日付はいつですか？」

健夫は明確に答えた。

「昭和二十年六月九日。復員した貞市さんがうちに伝えてくれたんだ」

「日本に帰って来たのは貞市なんですか？」

絞りだすように私が尋ねると、彼は口をぽかんと開けた。

「え？　あなたの大伯父さんでしょ？」

私の腹腔《ふくこう》内に冷たい錘《おもり》が沈む気がした。

どうやら健夫の認識では復員したのは伊藤と藤村ではなく、貞市一人のようだ。しかも伊藤が死んだのは貞市が戦死した筈の日だった。

北斗が質問を重ねる。

「伊藤さんが戦死した理由を貞市さんは何と？」

「野営していた場所を敵兵に襲われたらしいね。貞市さんだけは食料を探しに行って無事だったんだと。運も強いよね」

夕里子と緊張した視線を交わす。私たちが知る事実とまるっきりあべこべだ。

北斗は表情を変えない。

「他に貞市さんについて聞いていることはありませんか？」

そうだな、と健夫は頬の無精髭《ひげ》を擦《こす》った。

「叔父の遺品を持ち帰ってくれた筈だな」

「伊藤さんの遺品ですか？」

「うん。お袋の部屋かな。ちょっと待ってよ」

健夫はよいしょ、と立ち上がって席を外した。

「久喜貞市が日本に帰ってきている……？」夕里子が声を潜める。

「彼はそう聞いてるみたいだね」北斗は次の西瓜にかぶりついた。「……この西瓜、甘いよ。頂いといた方がいい」

私も夕里子も手を伸ばす気になれない。北斗は「ご勝手に」と、首を竦めた。

スマートフォンが震えた。画面を見るとメッセージの着信が通知されている。亮からだ。指先で液晶画面をスライドさせると本文が表示される。


『北斗総一郎を信じるな』


北斗が西瓜の種を吐き出しながら私に視線を飛ばした気配を感じたが、私は何気なくポケットに電話を戻した。しかし、指先は震えている。

あった、あったと賑《にぎ》やかに繰り返して健夫が戻ってきた。

「これ、貞市さんが持ち帰って来てくれたんだよ」

彼が卓上に置いたのは一本の短刀だった。いわゆる軍用刀だろう。握りは深緑色で全長は七、八センチほど。刀身全体は完全に錆《さ》びている。握りの根本が鋭くえぐれているのは、おそらく缶切りに使うのだろう。鞘《さや》は無い。

深緑色の小刀。初めて目にしたのに、どうしてか既視感がある。

「これね、もともとうちの叔父のものだったらしいんだよ。金物は貴重だったから、叔父の死後に貞市さんがもらい受けて使っていたんだね。それを持ち帰ってくれたんですよ」

夕里子が小刀を手にとった。彼女は錆びた刃に指を滑らせる。目を閉じて息をつくが、すぐに私を見て、何も感じないと言うように、わずかに首を振った。目を閉じて息をつく

夕里子から渡されたその刀を私も握るが、太平洋戦争中に使われた朽ちたナイフということ以外にわかることはない。どこかで目にしたことがあった気がしたが、やはりこんなものを手にするのは初めてだ。ただ一つ確かなのは、貞市が日本に戻ったからこそ、この小刀はここにあるのだという動かし難い事実だけだ。

「現実が変わってきている。そういうことなの？」

私たち三人は車に戻るまで誰も一言も発さなかったが、運転席に座るなり夕里子が言った。

「とりあえずエアコンつけてもらえる？　暑いよ」

北斗の言葉に夕里子は車のエンジンをかけた。送風口からカビ臭い風が吹き出す。

健夫の話は私たちが知る過去とまるっきり反対だった。復員したのは藤村と伊藤で

はなく、久喜貞市である。彼の叔父の勝義は、貞市が死んだ筈の六月九日に敵の銃撃により死んだ。しかし、それ以上は別のことを尋ねても健夫は首をひねるばかりだった。貞市が日本に戻った日時も何故か判然とせず、彼の写真や記録もない。実在しているのは、貞市が持ち帰ったという伊藤の小刀だけだ。

私は健夫に託されたその小刀をグローブボックスに入れた。健夫は、独り身で持っていても仕方がない、それに貞市が持ち帰ったものだから、改めて弔うなら一緒に持ち帰って欲しいと、我々に小刀を渡してくれたのだ。

もちろん健夫の認識する現実は事実ではない。藤村は復員し、私は数日前に歳を重ねた彼に直接会っている。しかも火傷《やけど》を負った彼はまだ病院にいる筈なのだ。

後部座席の北斗は首を伸ばしてシャツの胸元に冷風を入れる。

「あれ以上尋ねても無駄だよ。伊藤は戦地で死に、貞市が生き延びたのが彼の現実なんだ」

私はルームミラー越しに後部座席の北斗を見る。

「それじゃ、同時に二つの現実があることになる」

「そう」北斗は答えた。「それは、やがて、一つになる」

「……冗談じゃない」私は吐き捨てた。

「藤村さんと伊藤さんが日本に戻った日の新聞記事が残っているかもしれないわ」

夕里子が言った。復員したのが貞市なのか、藤村と伊藤の二人なのか、当時の報道を確認すれば知ることができるだろう。白黒を明確にすることに何か意味があるのかはわからないが。

「だったら与沢さんに調べてもらえばわかるかもね。彼女まだ業務時間でしょう。家に戻ったら連絡してみるよ」

私の言葉に夕里子は頷く。

日記の文章。墓石。それに今度は軍用刀。久喜貞市が生還した証《あかし》ばかりが増えている。

北斗の言葉通り、二つの現実が競っているのなら、今は貞市生存の側がスコアを重ねているということか。

「雄司さん、あなたが正しかった」運転席の夕里子が私に目を向けた。

「なんのこと？」

「そのナイフはどこかに捨てましょう」夕里子がグローブボックスを指差して、いつになく強い口調で言う。「日記も燃やします。写真も。貞市ゆかりのものは全部」

「どうして？」私が問い返す前に、後ろで北斗が口を開いた。夕里子はミラー越しに言う。

「私たちが貞市の生を認めたからこうなったのでしょう？」

「そうだね」

「だったら反対をすればいい。久喜貞市の痕跡《こんせき》は全て廃棄して、彼は戦地で死んでいるんだと改めて信じればいいんです」

　北斗は首を振る。

「それはやめた方がいい。その短刀は『籠り』じゃない。いたって普通の古い軍用品だよ。それは君にもわかっているだろう？」

「思念が重要なんでしょう？　籠りだろうが何だろうが、繋《つな》がりがあるものを持っているべきじゃない」

「一度廃棄してしまえば、とり返しがつかない」北斗は反対した。「それらが事態の打開に必要になるかもしれない」

「雄司さん、あなたが決めてください」夕里子は私を見つめた。

　古い刀や日記を捨てることがどこまで重要なのか私にはわからない。北斗の言うようにとり返しがつかなくなる可能性もある。しかし、夕里子がここまで強く主張することは滅多にないことだった。

「……うちに戻ったら、日記は燃やし、小刀も壊してどこかに埋めましょう。最初からこんなものはなかった。そう信じる。……それでいい？」

　私が答えると、夕里子は安心したように微笑んだ。

「……僕は反対だが、二人の意思は尊重します」後部座席で北斗が言う。「ただ雄司さん、少しだけ待って欲しい」

「どうしてですか？」

「朗報といえるかどうかはわからないけど」と、前置きして北斗は自分のスマートフォンを見る。「さっきペマ師に連絡がついたんだ」

「昨日《きのう》、話していた人？」夕里子が訊くと、

「こうしたことに見識の深い方だ。テレビに出ているような出鱈目《でたらめ》な人間じゃない」

と北斗は答えた。

「その方に会えるの？」

「それが……」北斗は口ごもった。「彼は日本にいないらしいんだ。今はメキシコにいる」

「じゃ、駄目ね」夕里子が即座に返事をした。

「待ってくれ」私は話についていけない。「誰ですか？　その人」

北斗が答えた。

「ペマ師はチベット自治区出身の方で、僧籍出自の言語学者という変わり種なんです。こうした現象に造詣《ぞうけい》が深く、彼自身も鋭敏な感覚と超常能力を持っています」

要するに外国人の超能力者か。どんな能力か知らないがメキシコからワープして日

本に来られるわけではあるまい。夕里子はその人物について知っているらしいが、この二人は過去にどんな話をしていたのだろうか。

また、心が沈んでいく。

「その人は会えなくても助けてくれるんですか？」私が尋ねると北斗は首肯した。

「ええ。私たちに解呪《かいじゅ》の方法を指南してくれます。ただ、こちらから状況を詳しく伝えないとなりません。それに日記や小刀が必要になるかもしれない。それらが失われていたら為《な》す術《すべ》がない。彼の助けを得るには時間が必要なんです。せめて三日、いや二日待って欲しい」

北斗の口調は懇願に近い。どうするべきか。さっき受け取ったばかりの亮のメッセージが脳にちらついた。

『北斗総一郎を信じるな』

夕里子を見ると、彼女は首を振って「あなたに任せます」とだけ言った。

「……では、その方の返答を一日だけ待ちましょう。その後、日記も小刀も処分します」

私の言葉に二人は頷いた。

北斗と別れると、すぐに与沢に連絡をとった。伊藤軍曹の遺族に会いにいった件を伝え、貞市復員の当時の報道など、他にもいくつか調査を頼むと彼女は快く引き受けてくれた。

自宅に戻った頃には陽は傾いていた。私はすぐに亮を捜した。彼はこの蒸し暑さにもかかわらず屋外に出ていた。隅の庭石に腰を下ろしてぼんやりとタバコを吸っている。彼は私に気がつくと小さく片手を上げた。足元に置かれたガラス製の灰皿には吸殻が山になっている。

「メッセージ、見たよ」

亮は頷いて、「……そう」と返事した。目の下にはくまが染みついて生気が薄い。

「北斗さんを信じるなってのはどういうこと？」

亮は目を伏せて答えない。

あのメッセージを送信したのは亮本人で間違いないらしい。もとより私自身、北斗を好ましく感じてはいない。しかし、それはおそらく私の個人的な問題だろうと自覚していた。

「北斗さんが嫌いなんだね」

「……好きとは言えないな」

「どうして？」

亮はタバコを揉《も》み消すと、紫煙混じりのため息をついた。

「……姉さんは子供の頃から勘が働くんだよ。ものに触れると、何かを感じるらしい。それを霊感って呼ぶのか第六感って呼ぶのか、俺は知らないけどさ。姉さんは、基本、それを他人に言いたがらない。周りに変に思われるから」

昨夜の夕里子を思い出す。そして今日の小刀に触れた夕里子も。どうやら彼女の力のトリガーは「触れること」にあるらしい。

夫である私にも、夕里子は力のことを話さなかった。けれど、北斗総一郎は知っていた。

「あいつは……、北斗は姉さんのそういうところを敏感に感じとって近づいたんだ。話を合わせて出鱈目を吹き込んで、姉さんをあんな……オカルトみたいな世界に引きこみやがって」

「彼の言うことは出鱈目なの？」

「出鱈目に決まってる」亮は強く言ってから、思い直したように首を振る。「……いや、わからない。ただ一つ言えるのは、あいつは軽いタイプに見えるけどさ、根はしつっこいんだ。今でもあいつは姉さんを取り戻したいって、考えてる。独占したいんだよ、姉さんを」

私は北斗の飄々《ひょうひょう》とした佇《たたず》まいを思い返す。夕里子にそこまでこだわっているようには正直見えなかった。それに私の知る限り、夕里子と北斗は離れてからかなりの月日が経っている。そこまで熱心に執着するとも思えない。

亮は私をちらりと見て呆《あき》れたように笑うと、タバコの空箱を握りつぶした。

「お人好《ひとよ》しだよ。義兄《にい》さんは……」亮は新しいタバコを取り出し封を開けた。「あいつ、期せずして姉さんに再会したと思うんですか？」

「どういうこと？ 彼に連絡したのは夕里子さんの方からだろ」

「そう仕向けたんだよ。北斗が」

憎々しげに吐き捨てる亮に、思わず私は聞き返す。

「なに？」

「理屈じゃ説明できないようなことが起きたら、姉さんが相談するのは自分しかいないって知っているんだ。姉さんにしてみりゃ、そんなこと、自分の旦那《だんな》にだって頼れない。超常現象の専門家じゃなけりゃね。北斗はそう自称しているからな」

「しかし、実際に不可解なことは起きているだろう。墓石のことだって……」

「最初に墓石を壊したのは、きっと北斗だ」亮は断言した。

「どうしてそんなことを彼がする？ それに日記の文字は？」

「久喜貞市は死んだ」亮は歌うように言って私を見つめる。「……覚えてない？ そう書かせたのは北斗だ。ペンを貸したのもあいつで、あの時ずっと日記を持ってたのもあいつ」

「それが？」

「あいつが俺たちに貸したのはきっと摩擦熱で消えるタイプのペンだよ。それなら熱で文字が消える。あらかじめ電熱器でも隠し持っておけば、俺たちが書いた文章は自由に消せるさ。隙を見て書き込むことだって、あいつならきっとできる」

「それは亮くんの想像だろ。いくらなんでも準備が良すぎる」

「写真だってそうだ」亮はうつろな目つきでまくし立てた。「貞市の表情が変わって見えたけど、トリックに違いない。きっと画像編集してプリントし直したんだ。そうに決まってる」

「あの写真は与沢さんに預けてただろう」

「じゃ、きっと与沢記者も協力しているんだ」

「日記が届いたのは新聞社の手配だ。それも彼がやったのか？」

亮の言うことは妄想に近い。私の記憶では北斗のペンはごく普通のボールペンだったし、墓石の発注記録の件もある。北斗がやったというだけでは説明のつかないことが多い。

亮は疲れた息をついて唇を嚙《か》む。

「……とにかく、あいつを信じちゃいけない。計算ずくなんだよ、あいつは」

「どうしてそんな確信が持てるんだ？」

亮はこけた頰をぎこちなく動かして笑った。

「確信に理由なんかないよ」亮はタバコをくわえて火をつける。「……義兄さんにはさ、姉さんへの愛情があるだろう？」

私はどんな顔をしたらいいのかわからない。

「けどさ、他のものに対しての強い欲はないよね。執着とか、執念とかって言葉を変えてもいい。それが無いのは人として美しいのかもしれない。だからこそ姉さんはあなたを選んだんだと思うよ。……けど、何かと争うには致命的な欠点なんじゃないのかな」

「…………」

私は言葉がなかった。亮がそういう切り口で人間を見ていたとは思わなかったからだ。確かに貞市と自分を比較しても、生きる執念は及ばないだろう。

執着と言われてもそうだ。大学に入学し、上京した夕里子と縁遠くなった時、私は敢《あ》えて彼女を追うことはなかった。彼女のことは依然として好きだったし、離れて欲しくはないと思っていた。しかし、物理的な距離が心の距離をもあけるのであれば、所詮《しょせん》はその程度のものなのかもしれないとも思ったのだ。それに連綿と女性を追うことが、どこか男らしくなく、気恥ずかしく思えた。要するに幼稚だったのだ。それで自然と離れてしまった。

あの時、そんな私を夕里子はどう思っただろうか。冷淡で愛情に乏しいやつだと思ったのかもしれない。

「執念ってのは人に何だってさせるんだよ。死んだ人間の日記ですら現実を変える力があるならさ、生きてる人間の執着ってもっと恐ろしいと思わない？」

亮はマールボロの箱を差し出した。

「……私は吸わないよ」と首を振ったが、

「俺もう要らないんだ。今ので最後のタバコにするから」と、亮はまだ一杯にタバコが詰まった箱を私に押しつけた。

植え込みの躑躅《つつじ》が長い影を落としていた。日が暮れようとしていた。

◉

どこからか歌声が聞こえる。

独特の節回し。枯れた声色。

聞き慣れた懐かしい歌声だ。

心地よい振動が目覚めかけた頭を揺らす。

気がつくと私は軽ワゴンの助手席で座席にもたれていた。ぼんやりと車内を眺める。隣でハンドルを握るのは祖父だった。その姿は若い。私が子供の頃の祖父だろう。

彼は幸せそうに好きな昭和歌謡を口ずさんでいる。

音程は怪しく決して上手《うま》くはないけれど、その歌声には風情とあじわいがあって、私は昔から大好きだった。

車内に漂うほのかなタバコの香りも嫌いではない。祖父は随分と前からタバコをやめていたが、シートに染み付いた匂いはなかなか消えない。

こうして祖父とドライブをするのはいつ以来だろう。

目覚めた私に気づいた祖父が、ちらりと目を向けた。

「おう、起きたな」

「……おじいちゃん」

祖父は無事だった。くしゃっとした笑顔を見せてくれた。

地面は舗装されておらず、軽自動車は上下にゆさゆさと揺れる。車窓に流れるのは濃い密林だった。赤土の細い一本道は左右に迫る椰子《やし》の木々に押しつぶされそうだ。

見覚えのない道だった。

「どこに向かってるの？」

ん？　と、応じるが、祖父はにこにこと微笑んだまま答えない。

私は重ねて尋ねた。

「うちへ帰る？」

「ほうだな、うちへ帰りてえな」

「帰れないの？」

「だいぶ、遠くまで来ちまったもんでな」

「帰れない？」

「うん……、無理かもしらんな」

「帰ろう」

「どうかな」祖父は困ったように口の端を曲げた。

「おじいちゃんが帰ってくれないと……」

私はシャツのボタンをぎゅっと握った。祖父は私を一瞥《いちべつ》すると笑顔を消す。悔しそうに首を振った。

「帰りてえが……、難しいんだ」

「どうして？」

車が大きく揺れた。私は慌ててダッシュボードに手をつく。

「腹を打たなかったか？　大丈夫か？」ハンドルを切りながら祖父が心配そうな顔を

向ける。「ここは道が悪いもんで」

「うん、大丈夫」

「シートベルトをしとけ。ちょっときついかもしらんが」

私がシートベルトを着けたのを確認して、祖父がきっぱりと言う。

「どうにか帰れるように、頑張ってみる」

「うん」

「……勝負は終盤だ」

勝負？　私は夢魔の存在を思った。祖父は決然とした表情で前を見据えている。

「勝ちを拾えるか、五分ってとこだ」

ハンドルを握る横顔には悲壮な決意があった。

そうだ。相手が誰であれ、負けるわけにはいかない。愛する者を失いたくない。

「どうすれば勝てる？」

訊くと、祖父は厳しい面持ちで首を振る。しゃがれた声を低く落とした。

「……あいつが、死んでくれたらな」

「あいつって？」

「誰か知らん」ハンドルを握ったまま、祖父はゆっくりと私に体を向けた。蚊の鳴くような声で囁く。

「……知らんが、さっきから、ずっと、見とる」

祖父は引きつった頰を震わせ、後部座席に目配せした。

その瞬間、後ろに何かの気配を感じ、心臓が締めつけられた。瞬時に血の気が引く。息が詰まる。

私は後ろを見ようとするが、得体のしれない恐怖に縛られ体が思うようにならない。錆びついた関節を折り曲げるように首を捻《ひね》り、じりじりと後部座席に目をやった。

私の眼前に苦悶《くもん》の顔があった。若い男だ。

死人のような白い皮膚。裂けた額。交通事故にでもあったような姿のその青年は、わななきながら切れた唇を開く。口内からずるりと血液が溢《あふ》れた。

私は悲鳴を上げた。

車は何かに弾《はじ》かれたように激しく揺れ、突然加速した。車体を弾ませながら蛇行し、そのまま道端の草むらに突っ込んだ。

# 六日目

朝方、警察から連絡があった。保の軽トラックが見つかったという。祖父の姿は車内に無かったそうだが、ナンバーは届け出と合致しているので、とにかく確認に来てくれという話だ。場所は思いのほか近かった。家から車で三十分とかからない山路への登り口、舗装もされていない道路脇で、斜面に頭から突っ込む形で草木に埋もれていたらしい。

保が立ち寄りそうな場所ではない。車内で見つからないのであれば、そこから山中に迷い込んだとも考えられる。

それが普通ならば、だ。しかし、今我々に起きている事柄は普通ではない。

北斗に伝えると同行を申し出てきたので、私は彼を連れて現場に向かった。確かにそこにあったのは保の軽トラックだった。あらかじめ聞いていたように、軽トラックは草木に埋もれている。しかし我々が想像したものと、実際の情景はかなり違っていた。車は草木に埋もれるというよりも、植物に侵食されて朽ち果てていたのだ。山蔓《かずら》がタイヤに絡みつき、窓枠の隙間には雑草が芽吹いてさえもいた。埃《ほこり》まみれの白い車体にはところどころ赤錆《さび》が浮き、塗装も剝《は》げている。テールランプは二つとも割れていて、中には土塊《つちくれ》が詰まっていた。とにかくナンバーは合っているので確認して欲しい、という警官の言い回しが少し引っかかっていたが、これが理由だったのだ。

私は朽ちた車両を前にして言葉がなかった。目の前のものを理屈で説明できない。怪異の進行を鼻先につきつけられたような心持ちに、全身の力が抜けた。

「これ、お宅さんの車？」と、私に尋ねる警官は、またも松尾巡査だった。数日ぶりに会った小太りの警官は、前に会った時と同じように汗を拳《こぶし》で拭《ぬぐ》う。今朝も暑かった。

「……そうです」

ナンバープレートは間違いなく保の車のものだ。

巡査は手でやぶ蚊を追いながら言った。

「家出人の届けを提出されたのは、いつだったかねえ？」

「三日前です」

「……お、蜂がいるわ。蜂が」松尾巡査はあらぬ方向を見上げている。「こりゃ大きい巣があるわ。あんたがた、蜂の子食べるでしょ？」

私と北斗は顔を見合わせた。

「蜂の子だよ。食べるよねえ？　これ、たぶん近くに大きな巣があるわ。ほら、あそこにも飛んでるもの、蜂。この斜面のどこかかなあ」そう言って地面をぐるりと指さしたが、私たちが黙っているので諦《あきら》めたようだ。「……いつだっけ？　届けを出したのは」

「三日前です」

「ふうん……三日前、ね」松尾巡査は洟《はな》をすすると、パンクしたタイヤを長靴の爪先《つまさき》で突いた。「でもこりゃあ、長いこと置いてあったみたいだがねえ……。ナンバーに間違いは無いかえ？」

私は黙ったまま助手席のドアを開けた。ロックされてはおらず、キーも刺さっていない。勿論《もちろん》運転席には誰もいないが、座席に敷いてある座布団は見覚えがあった。グローブボックスの中を検《あらた》めると車検証もある。間違いなくうちの車だ。

「だとすると、どういうことかねえ……」松尾巡査は再び洟をすすると、眉間《みけん》に皺《しわ》を寄せた。「おじいちゃんが、おらなくなったのは、最近の話で間違い無いかえ？」

「……そうですよ。数日のことを間違える奴がいますか」

焦《じ》れた私は口調が荒くなる。北斗がまあまあととりなすような視線を私に送る。

松尾巡査はのんびりと弛《ゆる》んだ顎《あご》を掻《か》いた。

「これ、見つけたのは、すぐ近所の人なんですよ。犬の散歩でここまで登って来てね。結構なおばあちゃんだけど、健康の為に犬の散歩を兼ねてこの辺りを毎日歩いているんだそうで。まあ健脚だね。そのおばあちゃんが言うにも、少なくとも一週間前は、車なんて無かったと思うって言うんだよねえ。でも、こりゃどう見てもさ、二、三日でこんな風にはならんわねえ」

「この辺りを捜索して頂けますか」

松尾巡査は厚ぼったい瞼《まぶた》を持ち上げて私を見た。

「ええと、確認なんだけえど。おじいちゃんのお名前は何て言うんだっけ？」

何をいまさら。私は呆《あき》れながら答えた。

「久喜保です」

「保さん……、ね」

松尾巡査は小首を傾げて祖父の名前を幾度か呟《つぶや》いていたが、再び私に目を向けた。

「わかりました。ほかに言い忘れたことや補足はあります？」

「ありません」

「ほんとに？」

私は語気を強めた。「祖父の捜索をお願いできますかね？」

松尾は首を竦《すく》めると、頷《うなず》いた。

「まあ、ここから山に入ってみますかね。消防団にも協力を頼みますよ……。ま、とにかく今はこれだ。この車を引っ張り出さにゃ」

巡査はレッカーを要請するために踵《きびす》を返したが、再び振り向いて笑顔を見せた。

「その車の下かもしらんよ、蜂の巣」そう言い残すと、太鼓腹を揺らして大股《おおまた》に山道を下って行った。

松尾巡査の背中を見送り、北斗が噴き出した。

「変なお巡りさんだな」

「なにか、疑っているようです」

「そりゃ、そうでしょうね。これじゃ、どう見てもここ数日に消えた車両には思えない」

北斗は軽トラックに絡みついた葛を外し始めた。警察の検証がどういう結論を出すのかはわからないが、この車の経年劣化は明らかで走行できるのかも怪しい。現実との辻褄《つじつま》が合わない。

保がどこにいるのか、北斗の意見を訊《き》くのが恐ろしかった。

スマートフォンが震えた。タップすると与沢からのショートメッセージの受信が通知される。私は液晶画面に釘付《くぎづ》けになった。

幾度もその文章を読み直す。亮の疑念と与沢のメッセージ。渦を巻いたそれは、私の中で輪郭をかたちづくり、黒いとぐろを巻き始めていた。

「雄司さん、手伝ってくださいよ」北斗が振り返る。「……どうしました？」

北斗は私の様子に不審を感じたのか、その手を止めた。

私は北斗を見た。端整な顔立ち。理知的な態度。一旦《いったん》疑念が頭をもたげると、その全てが胡散臭《うさん》いものに感じられる。いや、最初から私はそう感じていたのだ。しかし、目的がわからない。私の想像が正しかったとして、どうしてそんなことをしなけりゃならないんだ。

北斗は同じ言葉を繰り返した。

「どうしたんです？」

私は意を決して答える。

「私たちが初めて会った日を覚えていますか？」

北斗は握った葛を地面に捨てた。

「……ええ。あれから七、八年くらい経ちますか」

「九年前です」

大学進学後も一年程は夕里子に会う機会は無かった。しかし、たまたま同郷の仲間の集まりがあって、その席で偶然に彼女に再会したのだ。そこから私と夕里子との関係は再び始まった。

夕里子の学校の近くで待ち合わせをした際、彼女は同じゼミの同級生たちに囲まれていて、その中に北斗総一郎がいた。夕里子は北斗を私に紹介し、北斗も普通の友人の一人のような態度ではあったが、他のゼミ生の私に対する視線や物言いから、夕里子と北斗はかつて特別な関係があったのかもしれないと感じた。長い間離れていたのだから、お互い別の相手がいてもおかしくはない。そう考えて、私は何も気にしていないように装った。

ただ一つだけ疑問に思ったのは、夕里子が北斗のどこに惹《ひ》かれたのかという点だった。

「随分と男前な人だなって思いましたよ。都会の人っぽくて、洗練されて見えましたし」

北斗は声をあげて笑った。

「ありがとう。よく言われますよ。でも都会の人ってことはないな。僕も昔は南信に住んでましたから。蜂の子を食べるのにも抵抗ありませんよ」

「昆虫食、私は苦手です」

北斗は涼しい顔で首を傾げる。「なぜそんな話を？」

「あなたが一時にしても夕里子さんの相手というのは意外でした」

「ひどいな。僕はこんなにイケメンなのに？」北斗はおどけて言った。「……聞いてると思いますが、一時期は彼女に猛烈にアタックしましたよ。……アタックって昔の言い方だな。ま、とにかく互いに通じ合ったと感じた時期もありましたがね。結局振られちゃいました」

「彼女はあんな感じの女性です。大人しいように見えて芯《しん》が強い。流されない。意志も強い」

「ええ、よく知ってます」

「彼女があなたに心を許したのは、決して表面的なことではないと思ったんです」

北斗は涼しげな笑顔を消して口をつぐんだ。私は続けた。

「……彼女は昔から鋭い女性です。単に勘が良いというだけじゃない。私にはそれが何なのか理解できなかった。自分の妻なのに。でも、あなたがこの日記を見て感じとったような、なにか不思議な感覚が彼女にも備わっていたのなら、それはあなたと妻だけに共有しえるものなのでしょう。私には立ち入ることができない」

北斗は鼻で笑った。

「だから、何だと言うんですか？」

私は手元のスマートフォンの文字列をもう一度目で追った。

「北斗さん、あなたは玄田記者を知っていたんでしょう？」

北斗は黙したまま答えない。

「玄田さんは生まれも育ちもここの人です。北斗さんも小学校までは信州でしょう？玄田記者は小学校の時、あなたとクラスが同じだった。あなたが学級委員長で、玄田記者が副委員長だったそうですね」

北斗は諦めたように視線をそらした。

「……与沢記者、ですか」

与沢は昨夜、玄田記者の遺族に対面したらしい。玄田の生家も地元にあり、小学校の同窓生名簿で北斗総一郎の名を確認したそうだ。勿論それは偶然の発見ではない。私は昨日、貞市復員についての記事の調査を頼むと同時に、北斗総一郎という男についても何か調べられないか彼女に訊いていた。

突然現れて、不可思議な超常現象の発現を滔々《とうとう》と説明する男。与沢にも思うところがあったのだろう。私が依頼する前から、すでに彼女は北斗という人物について調べ始めていた。

「疑問なのは、どうしてそれをあなたが黙っていたのか、です」

私は真っ直ぐに北斗を見つめる。彼は悪びれる様子もなく、私を見つめ返す。

「……あの日記を読み合わせた直後、それまで一言も発さなかった玄田記者はいきなりこう言いました。『久喜貞市は生きている』……それからです。この悪夢みたいな出来事が起こり始めたのは。どうして彼はあんなことを言ったのか。寡黙なあの人が、まるで誰かに命じられたように」

北斗は全く反応を見せないが、私は構わずに言葉を継いだ。

「朦朧《もうろう》となった玄田さんがうちに来た時、彼は何度も独り言みたいに言ってました。『こんなことやらせやがって、やるんじゃなかった』……玄田さんは貞市の生存を意識させるように、誰かの指示でそう言わされたんじゃないでしょうか」

北斗は冷たく黙っていたが、やがて首を振った。

「……まだ何か言いたいことがあるようですね」

私は頷く。

「あなたは先月まで、外国にいたと話していましたね」

「家具や雑貨の輸入業ですからね。しょっちゅう外国に行きますよ。……それが？」

「あなたが先月まで滞在していたのはパプアニューギニアでしょう？　貞市の日記が発見された場所です。これは偶然ですか？　それも何故言わなかったんです？」

「そんなことまで調べたんですね」

北斗が顔を向けた。彼の瞳《ひとみ》が猫の目みたいに光った気がした。

「与沢さんがあなたの顧客に会いました」

「さすが記者だな。たいしたもんだ」と、北斗は唇を歪《ゆが》めて笑った。

私は言葉を重ねた。

「……墓石から貞市の名前が削り取られていたのは、人間の手によるものです」

そう。墓石の損壊が怪異発現の呼び水となったのなら、それは怪異によるものではなく、誰か人の手によるものなのだ。北斗自身もそう話していた。

「……雄司さん、あなたはこう思っているんですね」北斗はゆっくりと言葉を続けた。

「僕がパプアニューギニアから何らかの策を弄《ろう》して、日記があなたの家に送られるように謀った。さらには久喜家の墓石から貞市の名を削り、旧知の玄田を使って現実を歪ませるような怪異を起こしたのだと。夕里子が持っているような能力が僕にあるから、それが可能だったのだと」

北斗は私を見返した。その目を見て、私は言葉を失った。北斗の目に涙が浮かんでいたからだ。何故彼が泣いているのか私にはわからない。

けれど今度は私が黙る番だった。

私の考えは推測にすぎず、何の確信もない。それに、動機もわからない。人知を超えた怪異を起こしたとして北斗に何の得があるというのか。まさか本当に亮の言うように、夕里子に再会したいがためにそれをするとも思えない。

北斗は目頭を押さえ、小さく頷くと、真剣な面持ちでこう告げた。

「正直に言います。玄田についても、パプアニューギニアについても事実です。しかし僕がそれを黙っていたのは、まさにこの為です」

「どういうことです」

北斗の思わぬ答えに私は混乱した。

「それが知られれば、こうなることは明らかだった。あなたも夕里子さんも私の言葉に疑いを抱く。だから話さなかった。あなたがたを救えるのは僕だけでしょう。しかし疑念を持たれるとそれも叶《かな》わない」

「それは……」

「夕里子さんから今回の出来事を聞いて戸惑いましたよ。偶然なのか、誰かの意図によるものかはわからない。けれどまるで僕の半歩後ろをついて来るみたいな話ですからね。……いや、きっと偶然ではないだろう」

北斗の必死な様子に私はますます混乱する。彼が嘘を言っているようには思えなかった。けれど、北斗ではないなら誰が？

「誰かの計画だとでも言うんですか？」

「わかりません」

「いずれにせよ、事実を隠されていたら信じるものも信じられない」

「正直に話していたら信じてくれましたか？」

私は言葉に詰まった。私はこの男に好ましい感情があるわけではないからだ。北斗は唇を歪ませて笑った。

「……そうでしょう？　普通の人間に僕らのことを理解できる筈《はず》がない。変に思われるだけだ。だからこそ、あなたの妻は自分の能力を夫にさえ言わなかったんです」

「……夕里子が話してくれたら理解する努力はできた」

「わかるわけがない！」北斗が遮り、大声を上げた。

残響は蟬の喚《わめ》きに上書きされ、すぐに消える。北斗は硬く握った拳を唇に押し当てた。葉ずれの音がさわさわと林を走り抜ける。

「……僕の孤独は、あなたにはわからない」彼は再び頭を垂れて自分の足元を見る。

「子供の頃からだ。物に触れると、人間の悪意や、悲しみや、怒りや、強烈な思念ばかり頭に流れ込んでくる。いつも頭が割れそうだった。外に出るのも、何かに触るのも恐ろしかった。父にも神経過敏だとか、頭がおかしいとか散々言われましたよ」

そう言えば、夕里子にも似たようなところがあった。人の物を触りたがらない。単純に潔癖症の傾向かと私は思っていた。しかし実際は北斗と同じ、何がしかの思念が流れ込むのを嫌ったのかもしれない。

「初めて夕里子に出会った瞬間、ようやく会えたと思った。直感したんです。僕と同じだと。彼女も僕に対して同じように思ったんだ。僕らは互いをわかり合える唯一の相手なんだ。でも……、でも、彼女は僕よりずっと賢かった」

「賢い？」

「……彼女はとっくに自分と折り合いをつけていた。我々の希有《けう》な能力を説明してあげても、やがて彼女は興味を示さなくなった。すぐに離れていった。他の誰かとの共感など必要としなかった。それは彼女が孤独ではなかったからです」

そこまで言うと、北斗は私を見て微笑んだ。

「あなたと初めて会った時、すぐにわかった。きっと雄司さん、あなたがいたから夕里子は一人じゃなかったんだ」

私は黙って北斗を見つめた。彼が真実を語っているのか偽りを語っているのか、わからない。

北斗はしばらく肩で息をしていたが、やがていつも通りの余裕ある佇《たたず》まいを取り戻すと、涼しげな目を私に向けて言う。

「不信感があっても、今は僕を信じてもらうしかない」

「……約束はできません。助力を願っておいて、勝手な言い草ですが」

北斗は同じ言葉を繰り返した。

「でも、信じてもらうしかない。我々が思念の歩調を合わせなければ、別の現実の侵食を食い止めることはできない。相手が誰であれ、そいつは狡猾《こうかつ》なんだ。惑わされて、我々が分断されれば、たちまち現実は覆る」

「あなたにそれが防げるんですか」

「惑わされるな、というのは僕自身にも向けた言葉です。僕は確かに夕里子を……、夕里子さんを愛していました。その気持ちは今では大切な思い出です。しかし、それを日記の魔性に利用されたりしない。在るべき現実の為に、僕は何だって協力します」

在るべき現実。私が守りたい現実は一つだけだ。

「どうか、妻を、守って欲しい」私は北斗の目の奥の光を覗《のぞ》いた。「彼女が無事であればいい。願っているのはそれだけです」

「雄司さん……」北斗は真っ直ぐに私を見て、きっぱりと言った。

「僕の願いも全く同じです」

互いに黙ったまま、私たちはしばらく見つめ合っていた。一瞬も止むことのない蟬の叫びは、対峙《たいじ》する我々を取り巻き、喧《やかま》しく鳴っていた。

私には北斗の心底は見えない。彼の言葉には虚実が入り混じっているようにも思えた。しかし、願いは同じだと話す彼の目の奥に、偽りの影を見ることはできなかった。

少なくとも、夕里子の無事を願うその言葉だけは、真実だと確信できた。

私にはそれで十分だった。

私は眠れずに、寝床で天井の木目の染みを眺めていた。暗がりの中、どこかでキジバトの鳴く声が聞こえる。

隣では夕里子が寝息をたてている。彼女はうなされもせず、悪夢も見ていないらしい。そこかしこが狂気に染まりつつある日常で、わずかでも安らかな時間があるのは幸いだ。

眠る夕里子の頬に触れようと手を伸ばす。が、止めた。

彼女はこの事態に怯《おび》えていた。そして止むに止まれず北斗に助けを求めたのだ。

私には起きていることを理解することすらできない。恐怖に慄《おのの》く彼女を助けることなどできようもないのだ。自分の恐怖を理解し、救えるのは北斗総一郎しかいない。

夕里子はそう考えたのだろう。己の無力が情けなかった。一緒になったところで、高校生の頃から何も変わってはいない。結局のところ、私は頼りない後輩でしかないのだ。

北斗と夕里子の間には、私の立ち入れない特別な領域がある。それは今までずっと、私の胸の内に静かな嫉妬《しっと》を燻《くすぶ》らせていたことを今更ながらに自覚した。その醜い感情が自分の眼を曇らせていないと言い切れるのか。

北斗が夕里子を救えるのならば、それで構わない。昼間、北斗の向ける眼差《まなざ》しには強固な意志と真実が表れているようにも見えた。夕里子を救おうとする意志が偽りとは思えない。そこは信じられる。

しかし——、
私はまた天井の染みに目を移す。

北斗が伏せていた事実は、彼に完全な信頼を寄せることを私にためらわせた。北斗総一郎を信じるな、という亮の言葉もある。

私は何かを見落としていないだろうか。

眠れない。ごろりと反対を向いた。

我々が久喜貞市の生の創造主となった為に、もう一つの現実が生み出されたのだと北斗は言う。では、現実から弾《はじ》き出されたとしたら、どうなるのか。

消えた祖父は今では墓碑銘の通り、冷たい墓の下に眠っているのだろうか？　そういう風に現実が変貌《へんぼう》したのだろうか？　あの場にいた者が順番に全てそうなるとすれば、次は亮か夕里子か、それとも私なのか。いずれにせよ、貞市が生きている現実と私は共存できないのだ。

いつの間にか暗闇は寂として、先程までのキジバトの声もしない。静寂の中、恐怖に侵食されていく音が、みしみしと響く。

今は何時くらいだろうか。日付が変わってだいぶ経ったと思うが、依然として室内はうだるような暑さだ。片目を開けて外に面したガラス戸を見るが、その前に下がるレースのカーテンは少しも揺れていない。私は目を固く閉じて、眠ってしまえと念じた。

◉

「起きろ」

声がした。押し殺すような声。誰？

「起きろ」

再び声がする。瞼《まぶた》を開くと、漆黒に揺れるシダの葉が目に飛び込んできた。私は生い茂る草叢《くさむら》に片膝《ひざ》をつき、しゃがんでいる。見上げると、細く鋭い葉を茂らせた木々の間から、満天の星が輝いていた。星明かりが辺りを薄暗く照らしている。木々の間には苔《こけ》むした倒木が転がり、じめじめとした熱気を帯びた空気が辺りに立ち込めていた。星明かりがこれ程明るいとは知らなかった。それにしてもここは蒸し暑く、不快だ。

また夢なのか。

私は周囲を見渡す。軸から肋骨《あばらぼね》のような細い葉を幾つも生やした植生に阻まれ、見通しは悪い。おそらく、これらはヤシ科の植物だろう。山中なのは確かだが、木立は信州の山林とはまるで異なる。行ったことは無いが、どこか南国の熱帯雨林の情景を思わせた。

再び誰かの声がした。

「こっちだ」

おじいちゃんの声？

私は腰を落としたまま、周囲を窺《うかが》った。祖父の姿は見えない。目の前の繁みが揺れた気がした。迂闊《うかつ》に動いて敵に気配を悟られる愚を犯すわけにはいかない。私は音を立てずに注意を払い、中腰の姿勢を崩さずに前進する。

「どこにいる？」

小さく呼びかけるが、返答は無い。私はうっそうと茂る繁みの中を、そのまま前進し続けた。濡《ぬ》れた地面は体重をかけると、ずるりと沈む。やけに毛羽立った植物の葉が、不快に顔面をなぞっていく。

急に目の前が開けた。やや下方へ傾斜した地面の先に大きな建物が見える。慌てて首を草叢にひっこめた。星明かりに目を凝らすと、建物の周囲には、錆《さ》びた一斗缶や破れた麻袋や木箱の残骸《ざんがい》などが散乱しているのがわかる。

そうか、ここは物資集積庫だ。しかし、既に誰かが漁《あさ》った後のようだ。

「おい、ここだ」また声がした。

用心深く腰を上げ草叢の上に頭を出すと、十メートルほど離れた灌木《かんぼく》の向こう、繁みの中に軍帽が見えた。こちらを向いているが顔は見えない。

「集積庫に敵兵。奴は気づかない。殺すんだ」

軍帽の男は声を潜めて話す。しかし不思議と明瞭《めいりょう》に響いた。私は了解したと、小声で返答した。この夜更けに敵巡邏《じゅんら》がいるとは。しかし、今のは誰の声だろう。祖父の声に似ているようだが、少し違う。しかし、その枯れた声色は祖父と同じく老齢に思えた。

「敵が去るのを待たないんですか？」

私の問いかけに声は答えた。

「待つ？　先手を打たねば愛する者を守れまい」声は笑いを含んでいるように聞こえる。

その通りだ。私は心中に強く同意した。

彼はもう一度繰り返した。

「奴は気づかない。殺すんだ」

その通りだ。

「現状待機。合図と共に突撃せよ」

そうだ。私は愛する者を守る為にここにいる。奴とは決して共存できない。守るために殺すのだ。私の全身に激しい殺意が湧いた。

私は身を縮めて合図を待った。指示に従わなければならない。

「いけ」

鋭い声が飛んだ。

私は跳ね上がるように草叢から身を躍らせると一直線に集積庫へ走る。

突然、激しい衝撃に襲われ、体が吹き飛んだ。私はもんどりうって地面に叩《たた》きつけられると、そのまま転がった。クラクションが耳をつんざく。

倒れたまま頭を起こすと、そこには建物もなく密林もない。街灯が明るく照らす道路に、けたたましく警告音をひびかせたトラックがいた。トラックは減速して停まるかと思われたが、運転手は何事か叫ぶとそのまま走り去った。

「だ……、大丈夫ですか？」

隣に心配そうに覗き込む北斗がいた。顔中が土まみれだが、何とか彼だとわかる。

自分の顔に触れると、私の顔もまた泥にまみれているようだ。私たちは国道脇の畑に転がっていた。

「危なかった……」北斗は肩で息をしている。

「どうしてここに？」私が訊くと、

「胸騒ぎがして……、様子を見に来たら……、あなたが、ふらふら出て来るのが見えた……」

「……私は、トラックに？」

北斗はせき込みながら頷いた。

「いきなり……、飛び出して」

まだ時間は深夜だろうか。虫の声が喧しく響いている。私は夢遊病者のように歩き回ったらしい。どこか擦りむいたのか裸足《はだし》の踵《かかと》が痛む。

「そうだ、夢を見て……」

軍帽の男に指示されたのだ。うっすらと夢の記憶が戻る。あの男は誰なのか。

「信じてください。僕を」北斗は荒く息をついた。「我々の思念を合わせなければ……、負けてしまう」

吐き気がする。自然と下腹に手をやった。怪我はしていない。今になってがたがたと震えだした私を、北斗は労《いた》わるように見つめた。

# 七日目

気持ちの良い天気だった。この日も朝から抜けるように空は晴れて雲も無い。登校する子供たちの歓声で私は目を覚ましていた。

風呂《ふろ》場でシャワーを浴びながら、北斗総一郎について考えを巡らせた。どういう男なのか完全に理解することはできないが、自らを苛《さいな》む孤独感を吐露する彼の言葉には真実があったように思えた。在るべき現実の為に協力するというあの男の言葉を、今は信じるしかない。

私は仏間で久喜貞市の日記と彼が持ち帰った小刀を取り出した。卓上にそれを並べて置く。

日記は燃やせば灰となる。錆《さ》びた小刀は金槌《かなづち》で叩《たた》けば壊れるだろう。それをどこかに埋めてしまおう。物質として消えやしないが、目の前から消すことが重要だ。物証がなくなれば、貞市は死んだのだと再度認識できる筈《はず》だ。私は妻の提案が正しいのだと確信していた。

改めて日記を開く。異なる現実の狭間《はざま》にある貞市の日記。我々が始めてしまったものならば、我々が終わらせることもできるに違いない。私は日記を頭から読み返したが、その文面は最後に読んだ時から変化はない。

久喜貞市が最初の記載通りに六月九日に死なずに済んだとすれば、いま彼はどこにいるのか。墓碑銘に貞市の名がなく、あった筈の位牌《いはい》も消えた。どこで死んだか定かではなく、けれど現在ここで生きてもいない。貞市の生死はまだ確定していないのだ。それならば――

電話の呼び出し音が鳴った。

私は夕里子か母がいるだろうと耳をすました。しかし呼び出し音が二度、三度と繰り返しても、応対する人の気配がない。

「誰かいない？」

私の呼びかけにも応《こた》える声はない。いつの間にか二人とも表に出たのだろう。やむなく立ち上がると、薄暗い廊下に出た。やはり誰もいない。固定電話の呼び出し音は、陽のあたらぬ廊下に諦《あきら》めることなく鳴り続けている。

私は廊下の先にあるクリーム色の受話器を取った。

「あ、お世話になっております。久喜さんのお宅でいらっしゃいますか？」

受話器から聞こえるのは老齢の女性の声だった。

「はい、そうですが」

「あのう、『ちやこ』さんはご在宅ですか？」

ちやこ？　どうやら間違い電話らしい。

「うちは久喜ですけど、そういう者はおりませんが。番号をお間違えではないでしょうか？」

そう答えると、相手は丁寧に詫《わ》びて電話を切った。電話が切れてから、何かが引っ掛かった。

ちやこ――？

デジャヴのような感覚がぼんやりと残った。耳に聞いた響きだ。おさげ髪の少女が浮かぶ。彼女の名前は何だったっけ？……そう、チャコだ。あの娘と会ったのは墓場だった。

今の電話は本当に間違い電話なのか？　夢から覚めたばかりのような酩酊《めいてい》感がゆらりと襲う。今のは何なのだ。この家の誰にかけた電話だろう。

私は電話を操作して直前の着信履歴を確認する。見覚えのない電話番号だが、発信ボタンを押した。折り返した筈の発信だったが、何故か呼び出し音は鳴らず、この電話番号は使われていないという、お決まりのメッセージが流れてくるだけだった。私は唖然《あぜん》としたまま受話器を置いた。

混濁する現実。変遷する現実。無力感がじわりと滲《にじ》むのを感じた。

その時、ふと、後ろに気配を感じた。今までいた仏間を振り返る。

奥座敷からの光が廊下の奥に差し込んでいた。光線が一瞬陰ったように思えた。

「夕里子さん……？」

奥座敷に声をかけるが返答がない。なぜか脳裏に火喰鳥《ひくいどり》の青い顔がよぎった。夢で見たあの鳥が、座敷に屹立《きつりつ》している絵を思い浮かべ、怖気《おぞけ》が走る。心臓が早鐘をついた。

廊下を戻る。黒い板張りの床がみしみしと鳴った。廊下から奥座敷の仏間を覗《のぞ》く。

誰もいない。小刀の隣で日記はさっき置いた状態のまま、卓の上に開かれていた。

ふうと息をついて、座卓の前に座る。

その時、見計らったように尻《しり》ポケットに突っ込んだスマートフォンが鳴った。取り出した液晶画面には「非通知電話」と白く表示されている。一瞬迷ったが、着信を受けた。

「もしもし？」返答がない。私はもう一度繰り返した。「もしもし？」

それでも返事はない。スピーカーからは何か衣《きぬ》ずれのような音がごそごそと聞こえるだけだ。

「もしもし、聞こえますか？」液晶画面を耳に押し付けると、衣ずれの音に混じって、人間の唸《うな》り声が聞こえる。

う……うう……

唸り声というよりも、これは泣き声だろうか。おそらく男性が泣いている声だ。

「どなたですか？　もしもし？」

う、う……

なおも泣き声が聞こえる。痛みを堪《こら》える呻《うめ》きのような、男のすすり泣く声だった。どこかで聞き覚えのある声だと、うっすらと思った。もう一度、誰なのか尋ねようとしたその時——

金属に爪を立てたような絶叫が響いた。

驚きのあまり飛び上がりそうになったが、それがスマートフォンからのものだと気がつき、液晶画面を見る。既に通話は切れていた。

最初に頭に浮かんだのは「羊たちの沈黙」という映画だ。その中で語られていた、殺される羊の断末魔の悲鳴。それがどんなものかと想像していたが、実際に聞けるとすれば今のような声なのかもしれない。

次に思い浮かべたのは火喰鳥だった。あの鳥の鳴き声がどんなものか、そもそも鳴くかどうかすら知らないが、今の叫びはあの鳥に似つかわしい。そうだ、絶叫の中には歓喜の色があった。屍肉《しにく》をついばむ怪鳥が獲物を見つけた声。それが——

「雄司さん」

今度は文字通り飛び上がった。振り返ると夕里子が立っている。

「びっくりした……」

「臆病《おくびょう》ですね」

「す、すみません」

「なんで謝るの？」彼女はくすくすと笑った。つられて私も笑った。

夕里子に卓上の日記と小刀を指し示す。「あれ、処分しようか。一日は待ったし」

「ええ」と、夕里子は頷《うなず》いた。「ただ……、たった今、北斗さんから連絡がありました。すぐに迎えに来て欲しいと」

「何かあったの？」

「ペマ師という人から連絡があったらしいんです。方法を教えてもらったそうです。それには日記が必要らしくて」

「方法っていうのは……」

「揺らいだ現実を定める儀式、だそうです」

北斗はワクチンみたいなものを作ってもらうのだと話していた。まじないのようなものだろうか。私には理解できないが何だっていい。

「どうしますか？」と、夕里子は付け足した。

「藁《わら》でも何でもすがってみるしかない」私が答えると、

「そう。そうですね……」と、夕里子は口を結んだ。

私は彼女が他に何か言いたいのだと感じた。私は黙って彼女が話し出すのを待った。

少しの間沈黙が続き、やがて夕里子は口元を歪《ゆが》めた。

「今度のこと……。原因は私なんです」

夕里子の表情は苦痛そのものだった。言葉を嚙《か》みしめるように、ゆっくりと唇を動かす。

「……初めて北斗総一郎と出会ったのは、大学に入ったばかりの頃でした。彼に出会ってすぐに気がつきました。この人も私と同じ、特殊な感覚の持ち主なのだと、そう感じたんです」

私は昨日の北斗とのやりとりを思い出していた。北斗と夕里子が共有する特別な能力。それは私には理解できるものではない。夕里子は先を続けた。

「それは、ものから何かを感じる力です。自覚はあっても、それが特別な能力なのか、それとも心の病気なのか、子供の頃から私は自分のことを理解できないでいました。でも、北斗総一郎はそれに理屈と説明を付けてくれた。霧が晴れる思いがしました……」

ちくりと痛みが走った。

「私には、できないことだ」

私の言葉に、夕里子は目を瞬《しばたた》かせ、不思議そうに見上げた。

「……ええ。それは、そうです」

ぼんやりと思った。ほんの少し出会いが変わっていたら、夕里子はここにいなかったのかもしれない。

「好きだったの？　北斗さんのことが」

夕里子はゆるゆると首を振る。

「きっと……、そういう気持ちとは違ったんです……。彼は私が背負っていた重荷を一つおろしてくれた。とても、感謝しています。……けど、きっと、それだけだった」

「それだけ？」私は自然と声が大きくなった。「でも、それだけのことが私にはできなかった。彼にわかることがわからない。夕里子さんの重荷にすら気づけなかった。夫なのに」

驚いたように夕里子は目を見開いた。

「どうして、そんなことを言うの？」

「北斗さんが話していた。自分と夕里子さんは互いを理解しあえる唯一の人間なんだって。私ではなくて……。きっと、それは本当のことだと思う」

夕里子は、厳しい顔でじっと私を見つめた。

「私が、何を怖がっているのか、まだわからないんですね」

「それは、わかるよ」私は行方不明の保を思った。「我々だって、いつ、どうなるか」

「違います」夕里子は強く遮った。「私が怖いのは、あなたに何かあったら……、そのことだけです」

予想もしない言葉だった。私は何か言おうとしたが、言葉が出ない。

「彼にこの能力について説明されても、時間が経つにつれ、それを疎ましく感じるようになったんです。私は『普通ではないもの』から距離を置きたかった。そんなもの、気づかないふりをして生きていたかった」

聞いていて苦痛だった。夕里子が痛みを堪えているのが感じられたからだ。

「本当を言うと、最初に日記を見た時、私はあれに悪いものを感じたんです。私はこんな感覚を持っていながら、それから目を背けて何もできなかった。……あの時、絶対に何かできた筈なのに。あなたがこんな目に遭うのも、私のせいなんです」

「……夕里子さんのせいじゃない」

夕里子は激しくかぶりを振った。

「もう私の手には負えない。あなたを助けるには、北斗総一郎に頼るしかなかった」

私はなんて馬鹿なんだろう。彼女の考えていることに気がつかず、独りよがりな嫉《しっ》妬《と》に囚《とら》われていた。彼女の恐れていることは結局は私と同じだった。

彼女の身に何かあったら。それは私にとって最大の恐怖だ。

「夕里子さん」妻の名を呼ぶと、彼女は私を見上げた。その睫毛《まつげ》には雫《しずく》が光っていた。

「私は頼りないし、鈍感な夫かもしれない。けど、夕里子さんを残して消えたりしない」

夕里子はしばらく私を見つめていたが、

「……不思議ですね。そんなところがいいと思えるんです」そう言って、私の胸にしがみつく。

「ごめんなさい」夕里子が小さく漏らした。

「なんで謝るの？」

私は彼女に笑顔を見せた。

妻を抱きしめ、私は自分自身に腹を立てていた。

これだけ悲痛をあらわにした夕里子の姿は初めてだ。何事にも物怖《ものお》じしない女性だと思っていた私の妻は、長い間、得体の知れない何かに悩んでいたのだ。

私はお人好《ひとよ》しで鈍感で執念も希薄だ。しかしその相手が何であれ、彼女を脅かすものと対決しなければならない。

——姉さんへの愛情があるだろう？

私はさっきの電話を思い出し、愕然《がくぜん》とした。

亮だ。さっき電話で泣いていたのは亮だ。聞き覚えがある声色だと思ったが、彼に間違いない。

「亮くんはどこにいる？」唐突に息急《いきせ》き切ったような私の物言いに、夕里子は顔をあげ、

「え？」と、目を丸くした。「誰ですか？」

「亮くんだよ。さっき非通知で電話があった。名乗らなかったけど、あれは亮くんの声だ」

夕里子は戸惑いの色を隠せない。

「誰ですか……？　その、亮くんというのは」

驚いて夕里子の顔を覗き込んだ。彼女の瞳《ひとみ》に濃い不安がよぎった。

私は嚙んで含めるようにもう一度言った。喉元《のどもと》に嘔吐《おうと》感が込み上がる。

「……夕里子さんの、弟の、亮くん、だよ」

夕里子は訝《いぶか》しげに答えた。「いませんよ。私に弟なんて」

「……何を言っているんだ」

語尾がかすれた。

妻はこんな時に意味のない冗談を言う人間ではない。彼女がいないと言うなら、いないのだ。私は地面が崩れるような衝撃に、続く言葉が出なかった。

夕里子の顔からも血の気が失《う》せている。

「私に弟がいたと……？」声が震えている。

私が狂ったのか、夕里子がおかしくなったのか。それとも現実がまた狂いだしたのか。

自分の正気を確信したかった。タバコを燻《くゆ》らす悪ぶった亮の横顔を思い出し、結婚式でスピーチしてくれた彼の姿を思い出す。亮の屈託のない笑顔は妄想などではない。

「一緒に北斗さんに会いに行っただろう。本当に覚えてないの？」

「松本にはあなたと二人で行きました。それから、現地で与沢記者と合流したんです」

「……亮くんが日記に書き込んだことが始まりだったじゃないか？」

夕里子は眉根《まゆね》を寄せた。

「日記に書き込んだのは……」宙をしばらく見つめる。唇に触れた指先がかたかたと震え出した。やがて夕里子はのろのろと首を振り、息を吐くように漏らした。「誰……？」

突然ぐらりとよろめいた夕里子を、慌てて抱きとめた。

夕里子は呼吸も荒く、うなじが震えている。私は彼女の細い肩を抱きしめた。どうすれば彼女を救えるのだろう。いっそのこと私が狂っていれば良かったのに。もう一度、亮の記憶を反芻《はんすう》するが、その記憶が幻と失われていくようには思えなかった。

事態はなおも悪化している。頼みの綱はもはや北斗しかいない。私は夕里子が落ち着くまでの間、そのままじっと抱いていた。

「北斗さんは何をしようとしてるんだろう？」

私の問いに、夕里子は震える体をゆっくりと離すと顔を上げた。

「車でどこかに、移動する必要があると……」

「その儀式っていうのは、どんなことをするの？」

「……何をするのかは聞かされていません。事前にそれを口にすると効果が消えるので、秘密のうちに進めないとならないそうです」

「与沢さんも、その場にいるべきかな？」

「それは……、わかりません」

「車に乗って」

夕里子は、え、という顔をした。

「早く北斗さんと合流した方が良さそうだ。運転は私がするよ」

北斗が得たという、この呪いを解く儀式。それが唯一の望みだというのであれば、一刻も早く試したほうが良い。怪異は止まることなく進行している。我々が現実から放逐されてしまうまで、残された時間は、きっと想像以上に少ない。


車が走り出すと、後部座席の北斗が言った。

「日記は持ってきた？　忘れていないね？」

「ええ、持ってきています」

助手席の夕里子が答えた。貞市の日記と彼の小刀は彼女の膝《ひざ》に置かれたバッグの中に入っている。

「それがあれば問題ない。大丈夫だ」

北斗の声は殊更に穏やかだ。夕里子を慮《おもんぱか》ってのことかもしれない。

「解呪《かいじゅ》の儀法は『籠《こも》り』を前に、当事者の誰かが行えば効果がある。非常に強力なんだ。ただし、日記を前に、初めてその法を執り行わなければならない。事前に他の者に漏れたら効き目がなくなるんですよ。だから解呪の法の中身は、ペマ師以外は誰も、僕自身も全貌《ぜんぼう》は知らない」

「これから、どこに行くっていうんです」

中央道に乗ってから、私はアクセルを踏みっぱなしだ。

「本当は貞市が命を落とした密林まで行きたいところだが、そうもいかない」

遠くにパトカーのサイレンが聞こえた。どきりとしてスピードメーターを見たが、どうやらパトカーは下道らしい。

「だったらどこへ？」

「ペマ師は推奨する緯度経度まで指定してきた。貞市の死んだ地と師のいる場所から、その儀法を行う場所に取り決めがあるらしい」

「そんなのに意味があるんですか？」

「気休め程度かもしれない。しかし助言には忠実に従った方が間違いがない。……うちの実家が買った別宅があるんです。ペマ師の指示に近い場所だし、周りに人目もないから丁度良い」

北斗の実家は資産家で、富士山《ふじさん》が一望できる別荘を持っているという。そこで彼の言う解呪の法という儀式を試すというのだ。

「……本当に、亮くんの記憶は無いんですね？」私はさっきもした質問を再び北斗に繰り返した。助手席の夕里子が怯《おび》えたように、ぴくりと肩を震わせた。

「無い」北斗は澱《よど》んだ声で答えた。「僕の記憶では夕里子さんに兄弟はいない。三日前に松本で会った時も、来たのはあなたたち夫婦と与沢記者の三人だった」

「最初に日記に文字を書いたのは亮くんなんですよ？」

「……覚えていないんだ。僕にとっては、その弟さんは元から存在しないものになっているらしい」

気分が悪くなる。現実が変貌している。

「じゃ、なぜ私だけ……、彼を覚えてるんだ」私の疑問に北斗は言葉を続けた。

「現実は瞬時に全て変わってしまうのではなく、徐々に伝播《でんぱ》していくのでしょう。あなたからもやがて、その彼、亮くんの記憶は消えるのかもしれない。それどころか、彼以外にも既に存在が消えた人がいるのかも。我々が忘れてしまっただけで」

「馬鹿げてる」

「確かに馬鹿げてる。でも実際に起きていることだ。それに何度も言うように、久喜貞市が生き延びたなら、あなたたちの存在はこの現実と相容《あいい》れないんです」

私は保の名前が現れた墓石を思い出していた。あの自動車事故で保が死んだのなら、一緒に私も死んでいて不思議ではない。貞市が生存し続けた現実から弾《はじ》き出されるとしたら、きっと私も保と同じことになるだろう。貞市が生きていたら、我々はおそらく生存できない。どうしてこんなことになったのか。これは避けようもない怪異なのか？

いや、違う。

私はハンドルを握り直した。墓石から削り除かれた貞市の名前。そして、日記を前にした玄田の一言。あれが無ければこんな怪異は起きていなかったのだ。夕里子も誰かの意図を感じる、と話した。誰かが引き起こしたことならば、止める方法だってある筈だ。

ミラー越しに見る北斗は、三日前にホテルで会った時に纏《まと》っていた軽妙で洗練された空気はかけらも無く、汚れたワイシャツのボタンを緩め、ただ黙念と座っていた。助手席の夕里子もさすがに疲れた様子で、ぼんやりと車窓に目を向けている。記憶を無くしても失ったものの大きさを感じるのだろうか。

車は東へ向かっている。誰も一言も言葉を発することもなく、ただ車を走らせていた。

やがて、ぽつりと夕里子が尋ねた。

「弟は……、どんな人間でしたか？」

見ると、夕里子は窓の外へ目をやったままだ。

「彼は大学生で……、今時の若者だった。明るくて、マイペースで、誰とでもすぐに打ち解けて愛されるキャラクターで。顔も夕里子さんによく似てた」

夕里子は何も言わず、しばらく沈黙が続いた。ロードノイズに溶け消えそうな声で、夕里子が話す。

「私が……、私が小学校四年生の時に母が妊娠しました。でも、その子はお腹の中で亡くなってしまって……。男の子だったのか、女の子だったのかもわかりません。ただ、父から名前を考えてみるように言われて。私は男の子だったら、こういう名前が良いって。それが……」

それが亮だということか。私の知る亮は、夕里子とは歳の離れた弟だった。その時のお腹の子供が亮だとするならば、年齢差の勘定は合う。

高速道路を降りた頃には、陽は傾きつつあり、ブルーの空が山際でオレンジへとグラデーションを描き始めていた。私たちの車は北斗の指示で林道の上り坂を走っていた。軽自動車は若干力不足で、アクセルを踏み込んでも、道のりが思うように捗《はかど》らないもどかしさがある。この先に北斗家が所有する別荘があるという。

「この道、あとどれくらいで着きますか？」私が訊《き》くと、

「もう、あと二十分くらいかな」と北斗は答えた。

「そこまで行く必要があるんですか？　もう日が暮れますよ」

ここは山間の隘路《あいろ》だ。二十分もかからずに日没だろう。すぐに夜が来る。しばらく前からヘッドライトを点《つ》けていた。

突然、着信音が鳴った。夕里子のスマートフォンだ。

「誰ですか？」私の問いに、夕里子は訝しげに液晶画面を見る。

「与沢さんです」

何かあったのだろうか。夕里子がスピーカー通話にして着信を受けた瞬間、金切り声が車内を切り裂く。それが悲鳴混じりに助けを求める与沢の声だと理解するのにしばらくかかった。

「与沢さん、雄司です！　どうしました？」

私はハンドルを握ったまま呼びかけた。

「……じむ……をきりさか、……じむ、」

与沢は何かを話しているが雑音が混じって言葉を聞き取れない。一転して無感情な声色は「切り裂かれ」と言った気がした。もう一度呼びかけると、音声が明瞭《めいりょう》になった。

「追われているんです！」

与沢の声は緊迫していた。

「追われ……、誰にです？」

今度は雑音だけになった。返事が無い。しかし通話はつながっている。

「与沢さん……？」

「……今、運転中で」

通話の背後に聞こえるノイズは自動車の走行音のようだ。

「どこにいるんですか？」

「高速を降りたところで……それで、後ろから……」

「後ろから？」

「車で追われているんです。私……、死にたくない！」与沢の声は途中から絶叫に変わる。

「落ち着いて下さい。死にたくないってどういうことです？」

与沢は明らかに冷静さを失っている。誰に追われているというのか、与沢のぜいぜいという荒い息づかいがスマートフォンから流れる。

「……と、鳥に、鳥に追われて、それで」

「鳥？」私は耳を疑った。鳥といったのか？

「く、喰われ」

突然声が途切れた。

「……与沢さん？」

「通話が切れました」夕里子の手の中で通話画面が暗転している。

今、喰われると言ったのか？　車で追われて喰われる……？　話が見えない。しかし、何らかの危険が彼女に及んでいるのは間違いない。

「後ろだ！」北斗が叫んだ。

いつの間にか無灯火の白いライトバンがすぐ後ろにつけている。ライトバンは猛烈なスピードで距離を詰めて来る。すぐに北斗が叫んだ理由に気がついた。その車には見覚えがあった。何度も目にした信州タイムスの社用車だ。街灯もない道路だ。暗がりに運転手の顔が見えない。

「運転しているのが誰か見えますか？」

北斗は後部座席で身をよじって後方を覗く。

「暗くてよく見えない……、あっ！」

突然、金属が弾ける轟音《ごうおん》に背中を蹴《け》られた。前方に飛ばされた夕里子の体が軋《きし》むシートベルトに食い込む。ハンドルを握る手がブレて車体が振られたが、何とか立て直した。

信じられないスピードで車間距離を縮めるライトバンは、減速せずにそのまま追突してきた。

最接近したその瞬間、私は見た。ライトバンを暴走させているのは与沢一香だった。刹那《せつな》見た与沢は、黒縁眼鏡こそいつもの装いだが、その奥に光るものは常とは違っていた。爛々《らんらん》と光る眼光は彼女の眼の理性的な光ではなく、恐怖と飢えだ。厚い唇は白く乾き、振り乱した髪は夜叉《やしゃ》を連想させた。ほんの一瞬にもかかわらず、彼女の狂気をはらんだ眼差しは私の網膜に焼きついた。

追突した与沢のライトバンは衝突時の反作用で後方に吹き飛び、やや距離を空けた。牙《きば》を剝《む》くようにヘッドライトが点灯した。ハイビームの逆光のせいで運転席の与沢は見えない。しかし再びアクセルを踏み込んでくる気配を感じた。

「スピードを！」

北斗に言われるまでもない。私はアクセルを踏み込んだ。

夕里子の軽自動車は精一杯に速度を上げる。

与沢は誰かに追われていると言っていたが、彼女の車を追うものは見えない。何かから逃げているのではなく、むしろ彼女が我々の車を追っているのではないか。

与沢の乗るライトバンの方が馬力があるらしい。車間距離は再び縮まってくる。

道は林を進む上り坂だ。道幅は狭く、対向車があったらギリギリすれ違えるかどうかというくらいだ。左右は林で逃げる道も無い。

鬼気迫る与沢の顔がルームミラーに大きく映る。

「また来るぞ」北斗が声を上げた。

避けられない。私は叫んだ。

「摑《つか》まれ！」

激しい衝撃が、後ろから体を殴りつけた。体がガクンとシートベルトに締め上げられ、車体がバリバリと派手な音を立てる。

追突の衝撃で車体は大きく尻を振った。軽自動車では小突かれただけで激しく動揺する。

剝《は》がれた車体の一部でも引きずっているのか、けたたましい金属の擦過音が車内に響く。

「……火が！」夕里子が叫んだ。

慌ててルームミラーに視線を走らせる。しかし燃えているのはこの車ではない。与沢のライトバンが炎上している。後部座席が火に包まれ、運転手のシルエットを明るく縁取っていた。

何故、あんなところに火が？

私が疑問に思う間もなく、火勢はみるみる増して、ライトバンの後ろから火炎の尾を引き始めた。夕里子がウインドウを開き、頭を突き出して後ろに叫んだ。

「与沢さん！　車を停めて！」

与沢の表情は窺《うかが》い知れないが、再び加速し始めている。停車する様子はない。

「よせ、またぶつかるぞ！」

北斗の声に、夕里子は慌てて顔を引っ込めた。

私はアクセルを踏み込むが、加速が弱い。再びミラーに目をやると、与沢の車は更に距離を縮めてきている。振り切れそうもない。握り直したハンドルが汗で滑る。

するど突然行く手が開けた。右へのカーブだ。慌ててハンドルを切る。左手の林が切れ、ガードレールに変わった。その向こうは崖《がけ》と言って良いくらいの急勾配《こうばい》の下り斜面になっている。反対に右手側は壁のような上りの急斜面だ。落石注意の看板が後ろに飛んで行った。

加速を続ける与沢の車が猛然と迫る。

追突され、左手のガードレールを越えて転落したら命の保証はない。

対向車が来ないことを祈り、右に急ハンドルを切った。慣性の力で体が左に飛ばされる。私は必死にハンドルにしがみつく。後方から突き上げる激しい衝撃と共に、ギャリギャリと不快な接触音がした。夕里子が短く悲鳴をあげる。

与沢のライトバンは、擦《こす》るように後部バンパーに接触し、そのまますり抜けて、我々の左側に並走する形になっている。

すぐ左横に運転席の与沢が見える。

助手席の夕里子が並走する車に必死に呼びかけるが、与沢はハンドルにしがみつくように前を見たまま、こちらを一顧だにしない。ライトバンは既に車体の後部が火炎に包まれていた。与沢の後頭部を火が炙《あぶ》っている。車内の温度はかなり高い筈だ。

「車を停めろ！」北斗も呼びかける。

一体何が燃えてるんだ？　後部にガソリンでもまかなければ、ああはなるまい。私は与沢の顔を見た。彼女は汗にまみれ、何か喚《わめ》いている。

与沢の車はガードレールに左側面を打ちつけた。急角度に跳ね返って、こちらに寄せてくる。

ぶつかる！

私はブレーキを踏んでスピードを落とす。ライトバンは我々を追い越し前に出た。火炎と黒煙をたなびかせ、フラフラと蛇行しながらも加速している。既に火車となった車体は火の玉が道路を飛んでいるようだ。

追い越されざまに私は見た。燃え盛る火炎の中に巨大な鳥が屹立しているのを。あれは火喰鳥だ。火喰鳥は炎の中から長い首を伸ばし、狂ったように与沢の後頭部に嘴《くちばし》を叩き込んでいた。

脳味噌《のうみそ》を食っているに違いない、そう思った。

行く手で道路はまた大きく右へとカーブしている。しかし与沢の車はスピンしながらガードレールに猪突《ちょとつ》する。

「危ないっ！」

夕里子が悲鳴を上げた。

与沢の車は再び左側面をガードレールにぶち当てると、レールの切れ目から車体をねじ込んで突出し、火の粉をまとって斜面へ飛び出した。がらがらと轟音を残し、スローモーションのように暗闇に消えた。

私たちは急停車させた車から飛び出した。

ベロリと奥に裂けたガードレールから見下ろすと、点々と続く炎の残滓《ざんし》の先に、横転したライトバンが激しく炎上していた。動く者はいない。いつの間にか訪れた宵闇の中で、赤々と燃え上がる炎が周囲の灌木《かんぼく》を照らしていた。

夕里子は口を押さえ、唖然として立ち尽くしていた。北斗も青ざめた顔を崖下に向けている。

運転席だけではなく車体は丸ごと燃えている。与沢の生死は確かめるまでもないだろう。

「……ここからは近い」北斗は私を振り返った。「別宅は……、もうあそこに見えます」

北斗が道路の向から先を指差す。蛇行する山道を少し上ったところに三角屋根の北欧風の建物が見えた。歩いても十分とかからないだろう。

「急ぎましょう」そう言い捨てて北斗は車に戻っていく。

確かに急ぐべきだ。次の瞬間にも、与沢と同じ末路を辿《たど》らないとも限らない。私は北斗の背を追って歩く。夕里子の手を引くが、握った手に力が無い。

私は歩きながら「まだ望みはある」と、夕里子を励ました。

「その儀式をやってみよう。私たちが始めた怪異なら、私たちで終わらせることができる筈だ」

夕里子はこくりと顎《あご》を上下させた。

「そう……、そうですね」

私は夕里子を助手席に押し込むと、急ぎ足で運転席に乗り込んだ。車のエンジンはかかったままだ。

その時、気がついた。先に車に乗り込んだ北斗と夕里子の目がルームミラーに張り付いている。そして、それを見た私も、凍りついた。

ミラーに映っているのは与沢一香だった。テールランプの光がその無残な姿を照らしている。彼女は車の真後ろに立ち、幽鬼のように恨みがましい目を向けていた。

燃え尽きた彼女の頭髪はほとんど無く、赤黒く焼けただれた頭皮から、沸騰した後のあぶくのような血液がねっとりと垂れている。魅力的だった下唇は無惨に裂けて、歯茎が露出していた。衣服も半ば焼失して、焼けただれた半裸の身体に炭化したぼろ布を引っ掛けているだけだ。

私たちは誰も振り返ることができなかった。視線を鋲《びょう》で押し留めたように、鏡に映る彼女から目を外せなかった。

与沢は血糊《ちのり》のこびりつく指でゆっくりと宙を指すと、欠損した唇をぐにゃりと曲げた。折れた指先を縦に、横に動かし、その度に言葉らしきものを発する。車外にいるのにそれは耳に聞こえた。発する言葉は音になっていないのに、その響きだけが脳内に流れ込んでくるようだった。指の運びに震えもなく、瀕死《ひんし》の人間とは思えない。

動きを止めると、にたりと笑った。砕けた歯茎から黒い血が一筋溢《あふ》れ出し、スローモーションのようにアスファルトに落ちた。

その瞬間、私たちは弾かれたように振り返る。しかしそこには誰もいなかった。


北斗の実家が所有する別荘は木々に埋もれるように建っていた。三角屋根に白壁の建物は、訪れる時間が良ければ夕陽を反射して美しく輝くかもしれない。しかし、日が暮れた今では闇夜に白く死化粧をしたように沈んで見える。

車を屋敷の前に停めた。しばらく車に乗ったまま、三人とも動けなかった。

「大丈夫ですか？　怪我はない？」

後ろから北斗が言った。北斗の気づかいは夕里子に向かっている。彼女が明らかに憔悴《しょうすい》しきっていたからだ。夕里子は振り返ると「私は大丈夫です」と、北斗に小さく頷いてみせた。

北斗はミラー越しに私を見る。

「おそらく、与沢さんは雄司さんを追ってきたんだと思う」

「私を？」

「そう。もちろん彼女の意思じゃない。久喜貞市だ。彼の生存本能が彼女に為させたことだろう。解呪の儀法は強力なんだ。貞市の血縁者が一度だけ、それを正確に執り行いさえすればいい。儀法を行ったその瞬間に効力を発揮する。これは貞市の血縁者しかなし得ないんだ。保さんが行方不明の今、もはや雄司さんしかそれをできない」

「それが、あいつにはわかっていて、だから妨害したと？」

「たぶん、ね」

「すごい敵意だな。……いや殺意か」

北斗が取り繕うように話す。

「……久喜貞市はモンスターじゃないんです。さっきも言ったけど、日記に残された意思が暴走しているんだ。彼が自分の子孫を害しようなんて考えているわけではない」

「どちらにしろ、私にとっては同じことです」

「それにもう一つ。最初の日記の追記の時、その場にいた者が、この呪いにかかっている」

「我々が貞市の創造主となったから……、でしたっけ？」母がその場にいなかったことはせめてもの救いだ。母の身には何事も起きている様子はない。

「そう。でもおかしいと思わない？　復員兵の藤村栄は追記の場にいなかったのに、なぜ今、死に瀕しているのか」

　考えてみれば、確かにその通りだ。母と同じく藤村はそもそも日記や墓とは無関係だ。

「藤村の生還と久喜貞市の生存は並び立つことができないのだと思う。おそらく伊藤勝義も同じ。彼もまた南方で死んだことになっていた。あの戦場で何があったのか知らないが、貞市があの日死ぬことによって、彼らは命を繋《つな》ぐことができたのでしょう」

「？　それ、どういうことですか？」

　ルームミラーの北斗は目をそらした。

「何があったのかは想像に過ぎないから言わない。……まあ、とにかく、これは久喜貞市の悪意によるものではないってこと。あくまでも自然の摂理なんだ。彼の意思ではない」

「自然の摂理か何か知らないけど」夕里子がいう。「貞市の意思でなければ誰の意思なの？」

　北斗は首を竦めた。

「誰の意思でもない」

「私はそうは思わない」夕里子は気丈さを取り戻していた。「貞市にその気がなくとも、きっと誰かが望んでやったことよ」

「僕はただ、久喜貞市さんを憎んで欲しくないと思ってね」

「貞市がどんな人間だろうと、私たちに関係無いわ」彼女は私を見る。

私は運転席から夕里子の手を握った。夕里子が心の内で必死に恐怖に抗《あらが》っているの
気丈さを取り戻したように見えても、夕里子が心の内で必死に恐怖に抗《あらが》っているの
を感じた。私に特別な能力など無いが、彼女への理解と寄り添う気持ちは少しは発達
したのかもしれない。夕里子は私の手を握り返した。

そう。肝心なのは妻を救えるかどうかだ。

私は後部座席の北斗を振り返る。

「で、その儀式を行うとどうなります？」

「上手《うま》くいけば、現実が変貌して原点に復帰する」

「全て元に戻るってことですか？」

「上手くいけば」

「上手くいきますか？」

「初めてのことだ。絶対とは言えない。少なくとも、この怪現象の進行は現時点で止
まる筈だ」

北斗は成算があるようだ。

「それじゃすぐやりましょう。その……、儀法を」

「ええ」

私たちは車を降りる。

北斗は鞄《かばん》からタブレットを取り出して、ボンネットの上に置いた。十インチサイズくらいだろう。北斗が画面上を何回かタップするとメーラーが立ち上がる。私たちはそれを囲んだ。

「それじゃ、始めましょう」

「儀式ってここでやるんですか？　それに、これで？」私が最新モデルのタブレット端末を指差すと、北斗は微笑んだ。

「十字架とか聖水でも使うと思ったんですか？」

プレビュー表示されたメールの文面は中国語だろうか。

北斗の操作でメール本文が上にスクロールする。末尾には添付ファイルがあった。

画面の中心にパスワードを求めるウインドウが現れる。北斗がソフトウェアキーボードをタップして何桁《けた》か文字入力をすると、圧縮ファイルの展開過程を示すバーが一瞬現れ、消えた。

「これは安全の為に暗号化しています。儀法を執り行う時まで、その方法を誰にも明かさないことが最も重要なんです。特に対象にその言葉が漏れると効果が無くなる」

展開されたフォルダ内には『Answer』という名前のアイコンが表示されている。

北斗はそのファイルをタップした。拡大する遷移アニメーションと共に最大表示されたのは、おそらくスキャンしたのであろう一枚の手書きのメモだ。

中央に大きく星の図形が描かれ、その前後に細々と記述が並ぶ。言語は一部が英語、他は見たことのない言語であった。それは人間を象《かたど》った象形文字にも思えた。

「これはサンスクリット語。梵《ぼん》語とも言う。ペマ師曰《いわ》く、歴史上最も完成された言語だそうです」

北斗は文面を指で追いながら、注意深く文章を吟味する。

その図形を見て、突然、出所のわからない不安に襲われた。一筆書きで描ける五つの先端を持つオーソドックスな星の図形。子供が夜空の絵を描いたら、おそらく星はこう表現するだろう。珍しい形ではない。何故こんなものが不安を掻《か》き立てるのだろか。

「これ、五芒《ごぼう》星……」

夕里子も何か思うのか、隣でぼそりと言う。

「そう。結界の意味があるんだ」

「いえ、そうじゃないの……。何かこれ」

その時、記憶が弾けた。「与沢さんだ」私がその名を口にすると、北斗の手も止まった。

ついさっきの出来事なのに、既に記憶はおぼろげだ。無残な姿に変貌した与沢の姿。

テールランプに照らされた彼女を思い出す。

「与沢……」北斗が身を起こし反芻するように繰り返す。

「その絵を指で描いていた」私が言うと、夕里子も目を剝いた。

「そうだわ。これを描いてた。どうして忘れてたのかしら」

北斗が愕然と青ざめていく。「そうだ、五芒星を……、描いた……」

「彼女、何か言っていた。憶《おぼ》えてる？」私は夕里子を見る。彼女は首を振った。

「聞こえました。……車の外にいたのに。けど、聞こえたけど、何て言ったのかわからない」

「私にも聞こえた。言葉なのか、意味のない声なのか、あれは……」

私は必死で記憶を辿る。

折れた指で五芒星を描きながら、唇を蠢《うごめ》かせる与沢。彼女は確かに何かを喋《しゃべ》っていた。何を話していたのか思い出せない。けれど、彼女の焼け爛《ただ》れた皮膚。滴る黒い血。裂けた唇を歪ませた、あの笑み。あれは勝ち誇る嗤《わら》いだった。

北斗は素早くタブレットを取り上げると、画面に目を落とす。液晶のバックライトが照らす彼の顔は血の気がない。別荘の壁と同じように白く暗がりに浮かんでいた。

食い入るように液晶を睨《にら》んでいたが、やがて小さく「駄目だ」と呻《うめ》くと、北斗はゆっくりと体を起こした。両手で髪を掻き上げて口を閉ざす。彼の頬は土気色に変わり、絶望に塗りつぶされている。私と夕里子は彼の言葉を待った。

「……すまない。力になれなかった」北斗の目に諦念《ていねん》と疲労が浮かんでいる。北斗はもう一度繰り返した。「すまない」

夕里子が静かに言った。

「与沢さんの言葉、そこに書いてあったのね」

他人に知られたら効力の失われる秘密の儀法。北斗はボンネットに身体を預け、夕里子に頷いた。

「儀法の『言葉』が効力を得る前に破られた。我々が使う前に、相手に口にされてしまった」

うなだれる北斗に腹が立ってきた。手を尽くしてくれたことは理解しているが、そう簡単に諦めてもらっては困る。大病を患う患者の前で匙《さじ》を投げてみせる医者などありえない。

「とにかく儀式を試してみればいい」

私の提案を北斗は力なく否定した。

「……無駄だよ」

「試してみなければわからないでしょう？」

「失敗の原因を摑まなければ試しても無意味だ」

「何故失敗したんです？　呪文がどこかで漏れたってことですか？」

「呪文じゃない。日本語では真言とも聖なる音とも呼ばれていて……」

「もういいわ」夕里子が静かに遮った。「ともかく、その儀式が無駄だと言うのであれば、一旦《いったん》家に帰りましょう。何も言わずに出て来たのだから、お義母《かあ》さんも心配しているでしょうし。事故の連絡も警察にしないと」

私は自分の無力さに落胆していた。隣には常と同じく、冷静で凪《なぎ》のように落ち着いた夕里子がいる。しかしその落ち着きには全てを受け入れた諦めの色が濃くなっていた。

「失敗の原因は？」

私が言うと、北斗は再びタブレットの画面に目を落とした。

「……久喜貞市という名前は本名だろうね？　死後に改名しているとかないよね？」

北斗は再びタブレットの画面に目を落としている。

「そんな話は聞きませんね」

「読み方は『くきさだいち』で、間違いないですね？」

「ええ」

北斗は天を仰ぎ、嘆息すると、早口に独り言を呟《つぶや》く。

「……それならば、なぜ上手くいかなかったのか。真実の名を知ることが、この儀法に重要であり全てだ。日記を書いた久喜貞市という根源を成す存在に、『言葉』を知られぬように護《まも》りをかけたんだ。それがどうして……」

夕里子が口を挟んだ。

「本当に根源は日記なのかしら？」

「なに？」と、北斗が夕里子を見る。「どういうこと？」

「日記に込められた生への執念。それは私も感じていました。それが全ての始まり。でも……、彼の生を願う執念が彼自身のものだけでないとすれば。……だとすれば、他の者も対象に含めねばならないのでは？」

北斗は戸惑った顔を向ける。

「久喜貞市の生を願う者って……。誰のこと？」

「雄司さんには前に話しましたが、誰かの意思が、思念が、別の方向から足を引っ張っているように思えたんです」

「彼が生きていて誰が得をするんだ？　貞市の知人はもう誰もいないんだよ」

夕里子は強く首を振った。

「私たちが相手にしているのは貞市一人ではないんです。きっと、そうです」

「いや待ってくれ……」北斗は言い淀《よど》んだ。「秘密の言葉はそれを紡いだペマ師を別にすれば、一部でも知っているのは僕だけだ。それなのに……」拳《こぶし》を唇に押し当てる。

何かに思い至ったのか、夕里子がぽつりと呟いた。

「……あなただけ？」

「……？　ああ」

北斗は夕里子の問いに、怪訝《けげん》そうに答えた。

その時、誰かの声が記憶の底から耳朶《じだ》に触れた。


——おじさん、私の名前わかる？


名前。そうだ、そう尋ねられた。あれは、誰からだったろう？

私は何気なく見上げた。すると北斗の後方で何かが動いたのが見えた。別荘の二階に、大きな張り出しのガラス窓がある。車のヘッドライトに照らされて、そこに白い人影が二つ横切ったように思えたのだ。

「……この家、鍵《かぎ》が掛かってますよね？」

思わず訊くと、北斗が答えた。

「え？　ええ勿論《もちろん》。どうしてです？」

「いや……」夕里子に無用な不安を与えたくない、と思ったが、もはや遅い。

「誰かが中に見えたんですか？」北斗が建物の二階に顔を向けた。

夕里子が北斗の視線を追って窓の下に歩み寄る。私を振り返って二階を指差した。

夕里子が示したのは遮光カーテンの吊《つ》るされたガラス窓だ。カーテンに遮られて中の様子は見えない。

「いや違う。その上の三角の窓のところです」

私が人影を見たのは、その上の大きな三角のガラス窓の向こう側だ。そこにカーテンはなく、室内の天井が暗がりに見えた。

「……この窓？」

「そんな筈はない」北斗が張り詰めた声を上げる。「その窓は天井部分の窓だ。向こう側にハシゴでもかけない限り、人が見えるわけがない」

三角窓は屋根の形状に沿った嵌《は》め殺しの飾り窓らしい。その下のカーテンの吊るされた縦に細長い窓ガラスは二階部分がひと続きになっているようだ。想像するに、おそらくは階下から吹き抜けになっているのだろう。だとすれば、北斗の言う通りハシゴに登っているか、あるいは身長三メートルは超えていないと、顔を出すことはできないだろう。

私が見たと思ったのは、小柄な人間が横切った姿だ。一瞬の記憶が、少し遅れて蘇《よみがえ》る。ゆったりとした白いパジャマ姿の女性が私の視線に気づいてすっと身をかくしたようにも思える。そしてその後ろ、もう一人いたのは背の高い人影だった。男性だろうか。

「あの上の窓……」

夕里子は建物を見上げながら数歩下がり、また私を振り返る。

「見覚えのある顔でしたか？」

「いや、顔までは」

だがその時、私は見た。人が立つ筈のない三角のガラス窓。そこに一人の女性が閃《ひらめ》くように現れるのを。彼女は窓の際に無表情に立つ。年齢は三十代後半くらいだろうか、白いブラウスのその女は、どこかで見た顔に思えた。北斗にも見えたのだろう。隣で小さく呻いた。

その女はすっと両手を上げた。まるで万歳のような姿勢のまま、ゆっくりと上体を後ろに反り返らす。わずかな光量でもはっきりと見える奇怪な姿勢だった。その女の後ろにもう一人、暗闇から浮上するように人影が現れた。私は息を呑んだ。その男の顔は——

次の瞬間、女は反らした上半身を鞭《むち》のようにしならせ両手をガラスに叩きつけた。窓ガラスは衝撃で一瞬白く濁り、そこから閃光《せんこう》の筋が伸びた。

私は反射的に叫んだ。

「夕里子！」

夕里子がはっとガラス窓を振り返る。遅かった。閃光に沿ってガラスは砕け、破片が雨となって降り注ぐ。夕里子は咄嗟《とっさ》に両手で庇《かば》った。しかし、ガラスの豪雨に打ちのめされ、彼女の体は地面に叩きつけられた。

私と北斗は駆け寄るが、すぐに歩を止めた。一目瞭然だった。

ヘッドライトの放射光に浮かぶ夕里子は、明らかに絶命していた。

ガラスの破片は仰向《あおむ》けに倒れた彼女の全身に刺さっているが、そのうち一際大きな破片は、人の片腕程もある長大なものだ。その逆三角形は質量を先端に集約し、狙いすましたように喉を貫いて夕里子の頸部《けいぶ》を地面に縫い付けていた。肺に呼気が残っていたのか、ごぼごぼという不快な音を立てて、血液が喉から噴き上がっている。

まだ意識があるのか、夕里子は驚く程明瞭な視線を私に向けたと見えたが、すぐにぐるりと眼球を反転させ、赤黒く血を滲ませた白眼を見せた。

私は彼女の名前を叫んだ。

跪《ひざまず》いて頸《くび》に刺さったガラスを引き抜いた。彼女の細い首から黒い血液が溢れ出す。

私は両手で夕里子の喉を押さえつけるが、指の合間からも温かい液体が流れ出し、止まらない。どうやって首を覆っても止まらなかった。血は地面に広がり、私の膝を濡《ぬ》らした。彼女の命がみるみる失われていくのを実感した。

夕里子にしがみつき、私は何度も彼女の名を叫んだ。

何度呼んでも彼女が応えることはなかった。

どれくらい時間が経ったのだろう。涙なのか、夕里子の血なのか、自分の顔がぐっしょりと濡れている。全身が弛緩《しかん》していた。

私はへたり込んだまま窓を見上げた。ガラスが跡形も無く消え失せた三角窓には既に女の姿は無い。その女を求めて建物内部を捜しても恐らくは見つかるまい。ガラスといえども女性が素手で破壊できるほど脆《もろ》くはないのだ。女のしたことは人間業とも思えない。

日常を狂気が侵食し、そこから抜け出す端緒も絶えた。夕里子も恐怖に慄《おのの》いた表情のまま息絶えている。こんな理不尽があるものか。何をどう間違ったというのか。

傍らでは北斗が凝然と立ったまま、夕里子の死体をうつろに見下ろしていた。

私は立ち上がり、北斗の胸ぐらを摑んだ。

「どういうことだ！　あの女は誰だ！」北斗は啞然として夕里子を見下ろしたままだ。

私は北斗の胸ぐらを摑み振り回した。シャツのボタンが弾け飛んだ。「それに……、あんたも見ただろう。あの女の後ろにいた男、あいつは……、あいつは、お前じゃないか！」

私は殴りつけるように北斗を押しのけると、彼はよろめいてその場に倒れた。

夕里子を殺した女の後ろに控えるように現れた男。その男は見紛いようもなく、北斗総一郎だった。今、地面に力なく倒れている北斗。それとは別にもう一人の北斗がそこにいたのだ。

私が荒く息をついていると、北斗はうろうろと視線を彷徨《さまよ》わせ、やがて私を見た。

「あれは……、あれは、僕だ……。けど、僕じゃない」

「……なにを言ってる？」

北斗の視線はまた宙に戻った。

「そうか」と、北斗は呟いた。「こうなるのか」

北斗は何かに思いを巡らすように暗闇に視線を走らせている。ヘッドライトの光が横顔を照らし、建物に影をつくっている。北斗の影がゆらりと蠢いた。

「日記」と、北斗は言った。

今更、日記が何だというのか。

「……あの日記は、古いオーク材のビューローに入っていた。普段、あんな古物店に仕入れに行くことはないのに……、偶然じゃない。きっと、あれが僕を呼んでいたんだ」

北斗はゆらりと立ち上がり、私を見る。

「夕里子は……、心配ありません。現実は、在るべき姿におさまります」

「あんたは、一体、何をしたんだ」

「日記を貸してください。僕は、夕里子を死なせたりはしない」

私は眼前にある夕里子の死体を見ることができなかった。それを見ることが、彼女の死を決定づけてしまう気がしたからだ。鼻が麻痺《まひ》したのか、すでに血の臭いは感じない。

死なせないだと？　妻が生き返るとでもいうのか？

北斗の目には正気とも狂気ともいえない光が宿っていた。ただ、夕里子を死なせない、という言葉には真実があるように思えた。私は何も言わず、北斗に背を向けた。

軽自動車の助手席のドアを開く。座面の上に置かれていた夕里子のバッグの中に日記はあった。一緒に入っていた貞市の軍用小刀も取り出し、ドアを叩きつけるように閉めた。振り返って、足を止めた。

北斗の姿がない。数秒前まで立っていた北斗が、そこにいなかった。それだけではない。地面に倒れていた夕里子の死体も消えている。地面に吸われた彼女の血の跡だけが残されている。

「北斗……？」

夕里子の身体を持ち去ったのか？　彼の姿はどこにもない。私は叫んだ。

「夕里子さん！」

何の返答もなかった。繰り返し、夕里子の名を呼んだ。私の声だけが木霊する。辺りは深閑として、エンジンのアイドリングだけが低く響いていた。他に何も音はしない。虫の声すらしなかった。本来、山中とは意外に賑《にぎ》やかなものである筈なのだ。首筋に汗が伝う。

急に吹きだした風がびゅうびゅうと耳元で唸る。

次の瞬間、ふっと辺りが暗闇に包まれた。突風に吹き消されたわけではあるまいに、車のヘッドライトが消えたのだ。同時にエンジンも停止した。

月は隠れ、星明かりはわずかだ。私の目は暗さに慣れず、瞼《まぶた》を閉じても開けても闇は消えない。

背後でかさかさと葉ずれの音がした。夕里子の死に顔を思い起こし、全身が総毛立つ。首が千切れかけた夕里子が立ち上がり歩き出す絵が浮かぶ。私は首を強く振った。私は死ぬのか？　こんなわけのわからない狂気に蝕《むしば》まれて。嫌だ。せめて、夕里子だけは死なせたくなかった。

真後ろでざりざりと砂利を踏む音が横切る。振り返り、もう一度呼んだ。

「夕里子さん……？」

瞳孔《どうこう》の暗順応が追いつき、ようやく視界に陰影が現れる。暗中の鈍いコントラストに、すらりとした人影が見えた。夕里子だろうか。それとも北斗か。人影は一歩、また一歩と近づいてくる。ゆっくりとした秒読みのように、砂利を踏み鳴らす音がやって来る。

——違う、こいつは
握りしめた拳に汗が滲むのがわかる。

人影は夕里子でも北斗でもなく、人間とも思えなかった。何故なら、私に歩み寄るそれは、距離を縮めているにもかかわらず、次第に小さくなっているからだ。その不可解な遠近感はまるで錯視を利用した騙《だま》し絵にも思える。

その時、雲間から月光がさし、歩み寄るそれに注がれた。

眼前に一人の老人が立っていた。小柄な老婆《ろうば》だ。背が曲がり顔の皺《しわ》は深く、白髪は量が少なくまばらだった。知らない顔だが、なぜか既視感がある。

誰だこの人は。誰だ。

俯《うつむ》く老婆は、垂れた瞼の奥の目玉を私に向けた。皺に埋もれた唇を動かす。

老婆の声は明瞭に耳に届いた。不完全な歯列の発音に、錆びた声。言葉は老人のそれだが、明確な意思が伝わる。

「……何を守る?」と、私は訊いた。

老婆は答えない。

私は気がついた。老婆はどことなく祖父の保に似ている。既視感の正体はそのためだろう。

私の鼻腔《びこう》を血の臭いが刺す。夕里子の血溜《ちだ》まりを思い出した。

老婆は足枷《かせ》に囚われているように、覚束《おぼつか》ない足取りで歩く。もはや彼女は私を見ていない。無人の平野を行くように、私の隣を抜けてよろよろと歩き去る。私は振り返り、老婆の背を見た。老いて曲がったその背は保よりも歳上に思えた。

この人はどこかで見た。

私はもう一度同じことを思った。一体どこで会ったのだろう？

老婆の顔に、なぜか墓場で出会った少女の笑顔が重なって浮かんだ。少女の名前は聞いた筈だ。何といっただろうか。

やがて老婆の背中は闇に溶けて消えた。


風がびゅうと鳴る。気配に私は振り返る。そこには女性が立っている。

小綺麗《こぎれい》な恰好《かっこう》の中年の女性が両手をだらりと垂らして立っていた。またしても見覚えがある。いや、今立ち去ったばかりの老婆に面影が似ているのだ。ふっくらとした顔立ちは、弛《ゆる》みと皺を加えれば、さっきの老婆とそっくりだろう。娘でもおかしくはない。その女性は怒りに満ちた顔つきで私を見つめている。

風がびゅうと鳴る。気配に私は振り返る。若い女性が立っている。

その妙齢の女性もまた、私を強張《こわば》った顔で睨んだ。その女性は、まさについ先刻、ガラスを叩き割り、夕里子を死に至らしめた女だ。中年の女性と顔立ちは酷似している。いつの間にか私の身体は麻痺し、精神が宙空に離散し漂う。おぼろげに理解した。さっきの老婆と中年女性、そしてこの女。全て同じ人間ではないのか。


風がびゅうと鳴る。気配に私は振り返る。少女が立っている。

中学生くらいの女の子だ。彼女の表情は柔らかく、子供らしい微笑みをたたえている。可愛らしいえくぼが見える。亮を思い出した。亮の見た夢を。この娘もまた、これまでの女性とそっくりだ。年齢は違えど同じ人間なのだろう。彼女の名前はなんと言うのだろうか？


その少女の脇を幼い女の子が走り抜けた。

その娘は小学校に通う年頃にも達していないだろう。この子は会ったことがある。そうだ、墓場で会った少女だ。彼女の名前は聞いた筈だ。

私の名前わかる？

名前。そうだ、確か名前は――

頭上高く視線を感じる。さっきから感じていた気配はこれだろうか。私を見つめる魔性の眼。その生を見つめる意思。そいつは入道雲より高く、天を覆う高みから見下ろし、値踏みする。途方もなく大きな眼球はせわしなく動いた。ついばむ餌を探し求め、自らの強靱《きょうじん》な脚で踏み砕くに値するものなのか否か。そいつは覗き、考え、選択するのだ。

萎縮《いしゅく》することはない。この視線の主が誰か、わかっているからだ。それは人ではなく獣。火喰鳥と呼ばれる怪鳥なのだ。火喰鳥は地面に落ちた果実を食べる。宇宙という名の巨木、複数の次元が交差する世界から、不要となり腐れ落ちた枝葉、そこになる実をついばみ喰らう。

私は火喰鳥の視線に胸を穿《うが》たれ、ぽっかりと開けられた風穴に向かって沈降し、自身の内側へとゆっくりと埋没していく。ゆっくりと。ゆっくりと。悪い気はしなかった。そのうち海溝深くその先の、深海の静寂に届くことだろう。

気がつくと、玄関の前に立っていた。

懐かしい本棟造りの日本家屋。しかし、その佇《たたず》まいはどこか余所余所《よそよそ》しく、建物はどこか拒むように私を見下ろしている。一体、今は何時くらいだろうか。辺りはすっかり夜の帳《とばり》に包まれているものの、周辺の家々からは灯《あか》りが漏れている。まだ真夜中ではあるまい。風も吹かず、暑苦しい。汗で湿ったシャツが背中にへばりつく。

どうやってここまで帰ったのだろうか。妻は、夕里子は今どこにいるのか。一切の記憶が無い。自分は既に死んでいるのではないかという疑念が脳裏に湧き上がる。息苦しさに両手で顔を覆うと、熱い体温と手のひらに脈動する血流を感じた。

否。自分はまだ生きている。生きているのだ。そう強く思い返した。

私は久喜家の玄関の戸に手をかけた。開かない。珍しくも鍵が掛かっているらしい。呼び鈴のボタンを押し込む。玄関の中で来客を告げるチャイムが鳴るのが聞こえた。

「はあい、お待ちくださいね」

インターフォンから呑気《のんき》な声が漏れた。相手の名前も用件も問うことをしない、あっけらかんとした声。それは聞き慣れた声だった。ガチャリと施錠が解かれる音がして、からからと木戸が開かれる。ひょこりと顔を出したのは、伸子だった。母の顔はいささかも変わらない。私を見ると、目尻の皺を寄せてにこりと微笑んだ。

「夕里子さんは帰ってる?」

母は笑顔を絶やさずに答えた。

仲子は木戸に張り付いたまま、迎え入れる為に身を引こうとしない。

「……母さん、入れてもらえる？」私は戸に手をかけた。

「あの、どちら様ですか？」

反問する母の顔から笑顔が消えた。今度は不信感を隠そうともせず、眉をひそめている。

「はい？」

瞬時に悟った。さっき私に向けた笑顔は、息子への親しみによるものではないのだ。縁もゆかりもない、見知らぬ他人へ向けた、余所行きの他人行儀な作り笑いなのだ。コミュニケーションを円滑にするために作られた表情に過ぎない。近所の誰かだとでも思ったのか。

馬鹿げた怪異は終わっていないのだ。湧き上がる感情が堪えきれず、いきなり涙がぽろぽろと頬を伝った。蓄積された絶望が一度に発火したみたいだった。

「母さん……」

たちまち母の顔に恐怖が浮かぶ。

「な、何ですか？　あなたは」母はそう言いながら後退《あとずさ》りした。

「母さん……」爆発する感情に任せて、言葉を継いだ。仲子は驚いた様子で中に引っ込むと、そのままぴしゃりと木戸を閉めた。木戸を持つ手に力を込めたが、すでに施錠されていた。

　私は木戸を拳で殴り、叫んだ。

「開けてくれ！　母さん、開けてくれ！」

　木戸が割れんばかりに音を立てる。中で母が慌てる気配を感じた。私は泣きながら、何度も何度も拳を打ち付けた。

「や、やめて下さい。警察を呼びますよ！」木戸の向こうから、強張った伸子の声がした。

「雄司だよ！　わかるだろう？」

「いたずらはやめて下さい！　本当に警察を呼びますよ！」

　伸子の叫び声は恐怖と怒りを帯びていた。

「あなたの息子だよ」額を木戸に押し付けると、私はずるずるとその場に崩れ落ちた。

「じゃあ雄司は……、久喜雄司はどうなったって言うんだ……」

　気が狂ってしまいそうだ。私の存在はこの現実から離れつつあるのだ。そう思わざるをえなかった。夕里子の死体が頭をよぎり、胸が締めつけられた。

　私は消えたってよかったのに。夕里子が無事ならば。

　玄関先の地面に膝をつき、ぜいぜいと喘《あえ》いだ。木戸の向こうでも沈黙が続く。が、やがて伸子の声がした。涙と動揺が混じっている。

「あの子は、あの子は……死んだんです、死んだんです……」

死んだ……？　私が？

「……いつ、いつ死んだんですか？」嗚咽《おえつ》の中から絞り出すように訊いた。自分の死を肉親に尋ねる。その声が届いたのかどうか、伸子もまた嗚咽している。

「ずっと前に、自動車の……、自動車の事故で……」

この木戸が隔てるのは永遠の隔絶だ。

やはりそうか。賭《か》けてもいい。おそらく今、久喜家の墓石には祖父と父の名の隣に久喜雄司の名前も刻まれている。久喜雄司は十七年前、追突してきたトレーラーに押し潰《つぶ》されて死んだ。この現実に久喜雄司という人間はもはやいないのだろう。久喜雄司は遠い過去に消失した存在であって、今の自分は消失した現実の残滓に過ぎない。打ち鳴らした鐘の音の残響に過ぎない。わずかな振幅が静まれば残響も消え失せる。すっかり何も残らず。

何故か可笑《おか》しくなった。十七年も前に死んだ筈の息子が突然やって来て木戸を叩きまくったんだ。まるっきり怪談話の幽霊じゃないか。母が怖がるのも無理はない。悪いことをしてしまった。次に北斗総一郎の声が、顔が、瞼に浮かんだ。

僕は幽霊なんて見たことがありません。死んだ人間が魂となって彷徨うのがそれだ

というなら、信じ難いな

そう、幽霊なんていない。

続けて北斗の声が木霊した。

ただし、それが『籠り』による現象だというなら説明がつくかもしれない

私はしばらくその場で喘いでいたが、やがてどうにか立ち上がることができた。呼吸は整えたが頭が割れるように痛む。ふらふらとその場を離れる。少しよろめいたが何とか足を進めることができた。背中で声がする。

「大丈夫……？　誰か、呼びましょうか？」

振り返ると、伸子が小さく木戸を開き、泣き腫《は》らした眼差《まなざ》しを向けていた。母の顔を見るのもこれが最後になるのだろう。横目で母を見て答えた。

「……ありがとうございます。助けは、もう、要りません」

足を引きずるように歩き去る。

「本当に、本当に雄司なの……？」

後ろで、伸子が呻くように呟いたのが聞こえた。私は振り返らず、足を速めた。

街灯もない道の先から女が歩いてきた。女は裸足《はだし》だった。

ひび割れた黒縁眼鏡の奥の視線は焦点が合っていない。その女はひたひたと歩きながら、厚い唇を絶え間なく動かしている。与沢に似ていると思ったが、彼女がここにいる筈もない。与沢は遠いところへ去ってしまったのだ。そうだ、どこへ行ったのだろう。

すれ違う瞬間、女の呟きが聞こえた。壊れた機械のような平板な声だった。

「びはきりさかれ、ふじむらのくびはきりさかれ、ふじむらのくびはきりさかれ、ふじむらのくびは……」

私は立ち止まる。

藤村……？

私は振り返り、「与沢さん」と女の背中に呼びかけた。声は届いただろう。しかし彼女はその足取りを止めることなく、暗がりに溶け消えていった。

今、私はあの女に与沢と呼びかけた。どうしてそう呼んだ？　どこかで聞いた名前だが思い出せない。

首を切り裂かれ？　今、藤村栄は入院している筈なのに。彼は重い火傷《やけど》に熱い熱いと苦しんで――

アツイアツイ　クルシミヌイテ

病床で重度の火傷に苦しむ藤村の姿が閃光に浮かんだ。誰かの手が握る軍用の小刀が喉元に押しあてられる。切り裂かれた首から血が噴水のように噴き上がる。白いシーツと人工呼吸器が黒く染まる。

日記の一文が書き足される。

アツイアツイ　クルシミヌイテ　シヌ

一瞬のうちに、爆《は》ぜて消えた幻だった。見たばかりの幻影の記憶は、思い返すそばから溶け消えていく。

しかし、私は確信していた。復員兵の藤村もまた、この現実から消えたのだ。重度の火傷に死に切れず、苦しみの中、死に瀕していたあの老人は、既にこの世にいない。きっと、日本に帰ることなく南方で死んだのだ。首を切り裂かれて。

藤村栄も、彼も死んだ——？

もはや何が現実で何が真実なのか、わからない。
頭がずきずきと痛む。
誰だ……藤村栄って誰だ？
私は意識が消失していくのを感じた。

◉

むせ返るような草いきれの中に身を屈《かが》める。
人の話し声は東側の山裾《すそ》から聞こえた。現地の言葉ではなく英語だ。話す内容はわからないが、まず間違いなく敵兵だろう。この奥地で巡邏《じゅんら》とは考えにくい。我々の潜伏場所をある程度把握し、捜索しているとしか思えない。我々の宿営地は崖の下、裂けた壁面が洞穴状になった岩盤の隙間だ。そこは奥まった凹地《くぼち》にある為、ふもとから斜面を真っ直ぐ登って来ても、すぐにはわからない筈だ。とはいえ、敵兵の声は真っ直ぐに宿営地の方向に向かっている。すぐに引き返せば、敵に先んじて曹長に知らせることができるかもしれない。

「戻ろう」腰を上げかけた私を藤村軍曹が制した。

「やめておけ」

「何を言う？　放っておけば曹長が」

「敵があそこを発見できるとは限らん」

「しかし」

「仮に我々が戻ったとしてどうする？　満足に歩けぬ曹長を連れて脱出は困難だ」

「だからと言って見殺しにはできん。友軍挽回《ばんかい》の日まで耐え凌《しの》がねば、無駄死にだと言ったではないか」

「……無駄死ににはならん」

藤村は半裸に浮いた肋骨《あばらぼね》をさする。瞬かせた目が光ったように思えた。

「貴様……まさか」

藤村は取り繕うように言った。

「落ち着け伊藤。お前の言うように、我らに無駄死には許されん。ならば、自《おの》ずと選択肢は限られるではないか」

「同胞の命だぞ。見捨てるのか」

「もう一度言うが、曹長の救出は無理だ。ならば全滅だけは避けよと、曹長もそう言う筈だ」

「しかし」

「あらゆる手立てを講じて残存戦力を保持し、反攻の日に備えるのだ。それが我々の任務ではないのか」

「…………」

私と藤村軍曹のたった二名。それを残存戦力と称するとは滑稽《こっけい》という他ない。しかし、今から宿営地に戻っても久喜曹長の救出が難しいのは真実だろう。宿営地は敵の目に留まりにくい奥まった凹地にある代わりに、出入り口は一箇所しかなく、退路の備えがない。曹長を連れ出す際に、敵兵と鉢合わせになるだろう。そうなれば、全員が死ぬことになる。

その時、轟然と銃声が木霊した。

私たちは、はっと顔を上げた。宿営地の方向だ。続けて一発。そしてもう一発。散発的に銃声が続く。

「もう見つかったか。この場は退《ひ》くの一手だ。一旦下ってから西の尾根を伝って退避しよう」

もはや藤村の言に従う他はなさそうだ。私たちは山腹を転げるように駆け降りると、西側の尾根を登ってその場から逃れた。背中に銃声の反響が追ってくるが、どうしようもない。我々は栄養失調に震える脚を叱咤《しった》して、どうにか西側の高地に登った。見下ろすと、宿営地の方向から細い黒煙が一筋伸びている。太陽は中天に達していない。まだ昼前だろう。もう、銃声は聞こえなかった。

「敵は曹長を捕らえただろうか？」私が問うと、

「おそらく死体はそのまま遺棄されてある筈だ」と藤村は答えた。

私は藤村が考えていることを問い質《ただ》す気にはなれなかった。藤村は私の心を見透かすように、

「伊藤、我々は生き延びねばならん」と言った。

心がさざめいた。生きるという言葉に希望を感じない。まるで呪いのように感じるのは何故だ。何より、私は一体誰なのだろうか？　藤村が私の名を伊藤と呼ぶ度に、ちりちりとした異物感が後頭部をよぎる。逃げる前、私は別の誰かだったようにも思うのだ。確かにそう考えていた気がするが、思い出せない。これは極限状況下における悩乱なのか。

日が傾き始め、夕暮れも近い頃、私と藤村は宿営地へ戻ることにした。この時刻まで敵兵が残っているとは思えなかったが、索敵しつつ移動した。その為に帰路は時間がかかった。

宿営地としていた岩の裂け目の前には、焼け跡が残されていた。どうやらわずかに

保存していた粉醬油《しょうゆ》や弾薬などの物資を一度に積んで燃やしたらしい。昼間、立ち上っていた煙はこれだろう。飯盒《はんごう》などは、再利用できないように、ご丁寧にも銃剣か何かで穴が開けられた上で火にかけられていた。

私と藤村は洞穴に入ってみた。今朝まで雨露を凌ぐ我が家であった、この岩の裂け目はそれ程深くはない。十五メートル程で行き止まりだ。最奥に置かれていた物資保存用の木箱は、滅茶苦茶《めちゃくちゃ》に破壊されていて中身もない。ろくに陽の光は届かず、暗がりでよく見えないが、そこに久喜曹長の遺体がないのは確かだった。

「曹長は連れ去られたのかもしれんぞ」私が言うと、藤村は言下に否定した。

「馬鹿言え。雌雄が決した戦地で、マラリアで死にかけの兵士なぞ、捕虜に取るものか」

「ならば逃げおおせたのかも」

「歩くのもやっとだ。逃げたとも思えん。遺骸《いがい》はどこかに打ち捨てられているに違いない」

そう言うと、藤村は洞穴を出て行った。

その時、木箱の残骸の中に、一冊の手帳が落ちているのに気がついた。私はそれを拾う。これは、久喜曹長が肌身離さず持っていた日記だ。曹長は軍務の一環とはいえ、この状況に至ってもなお、几帳面《きちょうめん》にも従軍日記を記し続けていた。彼は病に臥《ふ》せても、嚙《かじ》り付くように手帳に文字を記していた。その執念の源は定かではないが、文字を綴《つづ》ることが自らの生きる励みであったのかもしれない。

　本土に帰る日があれば、この日記を遺族に手渡す日も来るやも知れない。何気なく手にした手帳を開いた。わずかに差す灯りでは判読できない。私は手帳を開いたまま入り口へ歩いた。ふと見ると、洞穴を外に出たすぐのところで藤村が背中を向けて立っている。日没は過ぎたらしい。木々の合間から、暗い茜《あかね》色に染まった空が見える。

「藤村、曹長の日記は無事だったぞ」

　私は藤村の背に呼びかけて、再び日記に目を落とした。ここまで来ても薄暗いが、何とか文字は判読できる。日記の最後の頁。日付が読めた。六月九日。密林の暮らしでは日付の感覚が薄れるが、我々は毎日日付を勘定していた。それが正しければ、これは今日の日付だ。

　私は少しばかり奇異に感じた。いつこれを書いたのだろうか。久喜曹長はかなり衰弱していた。我々が狩りに出かける前にこれを書けたとも思えない。では、我々が去った後に体調が好転したのだろうか。本文には「ヒクイドリヲ　クウ　ビミ　ナリ」と書かれている。

　火喰鳥？　夢でも見たのか？

　何かを思い出せそうな気がして、私は言葉を反芻しながら歩く。洞穴の外に出た。

見ると、藤村は先程と同じ恰好のまま、洞穴の外に立ち尽くしている。何を見ているのだろうか？

「藤村……？」

私は日記を手にしたまま近寄ると藤村の背に呼びかけた。すると藤村はぐらりと振り返った。

一瞬、大口を開けて笑っているのかと思った。しかし、それは刹那の錯覚に過ぎなかった。大口と見えたそれは、藤村の首にぱっくりと開いた傷口だった。日に焼けて黒い筈の藤村の皮膚は雪のように白く、横一線に切り裂かれた切断面から、首筋の筋肉が黒々と外気に晒《さら》されていた。私は愕然と立ちすくんだ。収縮した血管から、血液が水鉄砲のように飛ぶ。血の雫が、私の顔と、六月九日を記す頁の上に飛び散った。藤村は朽木が崩れるようにその場に倒れた。私は恐怖でたたらを踏んで退く。敵がまだいるのか？

背中に何かがぶつかると同時に、喉元に冷たいものが押し当てられた。背後から回された刃物を握る手が、私の目の端に映る。

「だ、誰だ……？」

「俺を見捨てたな」

私の歯ががちがちと音を立てる。

「曹長……？」

「獲《と》れぬ火喰鳥の代わりか？」

弱り切っていた今朝ほどの久喜曹長とは違う。確かに曹長の声色だが、今や生気が漲《みなぎ》っていた。

「違う」と、言ったつもりが言葉にならない。恐怖で凍りついた私の声帯は、ただひゅうひゅうと音を立てた。久喜曹長は私の耳元で歌うように囁《ささや》いた。

「私は生き延びた」

私は小刀を持つ久喜貞市の右手を両手で摑んだ。振り解《ほど》こうともがくが、恐ろしい力だ。まるでかなわない。相手は片手にもかかわらず、万力のような力で腕を締め付け、小刀が首に食い込んでくる。これが今朝死にかけていた男の膂力《りょりょく》なのか？　喉仏がめきめきと潰される音が、顎の骨を通して耳朶に響く。

私の中で何かが爆発し、記憶の奔流が噴き出してくる。

久喜貞市はこの日死ぬことがない。生き延びるのだ。久喜貞市の生は、併走する現実の一方を宇宙から弾き出す。そうだ、そうなんだ。これでいい。貞市は日本に帰ってきてくれる。私は満足だった。

裂けた首筋から噴水のように噴き出す血液が、私の目に映る。凄《すさ》まじい痛覚を凌駕《りょうが》して、なおも背後から明瞭に届く囁き。その声は喜びに満ちていた。

「火喰鳥も人も喰えば同じ」

絶叫を上げようとしたその瞬間、私の気道は完全に潰された。

# 八日目

唸《うな》り声のような低い駆動音が聞こえる。

瞼《まぶた》を開くと、目の前に白い砂利が見えた。どうやら私は地面に倒れているらしい。顔を起こすと、頬に張り付いていた砂がぼたぼたと落ちた。周囲は砂利の色と同じ薄いグレーに包まれている。空気が冷たい。脳が覚醒《かくせい》を始めると共に、ここが濃霧の中だと気がついた。顔中にまとわりつく湿気が不快だった。

頭がふらつく。私はよろよろと身体を立ち上がらせると辺りを見回した。前後左右は霧に包まれて五メートル程しか視界がなく、何も見えない。少なくとも夜ではないことは確かだ。脆弱《ぜいじゃく》な日光を受けて濃霧が白く光っている。母の下を去ってからどこをどう歩いたのか、まるで覚えていない。泣きながらここで倒れていたのか。

足元には貞市の小刀が落ちていた。私はそれを拾うと腰のベルトに挿した。

音はまだ続いていた。断続的に何度も繰り返している。どうやらスマートフォンのバイブらしい。音のする方向に向かって歩いた。足元が消失するのではという恐怖にとらわれ、地面の存在を確かめながらゆっくりと踏みしめて歩いた。依然としてバイブ音は続いている。

不意に、濃霧から滲《にじ》み出るようにして黒い影が現れた。それは墓石だった。久喜家と刻まれている。その墓への供物のように、私のスマートフォンが棹石《さおいし》に立てかけられていた。霧に浮かぶ墓石の上で振動する電子機器は、どこか悪夢的であり、どこか詩的な美を感じさせた。

発信者の名前には北斗と表示されている。私は受話のアイコンをタップした。

「やっと出た」北斗の声がスピーカーから流れた。「雄司さん、今どこです？」

私は答えに窮して「……北斗さん」とだけ答えた。彼は無事らしい。

「そこはどこです？　帰って来られますか？」

「……帰り道はわかります」

「よかった……。とにかく久喜家に戻って来てください。食事の支度はできてます」

北斗の声色は至極快活で、それが余計に不安にさせた。

「北斗さん……、大丈夫ですか？」

電話の向こうで北斗は、呆《あき》れたように答えた。

「それは僕の台詞《せりふ》ですよ。今までどこにいたんです？」

そういえば、今の私には時間の感覚が無かった。夕里子の惨《むご》たらしい死を見たのが、ついさっきの出来事のように思えるし、十年前のことのようにも思える。現実にも思えるし夢のようにも感じられる。この不安定な感覚は、自己の存在が不確かになっている表れなのか。

「聞いてますか?」

「ええ……、聞いてます」

「死にそうな声じゃないですか」そう言って北斗は笑った。「全ては良くなります。僕を信じてください。心の持ち方一つで恐怖など霧散するんです。お腹いっぱい食事をしてよく眠ることです。気持ちも随分と晴れますよ」

霧は依然として視界を奪っていた。

電話口で喋《しゃべ》っているこいつは本当に北斗なのか。頭が混乱する。

「お腹、減ってないですか?」北斗は弾んだ声で尋ねた。

「……いえ」

「僕が食事を作ったんです。よくできたと思うんですよ。けど、多少作り過ぎました。雄司さんも手伝ってください」

「夕里子は、そこにいるんですか?」

「ええ、一緒ですよ。僕らはいつだって一緒にいるべきなんです」北斗は楽しげに答えた。

呼吸が苦しい。背に冷えた脂汗が湧くのを感じる。夕里子は生きているのか？

「彼女に代わってください」

その途端、北斗はぶっと噴き出すと、さも楽しくてたまらないというように、げらげらと笑いだした。スマートフォンから噴出する北斗の哄笑《こうしょう》が、冷たい濃霧を伝播《でんぱ》していく。

「何を笑っている？」胸を圧する息苦しさに、呼吸が荒くなる。

「人は真にわかり合える相手と添い遂げるべきだ。雄司さん、あなたには夕里子とわかり合うことはできない」

ひゅうひゅうと喘《あえ》ぐ自らの呼吸音を自覚した。なんとか絞り出すように重ねて言った。

「……夕里子に、妻に、代わってくれ」

「だってさ、そんなのは無理だよ」北斗は抑えきれぬ笑いを帯びながら答える。

「無理ってどういうことだ」

「夕里子、電話口には出られないと思うよ」

「なぜだ？」鼓動が早鐘を打っている。

「食べちゃったから」

北斗はまたも噴き出すと、爆発したように笑う。彼の狂ったような笑いは、嘲笑《ちょうしょう》と歓笑が半ばして渦を巻く。私は凍りつき動けない。

麻痺《まひ》しつつあった私の脳内に亮の言葉が蘇《よみがえ》る。

独占したいんだよ、姉さんを

いきなり笑い声が途切れた。鼓膜が消失したかのような静寂が訪れる。

我に返り、手の中を見ると、液晶画面は通話が切れ、既にブラックアウトしていた。

さっきまでの濃霧が嘘のように晴れている。墓地を取り囲む田んぼに、青々とした若稲が揺れていた。

夏の終わりだ。雲間から射す光の筋は、久喜家の墓を照らしていた。

私は家の前を歩いていた。実の母に追われた自宅の前を。墓場からどう移動したのか。走ったのかもしれない。呼吸が激しく乱れて、息も絶え絶えだった。

敷地を囲む生け垣を抜けて庭に入ると、すぐに異臭に気がついた。煮込んだ獣骨を思わせる脂臭い臭気に、焦げたおが屑《くず》のような臭いが混じり合い、気分が悪くなる。

屋根の天辺《てっぺん》に備えられた「雀踊り」の向こうに褐色の煙が立ち上るのが見えた。私は躑躅《つつじ》の植え込みを走り、真っ直ぐに裏庭に向かった。さっきの北斗との通話は現実の出来事なのか、それとも虚《うつ》ろな幻なのか。夕里子の身を案じて足取りが速くなる。プロパンガスのボンベの横を通り過ぎ、屋敷の裏手に回ると、そこに北斗の姿があった。

北斗は力なく土の上に座り込んでいる。髪は乱れ、呆《ほう》けた表情で地面を見つめていた。白いシャツは所々が黒く煤《すす》け、顔は土埃《ぼこり》に塗《まみ》れていた。膝《ひざ》を抱いて組む腕も、泥なのか血なのか爪の先まで黒く汚れている。うなだれる彼の隣には、二メートル程の長さに掘られた穴があり、そこから煙が燻《くすぶ》っていた。異様な臭いが鼻をつく。穴から少し離れた所に焚《た》き火の跡がある。

背中が粟立《あわだ》つ。まさか——

私は震える脚を引きずって、穴の縁に立つ。臭気と共にたちのぼる熱気が私の顔を包んだ。五十センチ程の深さの穴の底には、仰向《あおむ》けに裸の女性が寝かされていた。全身が黒く焦げ、顔面もすっかり焼け爛《ただ》れており、誰なのかもわからない。髪の毛も坊主頭に刈られている。その乳房の膨らみで何とか女性だと判別できた。女性の死体は大小の石に半ば埋もれている。身体の下にも石が敷き詰められていた。どうやら花壇を囲んでいた庭石らしい。この石が熱気を放っているのだった。

両手は交差して胸の上に置かれている。左手に目を凝らした。そこには見覚えのある指輪が見えた。銀色のプラチナリングは黒く煤けているが、スクエアカットの赤い石は確認できる。かつて、かぶと虫をつまむ指に光っていたそれは彼女の誕生石。間違いなく夕里子の薬指にあったルビーの結婚指輪だった。

妻は変わり果てた姿で焼け石の中に埋もれていた。白くつるりとした夕里子の細面は見る影もなく、左の腿《もも》は一部を刃物で削《そ》ぎ落とされている。吐き気がこみ上げる。

しかし、夕里子から目を離すことができなかった。

「一人では解体するのが大変だったんだ……」北斗は目覚めながら、寝言を言うようだ。静かに、ゆっくりと話した。「だから、だから狩った火喰鳥は丸のまま蒸し焼きにした。地面に埋めて、それで……、土を被《かぶ》せて」

人間の死体を焼けた石と一緒に地中に埋める。常軌を逸した北斗の姿が目に浮かんだ。彼は夕里子の死体を埋めて蒸し焼きにしたのだ。気がつくと私はがたがたと震えていた。耐えがたい悲しみと、それを遥《はる》かに上回る恐ろしさに、自身の肉体が思うまにならない。

「……夕里子に、何をした？」

私の言葉に顔を上げると、北斗は心底不思議そうに口をぽかんと開けた。

「夕里子を……、僕が？」

北斗の視線は私の顔と夕里子の死体の間を、頼りなく彷徨《さまよ》う。

私は口を開くがろくに言葉にならなかった。

「なぜ、なぜ、こんな……」

「夕里子……？」

北斗は穴の中を啞然《あぜん》として眺めている。今、初めて夕里子の死体を見つけたように。見開いた北斗の目から、涙が滲《にじ》み出る。黒く煤けた顔を黒い雫《しずく》が辿《たど》った。

夕里子らしきその黒焦げの骸《むくろ》は、口を苦悶《くもん》に歪《ゆが》ませて、仰向けに空に向かって叫んでいる。熱で溶け落ちたのか開いた瞼に眼球は無く、二つの眼窩《がんか》は黒く穿《うが》たれているだけだ。

優しくて冷たい、無表情で温かい夕里子の眼差《まなざ》しを見ることは、もう、できない。一体、どうしてこんなことになったのか。どうしたら避けられたというのだろう。感じるのは、理不尽な呪いへの、やり場のない怒りだった。

夕里子の骸に影が落ちた。いつの間に腰を上げたのか、骸の穴を挟んで北斗が陽炎のように立っている。堂々とした体軀《たいく》は影を潜め、どこか存在感も希薄に思えた。血走った白眼は黄色く濁り、瞳孔《どうこう》も収縮して、それは地獄の餓鬼にも思えた。飢えと熱病の地獄に苦しんだ兵士たちも、最期はこんな顔をしていたのかもしれない。

「夕里子は……、夕里子は心配ない」と、北斗は呻《うめ》いた。

私は北斗を睨《にら》みつけた。

「あんたが……、あんたがこれを始めた」

北斗は頷《うなず》く。

「……僕が日記を見つけた」そう言ってから、いや、と首を振った。「日記が僕を見つけたんだ。きっと」

「墓もあんたが？」

「パプアニューギニアから戻ってすぐ、墓石から、貞市の名前を削った」

怒りが湧いた。亮の話は正しかった。北斗はこの怪異を起こすべく立ち回っていたのだ。

「玄田さんも知っていたんだな」

「彼は金に困っていたから、僕の言う通りに動いてくれた。日記が信州タイムスに渡るように手配してくれたし、日記を読み終えた君たちの前で、必要な『言葉』を使ってくれた。あの時に別の現実が生まれた」

「夕里子は、あんたに助けを求めたんだぞ」

「解呪《かいじゅ》の儀式は本当だよ。ペマ師にもありのままを伝えている。中途半端な嘘は夕里子は絶対に気づくから。もっとも、失敗するようには仕組んだけど」

私は奥歯を嚙《か》んだ。何が狙いなんだこいつは。

北斗は思い返すように宙を見る。

「日記を入手した夜、彼に聞いた……。だから、これを始めた。けど、全部、聞いていたわけじゃない」と、夕里子の死体が燻っている穴に目を向けた。「……まさか、こうなるなんて」

「彼ってのは誰だ？」

「彼ってのは、僕だよ」北斗は笑った。「けど、雄司さん、本当に夕里子は心配ないんだ」

妻の肉体が焦げる臭気が鼻をついた。

「ふざけるな」

私は北斗に飛びかかった。激しく身体をぶつけると、北斗は後ろに体勢を崩して焚き火の跡に倒れ込んだ。まだ熱が残っていたのか、北斗が苦痛の悲鳴をあげた。

私はすかさず馬乗りになると頭を押さえつけた。北斗の顔は熾火《おきび》に埋まり、肉が焼ける音がした。北斗はぐうっと呻くと、猛烈な勢いで背中を跳ね上げた。私がよろめくと北斗は素早く起き上がり、私の顔面に拳《こぶし》を叩《たた》きつけた。

殴られた衝撃で私は地面に転がった。顔を熱気が包む。目を開くと眼下に夕里子の死体があった。無残な妻の骸。噴き出した鼻血が夕里子の身体に落ちる。

うつ伏せになった私の横腹を北斗が蹴《け》りつける。革靴の先端がみぞおちをえぐり、呼吸が止まった。ベルトに挿していた小刀が弾け飛ぶ。私は逃れようと地面に身をよじるが、北斗は私を追って何度も蹴りつけた。肋骨《ろっこつ》に鋭い痛みが走る。殴られた鼻柱は折れたらしく、血が溢《あふ》れて息が通らない。

動けなくなった私を、北斗は冷たい顔で見下ろした。端整な顔立ちは見る影もない。顔面は額から頬にかけて火傷《やけど》に赤く爛れている。鼻先の皮膚もずるりと剝《む》けて垂れていた。泥と煤がこびりついた北斗の顔は狂気に支配されていた。

「あの日記は、とんでもない『籠《こも》り』だ」北斗は得意げに言う。「あの日記を使えば貞市は蘇《よみがえ》る。在るべき現実に変えられる力がある」

私は仰向けに北斗を見上げて喘いでいたが、やがて可笑《おか》しくなった。切れ切れに声をあげて笑う。息をする度に横腹が痛む。それでもシャワシャワと喧《やかま》しい蟬の声が妙に心地よかった。

「何が可笑しいんですか？」北斗が訊いた。

私は口内に溜《た》まった血液をぶっと吐き出した。

「笑えるさ……、日記の魔性に……、利用されないって言ってたくせに」

北斗は鼻を鳴らし、せせら嗤《わら》った。

「利用されているんじゃない。僕が利用しているんだ」

北斗は馬乗りに私の腹の上に腰を下ろした。やはり肋骨が折れているらしく、強い痛みが横腹を貫いた。

北斗は悠然と私を見下ろした。

「今更、何を抵抗しても変わらない」

「あんたが……、夕里子を殺した」

北斗の右手で何かが日の光を反射させた。北斗はゆっくりとその手に握ったものを持ち上げる。それは貞市の小刀だった。錆《さ》びついた刀身は血に塗れたように赤い。

「……夕里子は彼と幸せになれる。君も、僕も、消えるんだ」

逆手に持ったそれを北斗は振り上げた。

私は右手を伸ばす。指先に何かが触れた。それを摑《つか》むと渾身《こんしん》の力で北斗の側頭部に叩きつけた。

西瓜《すいか》を潰《つぶ》したような水気を帯びた音が響いた。

北斗の側頭部を割ったのは、父の遺品、重厚なガラス製の灰皿だった。殴打の衝撃で歪んだ頭部をぐらりと揺らすと、北斗は私の身体の上に倒れ込んだ。

絶命した北斗の死に顔は、何かを確信したかのように満ち足りていた。

# 最期の日

白々と夜が明けた。

星空が曙光《しょこう》に追いやられ、夜明けの金星までもが薄いブルーに溶け消えても、まだそれは訪れなかった。

私は生きている。眠りもせず、寒さに震えながら、暗闇に星を眺めて一夜を過ごした。しかし、久喜貞市の生命が放つ死の波紋は、夜が明けてもまだ私には及ばなかった。

小高い裏山からは辺りの景観が一望できる。白く筋雲が走る空の下、キジバトの鳴き声が朝の訪れを告げていた。遠くに見える田んぼは、夏の朝日を受けてその鮮やかな緑色を増していた。下方に目を転じると、竹林の下に板葺《いたぶ》き屋根が見える。

あの家の裏庭に夕里子を埋めた。焼け石のなかに彼女を残しておくわけにはいかず、離れた場所に新たに穴を掘って彼女を埋めたのだ。

北斗の死体はそのままになっている筈《はず》だ。しかし、夕里子を埋める穴を掘っている時も、それから一夜明けても、警察が駆けつけたりはしなかった。恐らくはどちらの死体も消えてしまったのではないだろうか。いや、きっと初めから、そんな人間はいなかったことになっているのかもしれない。もはや確かめる気にもならなかった。

マールボロの箱から最後の一本を取り出すと、百円ライターで火をつけた。久しくタバコはやめていたが、今は禁煙の必要もあるまい。肺腑《はいふ》一杯に毒性の煙を満たし、吐いた。紫煙が日本《にほん》アルプスから頭を出したばかりの朝日を燻《いぶ》す。

肋骨《ろっこつ》が痛むが、もはや気にもならない。この現実が消えるまで、あとどのくらいかかるのだろうか。結局は走り始めた連鎖が止まることはなかった。この分なら、今日中には最後の一人まで片がつくだろう。諦念《ていねん》の内に恐怖は麻痺《まひ》して感じないが、せめて苦しむことなく退場したい。早く夕里子と同じところに行きたいと、ぼんやりと思った。

岩に腰掛けた尻《しり》が痛い。腰を少しずらすと何かが土の上に滑り落ちた。振り向くと、久喜貞市の日記だった。尻ポケットに入れっぱなしだったらしい。

今更こんなもの。

私は日記から目をそらすと、咥《くわ》えたタバコをふかした。しかし、最後のマールボロは既にフィルターを焼いている。舌打ちして、そのまま投げ捨てた。

久喜貞市の遺品。それが悪夢の始まりだった。

何を企図して北斗があの日記を久喜家に持ち込ませたのか。北斗は最後に、自分も消えると話していた。進行する怪異に巻き込まれるのを覚悟の上で、いったい何をやろうとしたのか。息絶えた彼の表情は何かを成し遂げた充足感に満ちていた。

北斗はこの日記を『籠《こも》り』と呼んでいた。籠りか何か知らないが、最初に破り棄《す》てて鼻紙か何かにでもしてやれば良かったんだ。

北斗に応じて、日記を毀棄《きき》するのを私はためらってしまった。あれはおそらく間違いだったのだろう。夕里子が強く提案したように、亮が忠告してくれたように、あの日すぐに日記を燃やせば、この事態は避けられたかもしれない。北斗はきっと時間を稼いだのだ。

別の現実が侵食していく時間を。

振り返るとまだそこに日記はあった。手を伸ばしてそれを手にする。今更遅いだろう。しかしせめてもの抵抗に、この日記もこの世から亡き物にしてやろうか。見方によっては相討ちだ。自然と自嘲《じちょう》の笑いが漏れた。

私は左手で日記をつまむと朝日にかざした。何度見ても私にとってはただの古い手帳に過ぎない。ライターを着火すると火柱を日記に近づけた。ちろちろと火の先端に炙《あぶ》られて、日記からすぐに黒い筋のような煙が上がる。

燃えちまえ。すると日記は抗《あらが》うように、ぱらぱらと頁を泳がせた。

一瞬おや、と思った。日記の記述は総頁の半分程度までだった。しかし、今、そよ風にめくれた帳面には最終頁に近いところまで記述が見えた。

しかし、それがどうしたと言うのか。日記がどうであろうと自分の行く先に違いがありはしない。このまま燃やし尽くしてしまえばいい。私は一瞬逡巡《しゅんじゅん》したが、思い直してライターから親指を離した。既にちろちろと炎を纏《まと》いつつあった手帳に、ふっと息をふきかけて消火する。

日記を開いた。やはり文面は手帳の末頁に至るまで記載が続いている。ぱらぱらとめくると「昭和二十三年」という日付が目に入った。

**昭和二十三年　元旦《がんたん》**

**独り元旦を迎える　干し肉、卵、ジャングル草の汁を雑煮がわりに祝う**

**日本の方角に拝す**

昭和二十三年だって？　最後の日付よりも三年も後だ。私は貞市が死亡した筈の、昭和二十年六月九日の日付を捜した。手帳の頁を何枚も遡《さかのぼ》る。果たしてその日、かつて亮が記した記述内容は変わっていた。

六月九日
敵の襲撃を受く　藤村、伊藤両軍曹戦死

詳細は記されていない。前日まで臥《ふ》せっていた久喜貞市は死ぬことがなく、代わりに密林生活を共に送る最後の仲間二人が死んだ旨が簡潔に綴《つづ》られている。

六月十日
終日かけ両名を埋葬　とうとう独り

二人の埋葬の翌々日、あの記述がある。

六月十二日
火喰鳥《ひくいどり》を喰う　ヤムヲエズ

これは火喰鳥を狩ることに成功したということでいいのだろうか。狩りについての描写は一切無い。かつて亮が書き込んだ「ビミ　ナリ」という言葉ではなく「ヤムヲエズ」という片仮名が現れている。止むを得ず……？　私は考えるのをやめた。

以後の日記は日付が三日おき、十日おきと、次第に間隔が開く。記されている内容はその日に確保したわずかな食料、体調についての記述で占められていて、貞市の心の内は文章からは窺《うかが》い知れない。ともかく、久喜貞市が辛くも命を繋《つな》いでいる様子が見て取れる。途切れがちな日記は続き、終戦の年をまたぎ、翌年、また翌年へと続く。私は貪《むさぼ》るように文面を追った。

日記によると昭和二十二年の夏に何人かの先住民に発見されたようだ。以来、彼らは貞市に同情したのか、あるいはもともと日本軍寄りだったのか、現地を統括していたであろう連合軍部隊に通報することはせず、代わりに食料や日用品に類するものまで何くれとなく世話していたらしい。昭和二十三年元旦に記載されている鶏卵などは、この先住民によってもたらされたのかもしれない。ある程度言葉が通じているらしく、時折日記には彼らとの交流の様子が記されていた。

昭和二十三年の春、取り分けて行を費やした日付があった。先住民以外の者が来訪したらしい。

四月十九日
今朝、彼等に加えて初顔の老人来たる　私の存在が漏れたらしい
男は日本語が達者でクワイと名乗る　ブシテールという職にあるという

おそらくは官職だろう、地区を監督する郡長といったところか
意外にも私に深く同情を寄せた様子
他の先住民と異なり知識水準高く国際情勢も知る
クワイ曰《いわ》く、戦争は既に終わり、日本と米国は友好的な関係を結んでいるという
任せれば悪いようにせぬとのこと
クワイは私を怯《おび》えさせぬ為、敢《あ》えて官服を着用せずに来たらしい・
信は置けると思われる
そもそも害意があれば話などしない
日本の様子が判然とせぬが、虜囚になれども今の生活とさして変わるものでもあるまい
エイどうとでもなれだ

密林に独り潜伏する久喜貞市の存在は、現地の官憲の知るところとなったらしい。日記の日付はさらに進む。

五月二日
かねて約束通りクワイを始めとして数人の男たちが現れる

危害を加える気は無いと何度も念を押された
また私が望むならこの生活を続けるのも止めはしないと
今更何をか悩まん　この地で死ぬも敵の虜《とりこ》になって死ぬも大差無い
死ぬなら故国の行方を知って死にたい
この身の扱いを任せることにした

五月三日
クワイと共に密林を離れる
迎えのジープに乗せられホルランヂアへ移動
文明世界に戻る

私は目を見張った。昭和二十三年のこの日、久喜貞市は三年十ヶ月におよぶ密林生活を脱しているではないか。

日記によると、その後貞市は現地の警察署で保護されている。そこで知った日本の敗戦の衝撃、丁重に扱われている自らの処遇に驚いている様などが記されている。現地民に提供を受けたのだろう、いつの間にか日記の文字もまともな筆記用具で綴られていた。

昭和二十三年といえば、おそらく日本はまだGHQの管轄下にある筈だ。昭和史に詳しいわけではないが、終戦から三年後の日本といえば、戦争の傷跡から立ち直りつつあった頃であり、国内情勢も安定していただろう。

私は頁を次々と繰った。

久喜貞市の身柄は当時現地を統括するオランダ当局の庇護《ひご》のもとにあったらしい。日記には本国と連絡をとり、即時ではないものの、帰国に向けての算段を取っている様が記されている。年末にニューギニアに寄港する日本本土から派遣された遺骨収集船に同乗して内地へ帰還するという。

さらに頁を送る。その年、昭和二十三年末、決定的な記述があった。

十二月二十九日
ウエワク飛行場着
港湾に接岸する遺骨収集船大栄丸《だいえいまる》に乗船す
船内では沢山の日本人に出迎えられ、労《ねぎら》いの言葉を数多く頂戴《ちょうだい》する
長く過ごしたニューギニアを離れ、これより一路日本へ向かう
父よ母よどうしているだろうか　保も大きくなったことだろう
心は逸《はや》る

## さらば苦難の日々　さらば！

日記はここまでだった。その後の日の記述はない。この日記が真実であれば貞市はこの後無事に復員していたことになる。

一つ思い出すことがあった。久喜家の墓石に祖父の名が刻まれた代わりに、貞市の 名前が消えた。戦地で死んだにせよ、本土の地を踏んで死んだにせよ、亡くなったのなら貞市の名前が墓石に残されていなければおかしい。それが消えて現れないのなら、導き出される答えは一つだ。

今、久喜貞市は生きている──！

呆然《ぼうぜん》と空を眺めた。北斗の言葉を思い出す。

私は跳ねるように立ち上がると、走り出した。裏山を降《くだ》る道を一気に駆け下りる。途中、地中から顔を出した木の根に足をとられて転んだが、痛みは感じない。すぐさま立ち上がると転がるように走った。北斗総一郎はこう言った。

あなた方の手で貞市を直接殺害すれば間違いありませんが

久喜貞市の生と私の生は両立しない。これは時空を超えた生存競争なのだ。久喜貞市の余命の創造主たる私の手で彼に引導を渡すことができれば、ことは変わってくるのではないか。うまくすれば全てが覆り、元通りに収まるかもしれない。過度な期待はできないが、今より悪くなることは無いだろう。まだチャンスは残されていたのだ。

裏山を駆け下ると、正面に我が家が見えた。本棟造りの古風だが大きい建物だ。見慣れた外観は同じでも、鏡ごしにものを見るように、今は少し違って見えた。久喜邸はまだ眠っているように見える。私は一旦立ち止まると呼吸を整え、砂利を踏んで玄関に近づく。自然と足音を忍ばせていた。戸口の前に立つ。ここで夕里子に呼び止められたのが、随分と昔のことのように思えた。夕里子のつるりとした白い顔と、黒く焼け崩れた焼死体が脳裏に渦を巻く。

表札の上に雄のかぶと虫が一匹とまっていた。手で払うと、かぶと虫は石の上にぼとりと落ちる。表札の文字を目にして息を呑んだ。真新しい表札に祖父の名前はなく、代わりに「久喜貞市」と記されている。地面でもぞもぞと蠢《うごめ》いていたかぶと虫が、羽音を立てて飛び去って行った。

やはり久喜貞市は生きている。

玄関の木戸を引いた。施錠されていない。そっと押すと、ごろごろと重い音を響かせて戸が開いた。私は息を殺し、かつては自分の家だった屋敷に足を踏み入れる。土間は記憶とは全く異なるものだった。三和土《たたき》で仕上げられていた床はベージュのタイル貼りになっていて、雑然と隅に置かれていた道具類も無い。その代わりに、綺麗《きれい》に磨かれた赤いマウンテンバイクが停められていた。

靴のままミルクティー色のフローリングに上がると、そっと歩を進めた。古い台所は、小洒落《こじゃれ》たシステムキッチンに変わっていた。誰もいない。私は腰に挿していた小刀を手にした。貞市の持ち帰ったという錆《さ》びた軍用ナイフだ。

久喜貞市を殺すことに迷いはない。私と貞市はこの現実に並立しない存在なのだ。会ったこともない大伯父《おじ》に血縁の情も愛着もない。生き抜く為にはやむを得ない。それに現実が元に戻れば、夕里子も甦《よみがえ》るかもしれない。そもそも久喜貞市は七十年も前に戦死した筈なのだ。

本来在るべき姿に戻るだけだ。

私は暗い廊下をそろそろと歩き、奥座敷に向かう。そこに久喜貞市がいる。理由のない確信があった。

座敷と廊下を隔てる襖《ふすま》の前に来た。音を立てないように襖をゆっくりと開く。中は明るいらしい。奥座敷から日光がするすると廊下に漏れ出した。小刀を後ろ手に中を覗《のぞ》く。広い座敷の真ん中に毛布が掛かった敷布団が見えた。毛布は半ばめくれていて、寝床には誰もいない。

いや、いる筈だ。

私は座敷に入った。畳が少し軋《きし》む。

光の差し込む方向を見た。裏庭に面した雨戸は無く、窓も網戸も大きく開かれ、早朝の外気と陽の光を大量に取り込んでいた。裏庭のどこかで、晩夏のアブラゼミが死力を尽くして鳴いている。その裏庭を眺めるように、座椅子が一つ据えられていた。そこに小さく背中を丸めた老人が座っている。

頭頂部は禿《は》げているが、襟足から伸びた白髪が細い首に弱々しく垂れていた。黒くくすんだ首筋には多くの皺《しわ》が刻まれており、重ねた年齢を物語っている。

私は確信した。彼が久喜貞市だ。

奴は気づいていない。殺すんだ。

小刀を握りしめ、悟られぬように近づく。近づく程に久喜貞市の背の小ささを実感した。筋張った首は枯れ木のように細く、片手でも折り切れそうに思えた。戦後から今まで生存していたのであれば、齢《よわい》百歳に近い筈だ。余命の長くはない老人なのだ。刃物を握る手が萎《な》えそうになる。私は亮の顔を思い出し、保の顔を、夕里子の顔を思い出す。

北斗は、今起きていることは必ずしも久喜貞市の本意ではないと言った。彼の残した思念が暴走をしているに過ぎないのだと。しかし貞市の意思がどこにあるのかは問題ではない。これは戦争なのだ。貞市を殺さなければ、私と私の愛する人たちの生はない。夕里子の生きる可能性に賭《か》けるのであれば、この首筋に刃を突き立てなければならない。

私は自分を叱咤《しった》するように呟《つぶや》く。

奴は気づかない。殺せ。

小さな背中を見つめ、ぜいぜいと喘《あえ》いだ。折れた肋骨がぎりぎりと痛む。

この老人は背後の気配に気づく風もない。外から吹き込む風に残された白髪が揺れた。アブラゼミの声が耳の内で喚《わめ》きたてる。

その背中に声をかけた。

「久喜貞市……」

座椅子の上の白髪首がぴくりと揺れる。首筋の皺が静かに歪《ゆが》んでいく。久喜貞市は、一ミリ動くのも難儀であるかのように、ゆっくり、ゆっくりと首をねじる。

この男を殺すのであれば、彼の顔を見、彼の目を見つめて殺そうと考えた。そうすることが血縁者の義務に思えたのだ。

仕方がないんだ。あんたと私が両立し得ないのなら——

汗ばんだ手のひらに、小刀の柄《つか》を握り直した。

アブラゼミの絶叫が止んだ。

真空に放り込まれたように、全ての音が消えた。


お前の死は私の生なんだ。


久喜貞市がゆっくりと、静かな残像を引いて振り返る。そして、その目で私を見る。まだらに皺の寄る群青色の顔に巨大な眼球。三白眼の白目は暗い橙《だいだい》色だった。鼻筋から真っ直ぐに伸びた嘴《くちばし》の下に、赤く顎《あご》の肉が垂れている。その顔は人のものではない。

火喰鳥だ。

老いた火喰鳥が、衣服に身を包み、座したまま気怠《けだる》そうに私を睨《ね》めつけていた。

私は叫んだ。


火喰鳥だ！

◉

「おじいちゃん、誰かと話していたの？」

千弥子《ちやこ》の明るい声に、貞市老人は振り返る。

「……チャコ」

「窓を開けたのね。寒くない？」

「うん」

貞市老人は裏庭に視線を戻すと、目を細めた。

「何、見てるの？」

千弥子は貞市老人の隣に座った。爽《さわ》やかな朝の風が奥座敷を通り抜ける。確かに窓を開け放したくなる心地よい朝だ。

「なんにも」

千弥子は小さい頃から、この祖父が大好きだった。

近頃は黙って庭を眺めていることが多い。しかし、この年齢としてはまずまず健康だし、頭は少しぼんやりしてるけど、歯だって残っている。タバコ好きで日に何箱も吸う人だったのに、競うように吸っていた弟の保じいちゃんを癌で亡くしてからは、ぱたりとやめた。保じいちゃんには跡継ぎもなく、それ以来使う者のいなくなったガラスの灰皿は箪笥《たんす》の上で埃《ほこり》を被《かぶ》っている。二時間ドラマで犯人の凶器になるくらいの大きな灰皿だ。タバコも一緒に吸う人がいないと張り合いがないらしい。その気持ちはよくわからない。でも、その為に命を延ばせたのかもしれない。

千弥子自身は齢四十をとうに超えたが、祖父はあと数年で百歳に達する。まだまだ生きていて欲しいと思う。東京五輪までは十分いけるんじゃないだろうか。

「朝ごはん、できてるよ」

貞市老人は庭を見つめたまま、こくりと頷《うなず》いた。千弥子は自分のことをチャコと呼ぶ愛する祖父の視線を追う。雑然と枝が伸びた金木犀《きんもくせい》の植え込みに大きな蜘蛛《くも》の巣が張っていた。

「そろそろ、植木屋さんに来てもらった方がいいかしらね？」

千弥子がまだ幼い頃は、祖父が自ら庭木の剪定《せんてい》をしていた。楽しげに鼻歌を歌いながら、ぱちりぱちりと枝を落とす祖父の姿を見ると、何故だかとても幸せな気持ちになったものだ。この時期には、手を引かれてお墓に迎え盆に行ったのも良い思い出だ。お墓の前で戦争での怖い話も聞いた。一緒に車に乗ると、むかしの歌謡曲をご機嫌に歌ってくれた。その枯れた歌声が好きだった。元気で溌剌《はつらつ》としていた頃の祖父とは、様々な思い出があった。

「燃えとる」

「穴の中に女が倒れとる……」貞市老人は小枝のような人差し指を庭に向けた。

千弥子はシャツの胸をぎゅっと握った。困ったな、と思った。勿論《もちろん》、庭には穴も開いていないし、誰かがいるわけもない。

「怖いこと言わないでよ、おじいちゃん。誰もいないでしょう？」

貞市老人はぱちりと瞬《まばた》きすると、一つあくびをした。

「ほうか」

「もう」

ふと頭をよぎった。

いつの頃からか、度々悪夢を見ていた。誰かに、お前が生きてると私が生きられない、とか何とか声をかけられる夢だ。沈む船と一緒に血の池みたいな海中に引き込まれる悪夢。その海の上に立つ子供。貞市の名前を墓に刻もうとする中年の男性。姿こそ様々だが、きっとあれらは皆同じやつなのだ。夢魔だ。

私は恐怖と同時に、その理不尽さに腹も立てていた。あいつは不気味な鳥の姿で私を脅し苛《さいな》んだ。

ある時は鋭い嘴をアーミーナイフに変えて、大好きなおじいちゃんの首を刺し貫いた。運動会の万国旗みたいに私の死体から内臓を引きずり出して見せたりもした。そうだ、その時、あいつが私のお腹に嘴を突っ込んで取り出して見せたのは……。

千弥子は自らの大きく膨らんだ腹をするりと撫《な》でた。

この分ならば、夏がすっかり終わる頃には祖父にひ孫の顔を見せてあげられそうだ。祖父は悲惨な戦争も体験して何度も死ぬような目にあったらしいが、生きて帰ってきてくれて本当によかった。そうでなければ私は生まれないし、この子だって存在しない。高齢出産になったが、この子はやっと授かった子供だ。この子を宿してから、夢魔の囁《ささや》きを聞く度に思ったものだ。

――わたしは守る

この子を傷つける奴は誰であろうと許さないと強く思ったのだ。夢の中であの声は何と言ってたっけ。お前の死は――、ええと何だったか。幾度も見た夢なのに思い出せない。まあ気にすることもないか。夢とはそんなものだ。それに根拠は無いが、不思議ともう二度と見ることもないだろう。夢魔との戦いは私の勝利に終わったのだ。そんな気がした。

「朝ごはん、食べようか」

「うん」

貞市老人は千弥子に手を引かれて、ゆるゆると立ち上がった。

その時、玄関先から「おはようございます」と来訪を告げる誰かの声がした。千弥子が玄関に出てみると彼が立っていた。彼の手にした銀色のボウルには胡瓜《きゅうり》が山と盛られている。しばらく日本を離れるので、駄目になってしまわないうちにと、家庭菜園の胡瓜をわざわざ収穫して持参してくれたのだ。

千弥子は今や彼に全幅の信頼を置いていた。

これまでは単なる御近所さんの一人に過ぎなかったが、地域の寄り合いの折、話の流れで個人的な悩みをちょっぴりこぼしたら、その時からずっと親身になって聞いてくれた。自分自身の存在を消そうとしている夢魔なんて話、彼の他にまともに取り合ってくれる人はいなかった。彼はスピリチュアルなおまじないを幾つも教えてくれた。秘密の言葉を使った解呪《かいじゅ》の儀式やら、思念で現実が形を様々に変えるなんて話まで。ある晩などは、夢魔に誘《おび》き出され、トラックに飛び込もうとした私を身を挺《てい》して救ってくれたのだ。

在るべき現実を取り戻す為、彼は内なる自分自身にも助けを求めたと話した。もう一人の自分は、喜んでそれに応じてくれたという。

彼の言うことの全ては理解できないし、全てを信じているわけでもない。けれど、彼のおかげで夢魔が去ったのだと、今は心から感じられるのだ。

「これから発《た》つのかしら？　新婚旅行」

千弥子が尋ねると、彼は頷いた。

「ええ、実は今彼女を連れてきてるんです。紹介しますよ」

彼に手を引かれて、ほっそりした色白の女性が現れた。女性が慇懃《いんぎん》に頭を下げると、
彼が紹介してくれた。

「妻の夕里子です。大学時代からの知り合いで、僕はずっとこんな現実になればって、
強く思っていたんですよ」

北斗総一郎は晴れやかな笑顔を見せた。

# 解説

杉江《すぎえ》松恋《まつこい》

『火喰鳥を、喰う』の作品世界に、閉じ込められる。

閉じ込められる。そう表現するしかない感覚を味わえる作品だ。『火喰鳥を、喰う』は「始まる日」から「最期の日」まで、全十日間の物語を十章で構成した作品である。各章をそれぞれ十本の指に見立てるとしっくりくる。一本ずつ指が折られていって、最後には掌の中に閉じ込められる。緻密《ちみつ》な技巧で読者を追い詰めてくる小説なのだ。

本作は二〇二〇年に第四十回横溝正史ミステリ&ホラー大賞を獲得した、原浩《はらこう》のデビュー作である。単行本の奥付には同年十二月十一日刊とある。同賞は第三十九回から横溝正史ミステリ大賞と日本ホラー小説大賞が合併、両ジャンルにまたがる形で新しい才能を探していくこととなった。前年は北見崇史《きたみたかし》『血の配達屋さん』（単行本刊行時に『出航』と改題、さらに応募時題名に戻して現在角川ホラー文庫）が優秀賞に選ばれたが大賞は出ていない。新生後、初の大賞が本作だったのである。

二つのジャンルが合併したら、ミステリー色が強いものが受賞するのか、それともホラーか、という興味が当然湧いてくる。『火喰鳥を、喰う』もその関心が一つの読みどころとなっている作品だ。ミステリーとホラー、どちらの世界に属する物語なのかが明らかにならず物語は始まり、五里霧中のまま進んでいく。それが感情を刺激するのである。物語の序盤では、確かだと思えるような情報がまったく与えられない。一つ何かがわかっても、それが意味することまでは見えてこない。または、すぐに打ち消すような情報が出てきて、結局足場は与えられない。夜の海で一人波間に漂うような不安が襲ってくる。

〈私〉こと久喜雄司《くきゆうじ》は信州《しんしゅう》中南部の古い家に、妻・夕里子《ゆりこ》と祖父・保《たもつ》、母の伸子《のぶこ》と住んでいる。夕里子はもともと高校の一年先輩だ。彼女の卒業後はしばらく疎遠な時期があったがその後に再会、一年前に結婚したばかりである。

久喜家では最近になって二つの事件があった。保には第二次世界大戦の南方戦線で命を落とした貞市《さだいち》という兄がいた。彼の名前が、何者かの手で久喜家の墓碑から削り取られた、というのが事件の一つめだ。偶然の一致なのか、その貞市の従軍日記が戦死したパプアニューギニアのニューブリテン島で発見され、七十年以上の時を超えて久喜家に里帰りすることになった、というのが二つめである。地元紙がやって来て、久喜保が亡兄の遺品と再会するところを取材しようとする。その席で不穏な出来事が起きるのだ。喩《たと》えるならば、劇場で映画を観ていたら、突如スクリーンが裂けて中から漆黒の霧が流れ出してきた、とでもいうような。

あらすじを明かしていいのはここまでだろう。本作にはさまざまな美点があるが、その一つが今言及した空気転換の鮮やかさである。出来事は突如起こり、それ以降は世界の見え方ががらりと変わる。説明するのではなく出来事を描くことによって物語の行く先を示すのが小説の定法だが、『火喰鳥を、喰う』という作品には状況の急変、登場人物たちが直面させられる危難といった物語の起伏が非常に多く準備されている。個々の事件は相互に無関係であるように見える。しかし深いところでつながっているのである。たとえば「一日目」の章で雄司たちが貞市の戦友に会う場面があるが、その藤村栄《ふじむらさかえ》という男性が急に奇矯な行動に出る。ここは唐突に感じるのだが、実は事態の真相につながる鍵《かぎ》が彼の言動には隠されているのだ。後から読み返すと、改めて作者の深謀に舌を巻かされるはずである。

ミステリーで重視されるのが伏線回収、というよりも真相につながる手がかりを丹念に振りまいて、それを真相解明の論理構成に用いるという技巧である。そうした伏線も確かにあるのだが、それよりも本作で注目したいのは予兆の技巧だ。この先には何かがある、何かいけないものの蓋《ふた》を今まさに開けている、という感覚を作者は味わわせ続ける。それは的中し、読者の予想を上回る衝撃が訪れることになる。

最初に書いたように十日間で構成されている物語であり、一日の終わりには夜が来て、雄司にも眠りが訪れる。その中で彼は、必ず夢を見るのだ。行動している最中にも白昼夢というべき幻覚を。前述したように、これらの夢はすべて根元がつながっている。読み返したときは、それらがつながって一つの図が現れてくることに畏怖《いふ》に似た感情を覚えたが、現在進行形でページをめくり続けているときは、それらの悪夢が恐怖を煽《あお》る警告に思えたものである。不穏な未来しか待っていないことがわかっているのに、先へ進みたくなる気持ちを抑えられなくなってしまうのが恐ろしいではないか。

恐怖や不安の感情を煽るだけではなく、作品の展望をそれとなく示す、という技巧も用いられている。貞市の名が削られた墓を詣《もう》でた雄司は、蛮行には果たして意味があるのだろうかと考えていて、同行した夕里子からこんなことを言われる。
「ミステリーではないのかも」（中略）「サスペンスとか……。いえ、ホラー映画だとしたらどうでしょうか？」

横溝正史ミステリ&ホラー大賞に応募された作品だということを踏まえた、メタ的な遊びなのだが、『火喰鳥を、喰う』にはこのように、作品を一望できる視線の高さまで読者をいったん連れ出して、俯瞰《ふかん》の構図を確認させたうえで再び等身大の位置にまで連れ戻す、ということが繰り返し行われる。物語の折り返し点あたりで、夕里子の弟である亮《りょう》が事件について自分なりの推理を口にする場面もその一つだろう。世界で起きているのはこういうことではないかという推測、もっと言えば登場人物たちが立っているのはどういう舞台の上なのか、という世界認識が本作にとっては最も重要なのである。これはミステリーなのかホラーなのかというジャンルへの問いも実はここに収束していく。文字で書かれた物語であるという性質を最大限に利用した、小説だからこそ成立する虚構による現実の侵犯が本作では行われる。誠に柄の大きな試みだ。

ネタばらしをしない程度に書いておくと、物語後半展開には、ミステリーにおけるクローズドサークルもの、つまり閉鎖状況における殺人犯捜しにも似た味わいがある。クローズドサークルものでは犠牲者が増えることで犯人候補は絞られる。生き残ることができるかというスリルが醸成されると同時に、残された中からどの選択肢が正答となりえるのか、という可能性への興味も高まっていくのである。『火喰鳥を、喰う』も同じで、事態が進行する中で正しい答えはある道筋でしかありえないように見えてくる。探偵役ではないが、起きていることの解説者として登場するのが夕里子の旧《ふる》い知り合いである北斗《ほくと》総一郎《そういちろう》という人物だ。彼は夕里子に恋情を抱いていた過去があり、その経緯から雄司との間に三角関係めいた緊張感が生じる。登場人物たちが心情のもつれを抱きながら生き残りという大目的のために協力する、というのは冒険小説の常道プロットだが、それを採用することで作品の後半は急流を下るような速度を得た。

その先に待つのがぽっかりと口を開いた滝壺《たきつぼ》だとしても、止まることはできないだろう。不可避の深淵《しんえん》へようこそ。

原はすでに第三長篇『やまのめの六人』（二〇二一年。KADOKAWA）を発表している。妖怪《ようかい》の伝承がある深山に逃げ込んだ強盗たちが遭遇する事態を描いた作品で犯罪小説とホラーを融合させた着想が斬新だ。他にない恐怖、他にない物語の驚きを追求する作者は誰も訪れたことのない世界に読者を誘《いざな》い続けるだろう。昏《くら》く、ねじくれた世界に。

本書は、二〇二〇年十二月に小社より刊行された単行本を加筆修正のうえ、文庫化したものです。

火喰鳥《ひくいどり》を、喰《く》う

原《はら》浩《こう》

角川ホラー文庫　23433

令和4年11月25日　初版発行
令和6年12月10日　5版発行

発行者———山下直久
発　行———株式会社KADOKAWA
〒102-8177　東京都千代田区富士見2-13-3
電話 0570-002-301（ナビダイヤル）
印刷所———株式会社KADOKAWA
製本所———株式会社KADOKAWA
装幀者———田島照久



●お問い合わせ
https://www.kadokawa.co.jp/（「お問い合わせ」へお進みください）
※内容によっては、お答えできない場合があります。
※サポートは日本国内のみとさせていただきます。
※Japanese text only



ISBN978-4-04-112744-5　C0193
JASRAC 出 2208128-405

# 角川文庫発刊に際して

角川源義

第二次世界大戦の敗北は、軍事力の敗北であった以上に、私たちの若い文化力の敗退であった。私たちの文化が戦争に対して如何に無力であり、単なるあだ花に過ぎなかったかを、私たちは身を以て体験し痛感した。西洋近代文化の摂取にとって、明治以後八十年の歳月は決して短かすぎたとは言えない。にもかかわらず、近代文化の伝統を確立し、自由な批判と柔軟な良識に富む文化層として自らを形成することに私たちは失敗して来た。そしてこれは、各層への文化の普及滲透を任務とする出版人の責任でもあった。

一九四五年以来、私たちは再び振出しに戻り、第一歩から踏み出すことを余儀なくされた。これは大きな不幸ではあるが、反面、これまでの混沌・未熟・歪曲の中にあった我が国の文化に秩序と確たる基礎を齎らすためには絶好の機会でもある。角川書店は、このような祖国の文化的危機にあたり、微力をも顧みず再建の礎石たるべき抱負と決意とをもって出発したが、ここに創立以来の念願を果すべく角川文庫を発刊する。これまで刊行されたあらゆる全集叢書文庫類の長所と短所とを検討し、古今東西の不朽の典籍を、良心的編集のもとに、廉価に、そして書架にふさわしい美本として、多くのひとびとに提供しようとする。しかし私たちは徒らに百科全書的な知識のジレッタントを作ることを目的とせず、あくまで祖国の文化に秩序と再建への道を示し、この文庫を角川書店の栄ある事業として、今後永久に継続発展せしめ、学芸と教養との殿堂として大成せんことを期したい。多くの読書子の愛情ある忠言と支持とによって、この希望と抱負とを完遂せしめられんことを願う。

一九四九年五月三日

# ナキメサマ

阿泉来堂

**恐ろしいほどの才能が放つ、衝撃のデビュー作。**

---

高校時代の初恋の相手・小夜子《きよこ》のルームメイトが、突然部屋を訪ねてきた。音信不通になった小夜子を一緒に捜してほしいと言われ、倉坂尚人《くらさかなおと》は彼女の故郷、北海道・稲《いな》守《かみ》村に向かう。しかし小夜子はとある儀式の巫女に選ばれすぐには会えないと言う。村に滞在することになった尚人達は、神社を徘徊する異様な人影と遭遇。更に人間業とは思えぬほど破壊された死体が次々と発見され……。大どんでん返しの最恐ホラー、誕生！

角川ホラー文庫

ISBN 978-4-04-110880-2

# 祭火小夜の後悔

**秋竹サラダ**

**「その怪異、私は知っています」**

毎晩夢に現れ、少しずつ近づいてくる巨大な虫。この虫に憑かれ眠れなくなっていた男子高校生の浅井《あさい》は、見知らぬ女子生徒の祭火《まつりび》から解決法を教えられる。幼い頃に「しげとら」と取引し、取り立てに怯える糸川葵《いとかわあおい》も、同級生の祭火に、ある言葉をかけられて――怪異に直面した人の前に現れ、助言をくれる少女・祭火小夜《さや》。彼女の抱える誰にも言えない秘密とは？ 新しい「怖さ」が鮮烈な、第25回日本ホラー小説大賞&読者賞W《ダブル》受賞作。

**角川ホラー文庫**

ISBN 978-4-04-109132-6

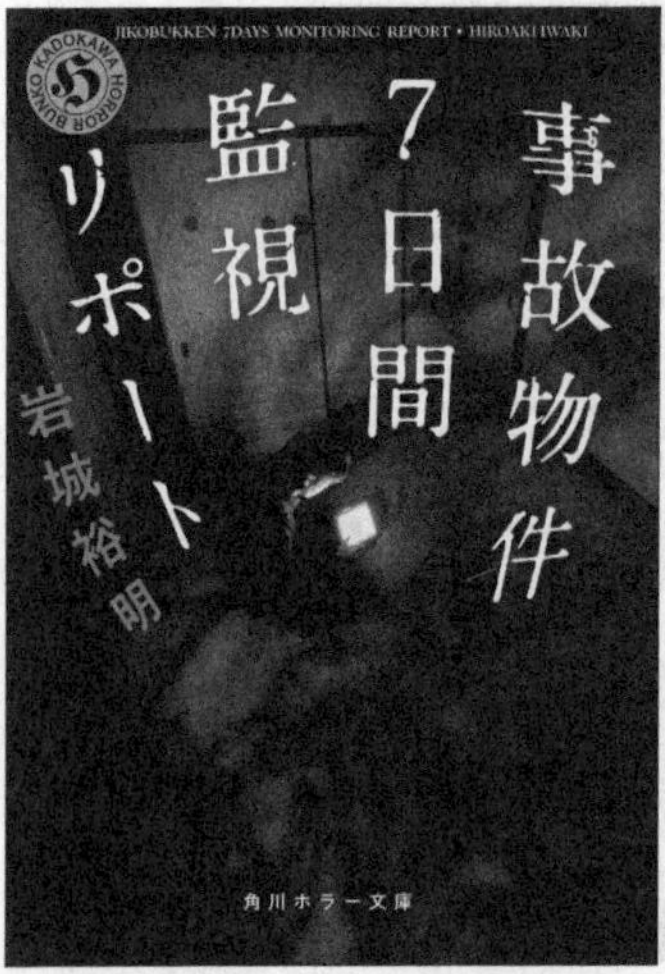


# 事故物件7日間監視リポート

## 岩城裕明

**狂っているのは俺か、この部屋か。**

リサーチ会社を営む穂柄は、あるマンションの一室の住み込み調査を依頼される。そこは、7年前に妊婦が凄絶な自殺を遂げた事故物件で、事件後なぜか隣人たちも次々と退去し、現在はその階だけ無人の状態だという。期間は1週間。穂柄はバイトの優馬に部屋で寝泊まりさせ、その様子を定点カメラで管理人室から監視することに。だが、そこで起きることは穂柄の理解を超えていて……。あなたの予想を裏切る、究極の超常《パラノーマル》ホラー。

角川ホラー文庫

ISBN 978-4-04-107327-8

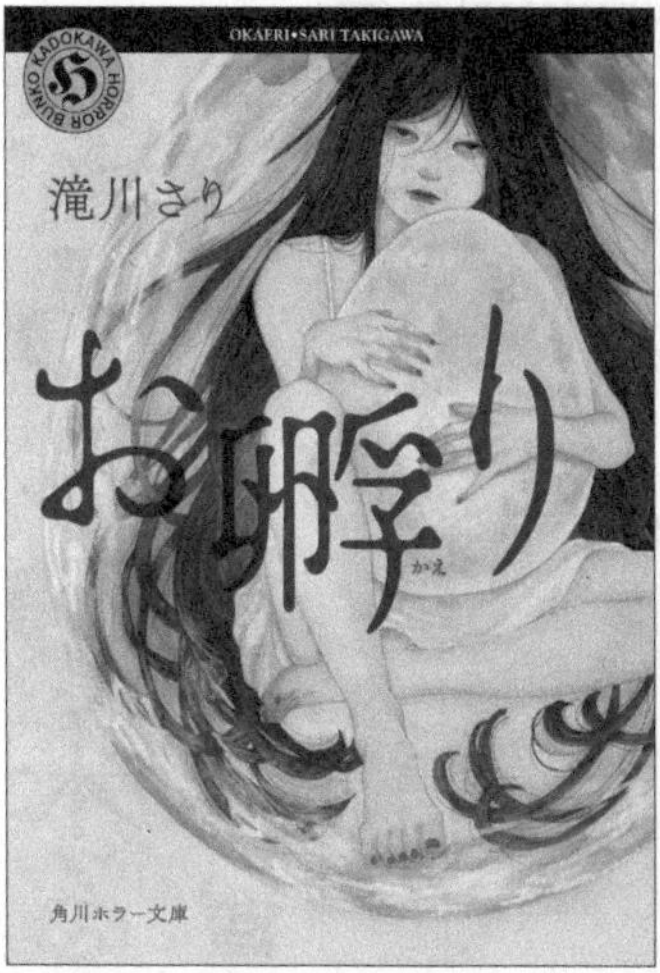


# お孵《かえ》り

## 滝川さり

**生まれ変わり伝説の村で、惨劇の幕が上がる！**

橘佑二は、結婚の挨拶のために婚約者・乙瑠《いちる》の故郷である九州山中の村を訪れていたが、そこで異様な儀式を目撃してしまう。実は村には生まれ変わりの伝承があり、皆がその神を崇拝しているというのだ。佑二は言い知れぬ恐怖を覚えたが、乙瑠の出産でやむを得ず村を再訪する。だが生まれた子供は神の器として囚われてしまい……。佑二は家族を取り戻せるのか⁉　一気読み必至の第39回横溝正史ミステリ＆ホラー大賞読者賞受賞作。

角川ホラー文庫

ISBN 978-4-04-108826-5

# ぼぎわんが、来る

澤村伊智

**空前絶後のノンストップ・ホラー！**

“あれ”が来たら、絶対に答えたり、入れたりしてはいかん――。幸せな新婚生活を送る田原秀樹の会社に、とある来訪者があった。それ以降、秀樹の周囲で起こる部下の原因不明の怪我や不気味な電話などの怪異。一連の事象は亡き祖父が恐れた“ぼぎわん”という化け物の仕業なのか。愛する家族を守るため、秀樹は比嘉真琴という女性霊能者を頼るが……⁉　全選考委員が大絶賛！　第22回日本ホラー小説大賞〈大賞〉受賞作。

角川ホラー文庫

ISBN 978-4-04-106429-0

FAMILYLAND • ICHI SAWAMURA
KADOKAWA HORROR BUNKO
澤村伊智
ファミリーランド
Familyland
ICHI SAWAMURA
角川ホラー文庫

# 異形探偵メイとリズ
## 燃える影

**荒川悠衛門**

**型破りな探偵コンビ、異形に挑む!**

漫画家を目指す高校生の秋人《しゅうと》はある晩突然、不気味な何かに襲われる。直後、唯一の理解者の兄が行方不明に。兄を捜すべく訪れた奇妙な探偵事務所で秋人は、奇怪な存在「異形」を追っているという所員のメイとリズに出会う。リズの目には、秋人に取り憑く異形の影が映っていた。異形と兄の失踪、そしてリズ達が追うある人物。全てが繋がったとき、驚愕の展開を迎える！　第42回横溝正史ミステリ&ホラー大賞〈読者賞〉受賞作。

**角川ホラー文庫**

ISBN 978-4-04-113003-2